KB050149

죽음 앞에서
선택한
완벽한 삶

죽음 앞에서
선택한
완벽한 삶

카밀 파간
장편소설

공민희
옮김

Life and Other
—— Near-Death ——
Experiences

달의시각

로렐에게 바칩니다.

# 차례

# 1

인생이란 먹고, 기도하고, 죽는 것인 줄 알았다. 내가 뭘 망치지도 않았는데 순리대로 흘러가지 않았다. 뜻밖의 선고를 받은 것만 해도 그렇다. 샌더스 박사는 말도 제대로 꺼내지 못했다.

"유감스럽지만 악성입니다."

책상 앞에 앉은 박사가 말했다.

"악성이오?"

난 멍하게 물었다. 힘든 하루였다. 간호사가 전화를 걸어와 오늘 꼭 샌더스 박사를 만나야 한다고 했음에도, 상사는 호락호락하게 일찍 퇴근시켜주지 않았다.

"악성 종양…."

그가 말할 때 얇은 입술이 입안으로 사라졌다.

"지금 제가 암에 걸렸다고 말하는 건 아니죠?"

난 의사가 확실히 이야기할 수 있도록 도와주려고 물었고,

당연히 그는 그런 의미로 말했을 리가 없었다. 어쨌든 내 복부에서 골프공만 한 덩어리를 떼어내기 전 샌더스 박사는 그냥 지방종이 확실하다고 하지 않았나. 예방 차원에서 수술하는 거라고.

"음, 유감스럽지만 맞아요."

그는 나쁜 소식을 전하며 먹고사는 사람이 아닌 것처럼 손에 든 종이를 신중하게 들여다보며 말했다.

"이해가 안 돼요."

난 이렇게 대꾸했다.

"엘리자베스."

그는 내 손을 잡으려고 팔을 뻗었다. 난 타인이 사적인 공간을 침해하는 것을 달가워하지 않는 데다 그가 보디랭귀지로 내가 가망이 없다고 알려주려는 것 같아서 재빨리 몸을 뒤로 뺐다.

"당신은 피하지방층염유사T세포림프종입니다. 아주 드문 암인데 발병할 경우 당신처럼 주로 30대가 많아요. 안타깝지만 공격적인 암입니다. 그러니 반드시…."

이쯤에서 난 듣는 것을 멈추고 '퀴블러 로스의 애도의 5단계'로 재빨리 접어들었다. 1단계 부정: 아무도 날 엘리자베스라고 부르지 않는다. 내 이름은 리비다. 샌더스 박사는 분명 다른 사람 이야기를 하는 거다. 2단계 분노: 덩어리가 아무것도 아니라고 큰소리친 쪽은 그다! 내 경우를 보고 박사는 의료과실 보험에 엄청난 돈을 써온 걸 감사히 여겨야 할 거다. 3단계 타협: 희귀 암 환자를 위한 자금 모금 마라톤에 참가한다면 난 살 수 있을 것이고, 오프라 윈프리가 내 회고록을 자기 쇼에서 팔아줄 만큼 엄청난 성공을 거머쥘 테지. 내가 캠페인을 시작하고 인식을 높이는 차원에서 청록색 고무 팔찌를 끼고 마라톤을 완주하면, 그것이 그 암을 상징하는 공식 색이 되어, 아, 내가 무슨 암이었더라? 4단계 우울: 난 달리기를 하지 못하니 마라톤에 참가할 수 없다. 운동조차 하지 않으니 내 몸이 질병성 포자를 과잉생산해낸 것인지도 모른다. 마흔이 되기 전에 그것들로 뒤덮이겠지. 5단계 수용.

불행하게도 수용은 우울과 똑같다.

난 죽을 거다. 우리 엄마처럼.

샌더스 박사는 내가 자신의 의도를 간파한 것을 의식하지 못하고 계속 떠들어댔다.

"자, 항암 치료가 있어요. 당신이 해줬으면…."

"싫어요."

"싫다니, 무슨 뜻인가요? 엘리자베스, 최대한 빨리 이 종양을 제대로 제거하는 것만이 생존 확률을 가장 높이는 일입니다. 끔찍한 항암 치료를 받은 사례를 본 적이 있겠지만 지금은, 특히나 림프종의 경우 치료는 견딜 만해요. 이런 말이 어떻게 들릴지 모르지만 치료에서의 어려움은 주로… 치료를 받지 않는 것에 있답니다."

"전 항암 치료를 받지 않을 거예요. 화학 항암이든 방사선이든, 뭐든 싫어요. 치료를 받지 않고 얼마나 살 수 있을까요?"

"뭐라고 했나요?"

"그건 말해주셔야죠. 방금 저한테 시한부를 선고하셨잖아요. 어서요. 치료를 받지 않고 전 얼마나 살 수 있나요?"

그는 당황한 듯 보였다.

"암이 다른 곳으로 전이가 되었는지 CT를 찍어봐야 하겠지만 종양의 세포 활동을 보면… 예후를 6개월에서… 음, 단정하기 어렵군요. 물론 성공적인 사례도 분명 있습니다만…."

"알겠습니다."

난 의자 등받이에 놓아둔 가방을 집어 들었다.

"연락드릴게요."

"엘리자베스! 전문 상담가를 만나봤으면 좋겠는데요…."

난 그가 말을 끝내기도 전에 자리에서 나왔다. 마치 내가 항암 치료에 동의해 이미 독약 같은 액체가 내 혈류로 주입된 듯 입에서 쓰디쓴 금속 맛이 느껴졌다. 종양 전문의, 간호사, 방사선 전문의, 말기 환자 간병 전문가. 난 암 환자의 치료 단계에 대해 너무 잘 알고 있기에 전혀 흥미가 생기지 않았다. 털끝만큼도.

쌍둥이 남동생 폴이 우리에겐 건강한 부정과 리비랜드가 있다는 말을 했다. 대부분의 사람이 현실을 부정하거나 적어도 최대한 그렇게 하면서 산다는 거다. 그러지 않으면 아동 착취, 전쟁, 체내에 쌓이는 잔류 농약, 하루하루 줄어드는 수명 등 인생의 모든 끔찍한 것이 너무 벅차 누구도 침대 밖으로 나오지 못할 거라고 했다.

"하지만, 리비 넌 말이야."

폴이 말했다.

"너의 리비랜드는 온통 새끼 고양이와 무지개와 해피 엔딩으로 가득 차 있어. 아주 귀여운 세상이라 네가 안심하고 잘 수 있는 곳이지. 난 가끔 네가 걱정되거든."

내 남편 톰보다, 어쩌면 나 자신보다 날 더 잘 아는 폴이 그런 말을 한 게 아니었다면 모욕당한 기분이 들었을지도 모르겠다. 나 역시 누구보다도 폴을 잘 안다. 그는 자신의 비관적인 성향을 좋아하지 않지만, 그런 성향 덕분에 극소심한 A형 인간으로 금융 시장 붕괴와 다른 문제들을 예측하는 능력을 발휘하며 먹고산다. 성격이 정반대라는 점에서 폴과 나는 환상의 콤비다.

그러니 고양이들이 무지개 사방에 대변을 갈기는 것을 목격하고 내가 행복이 아닌 잘못된 방향으로 틀어 막다른 길로 곧장 달려간 것을 폴에게 말하려니 짜증이 밀려들었다.

샌더스 박사의 진료실을 재빨리 빠져나와 엘리베이터로 가면서 난 사람이 이 세상에 오래 머물 수 없다는 것을 배웠을 때 하듯 장례식에 대해 생각했다. 평생 딱 한 번 장례식에 갔었고, 그 후로 절대 장례식에 가지 않겠다고 맹세했다.

그 처음이 바로 엄마의 장례식이었기 때문이다.

열 살 때, 폴과 나는 다른 사람들 앞에서 손잡은 모습을 보이기가 부끄러워서 장례식장 모퉁이에 같이 웅크리고 있었다. 폴은 내 원피스 뒷부분을 꽉 잡았고, 난 폴의 정장 귀퉁이를 붙잡았다. 우리는 아빠가 이 사람과 인사를 하고 저 사람과 추억담을 나누는 광경을 지켜보았다. 간간이 누군가가 우리에게 다가와 위로의 말을 전하고 쓰다듬어주고는 서둘러 자리를 떴다. 모두가 해야 할 일을 하고 난 뒤 안도했다. 화학약품 냄새를 풍기는 장례식장 공기에 숨이 막혔다. 영원한 시간이 흐르고 또 흘렀다. 마침내 누군가가 우리를 엄마의 시신이 누워 있는 방 한가운데로 조심스럽게 데려갔다.

작은 예배당처럼 꾸민 장례식장에서 우리는 관과 아주 가까운 맨 앞자리의 아빠 옆에 앉았다. 난 발에 감각이 없었고 손과 얼굴도 얼얼했다. 뒤에 앉은 모든 사람이 남은 우리 가족을 흘끔거리지 않으려고 애쓰다 실패하고 쳐다보는 걸 알기에, 귀가 벌겋게 달아올랐던 기억이 생생하다.

목사님이 단상에 올라 기도를 시작했고 하느님에게 '필립의 아내이자 폴과 엘리자베스의 엄마'가 천국의 집에 온 것을 환영해달라고 이야기했다. 난 성 삼위일체의 수장에게 다른 용건이 있었다. 지금 느끼는 얼얼함이 심각하게 몸이 아픈 징조이니 곧바로 엄마를 따라갈 수 있게 해달라고 기도했다. 내가 머물고 싶은 곳은 엄마가 있는 곳뿐이기에 암에 걸리기 전의 엄마, 고통 없는 미소를 짓고 내 손을 잡던 엄마에게로 날 데려다 달라고 하느님께 빌었다.

아빠도 뭐라고 말했다. 몇몇 사람도 입을 열었다. 난 그 사람들이 누구고 무슨 말을 했는지 기억나지 않는다. 장례식장이 텅 비었고 폴이 내 옷자락을 세게 당기며 때가 되었다고 했다.

엄마를 죽게 만든 몸의 절반은 보여줄 수 없는 상태여서 관은 일부만 열려 있었다. 난 엄마를 똑바로 쳐다보지 않으면 전혀 현실 같지 않을 거고 이 끔찍한 사건은 사실 다른 사람에게 벌어진 일이라고 스스로를 달랬다.

하지만 이 세상에서 엄마의 얼굴을 볼 수 있는 마지막 기회였기에 난 봐야만 했다.

파운데이션을 치덕치덕 바른 팬케이크 화장을 한 엄마의 얼굴에선 생기를 찾아볼 수 없었다. 불과 며칠 전 호스피스에 있을 때 불룩하던 볼이 지금은 퀭하게 꺼졌고 그 자리를 과한 볼 터치로 덮었다. 그런 이상한 얼굴을 하고 있음에도 그녀는 분명 필요할 때면 내 눈물을 닦아주고 내가 좋아하는 미니 샌드위치를 만들어주고 날 영원보다 더 오래 사랑할 거라고 말해주던 우리 엄마다.

엄마는 사랑스러웠다. 난 한 번 더 엄마에게 다정하게 손을 뻗었고 내 인생에서 앞으로 이번 이별만큼 힘든 일은 없을 거라는 것을 직감했다.

엄마에게 손을 댔다고 아빠한테 혼날 줄 알았는데, 처음으로 아빠는 체면 따윈 잊어버리고 아이들이 본다는 사실도 아랑곳하지 않은 채 무릎을 꿇고 주저앉아 흐느꼈다.

폴은 내 옆에서 같이 울었다. 내 손을 너무 꽉 잡아 아팠다. 하지만 그러지 말라고 하지 않았다. 우리는 엄마 없는 아이들이라는 걸 이제 막 알아차렸고 앞으로 쭉 그렇게 살아야 하니까.

아빠와 폴과 함께 차에 올라 장지로 떠날 때 나는 평생 더는 장례식에 가지 않을 거라고 다짐했다. 그건 맹세와도 같았고 거의 지켰다. 먼 친척이 운명을 달리했거나 친구의 부모님이 돌아가셨을 때 혹은 직장 동료의 부고를 받았을 때 난 가지 못해서 미안하다는 애매한 사과와 함께 근조 화환을 보냈다.

그러나 샌더스 박사의 진료실 밖 엘리베이터 문이 열리고 날 병원 로비까지 데려다줄 그 금속 상자 안에 들어갔을 때, 24년 전 스스로와 했던 약속을 더는 지킬 수 없다는 사실을 깨달았다.

결국 난 장례식에 또 한 번 참석하게 되었다. 어쩌다 보니 두 번째 참석할 장례식은 바로 내 장례식이었다.

# 2

그때 이 일이 터졌다.

"톰? 여보?"

너무 많이 운 통에 콘택트렌즈가 빠져서 주방 아일랜드 식탁 주위에 어른거리는 형상이 내 남편인지 확실히 보이지 않았다.

샌더스 박사의 진료실을 나서자 눈물이 폭포처럼 쏟아졌다. 레이크 쇼어 드라이브에 자리한 미로 같은 병원 건물에서 빠져나와 버스에 치이지 않고 미시간 애비뉴까지 가서 택시를 잡아탄 건 기적과도 같았다. 월요일 오후 5시 무렵이라 벽타운의 우리 아파트까지 30분 정도 걸렸고, 400미터를 지날 때마다 난 점점 더 심란해졌다.

내 인생을 돌아보니(풀 스크린 버전으로 크게) 이런 식으로 끝나서 될 일이 아니었다. 아직 스페인어도 배우지 않았고 직장을 그만두고 해외여행 가는 목표도 실천하지 못했고, 아이를 한두 명 입양하려 한 일도(내 산부인과 주치의도 아직 밝혀내지 못한 이유로 난 임신을 할 수 없을 것 같다) 계획에 옮기기 전이다. 유골함이 우리 벽난로 위에 놓일 테고 벽난로는 곧 톰의 벽난로가 될 테지(흑흑!). 서른네 살이 아니라 적어도 일흔에나 그렇게 되어야 하는데.

"결혼 생활에 문제가 있나요?"

택시 기사가 휴지를 건네며 물었다. 그 소리에 난 사랑하는 톰이 곧 자신이 홀아비가 된다는 사실을 알게 될 것이 슬퍼 더 서럽게 울었다. 톰! 정 많고 용감한 사람. 그는 내 앞에서 우는 모습을 보이지 않을 테지만 한밤중에 자다 일어나면 그가 컴퓨터 앞에 앉아 조용히 흐느끼는 모습을 보게 될 거라는 짐작이 갔다(남편은 불면증이 있어서 새벽 2시나 3시까지 자지 않고 있는 때가 많다). 이미 엄마의 죽음을 겪은 아빠와 폴을 제외하고는 남편이 제일 안됐다. 아직까지도 팔다리를 막 잃어버린 사람처럼 엄마의 빈자리가 벅차게 느껴지고, 많은 세월이 흘렀지만 우리 세 사람은 여전히 가족을 떠나보낸 아픔을 견디거나 무시하는 법을 배우지 못했다.

"리비? 무슨 일이야?"

톰이 얼른 달려와 내 어깨를 감쌌다. 그가 집에 있어서 진짜 다행이다. 톰은 도시 건축 계획을 하는 작은 회사에 다니는데, 출근 시간이 유동적이라 오후 3시나 4시쯤 집에서 나가 시내를 돌아다니고 남은 일은 저녁에 집의 사무실에서 마무리 지었다.

"톰!"

내가 목 놓아 울며 소리쳤다.

"어떻게 이럴 수 있어?"

"리비…."

그가 조심스럽게 입을 열더니 날 잡은 손을 놓았다. 예상치 못한 행동이다. 내 머리를 쓰다듬으며 달래줘야 하는 게 아닌가?

"당신, 알았어?"

"당연히 알지!"

난 머리가 빙빙 돌았다. 난 안다고 쳐도 남편은 어떻게 알았지? 한 사람의 의료 기록을 본인 동의 없이 공유하지 못하도록 법으로 정해져 있지 않나? 물론 내가 수술 전에 작성한 개인 정보 서류에 남편의 연락처를 적어놓긴 했지만 말이다. 어쩌면 샌더스 박사가 내가 진료실을 박차고 나간 것이 걱정되어 톰에게 미리 연락한 것일 수도 있다.

"맙소사. 당신이 이런 식으로 알길 바라지 않았어. 오레일리가 말해준 거야?"

내가 성 말고는 아는 것이 없는 자신의 절친을 언급하며 그가 물었다.

오레일리가 내가 암으로 죽게 생겼다는 사실을 어떻게 알지? 난 곧바로 혼란스러웠다. 재킷 소매로 눈물을 닦은 다음 주방 아일랜드 식탁 서랍을 뒤적거리며 여분의 안경을 찾았다. 가위 한두 개에 손을 좀 찔리다가 안경을 찾아서 썼다. 한쪽 다리가 없는 안경을 콧등에 비스듬히 걸치니 지금은 도수가 맞지 않지만 그래도 살짝 겁에 질린 톰의 얼굴이 잘 보였다. 가슴이 쿵쾅쿵쾅 뛰었다. 내가 기대한 것만큼 남편은 그렇게 용감한 사람이 아닐 수도 있다. 힘을 내, 리비. 난 스스로에게 말했다. 톰에게는 네가 필요하다고.

"요즘 새 의사에게 상담을 받는데…."

그랬나? 잘됐다. 난 톰이 정신과 의사한테 찾아갈 스타일이 아니라고 생각했는데, 적어도 내 죽음과 관련해서는 도움을 받을 수 있을 테니 다행이다.

"리비, 내 말 듣고 있어?"

남편이 날 뚫어져라 쳐다보았다.

난 멍하게 눈을 깜박였다.

"응? 못 들었어. 뭐라고 했는데?"

"난 아마도… 동성애자인 것 같아."

그 말에 정신이 아찔해지며 차가운 아일랜드 식탁 모서리에 등이 부딪히는 느낌이 들었다.

"맙소사."

난 톰을 잡으려고 팔을 뻗었다.

"리비."

그가 날 자기 쪽으로 끌어당겼다.

"정말 진심으로 미안해. 당신 괜찮아?"

"난, 난 괜찮아."

누가 나에게 괜찮냐고 물을 때면 늘 이렇게 대답했기에 이번에도 그랬다.

날 바라보는 톰의 눈가가 촉촉이 젖어 있었다.

"고마워."

그가 불안하게 높은 목소리로 말을 이었다.

"그렇게 말해줘서 고마워. 당신은 오래전부터 알고 있었던 거지? 적어도 마음속으로 말이야."

그때까지는 그가 하는 모든 말이 그냥 날 스쳐 지나갔다. 그런데 이제 한꺼번에 전부 내 속에 가라앉기 시작했다. 남편이 미친 걸까? 지구온난화가 북극곰을 죽이고 있다는 것도, 중국 인구가 수년 전에 벌써 10억 명을 돌파한 것도, 영어에서 리듬이 모음이 없는 가장 긴 단어라는 것도 안다. 하지만 내 어린 시절 연인이자 20년씩이나 사랑했던 남자가 동성에게 성적으로 매력을 느낀다는 사실은 몰랐다.

"아니, 그게 아니라…."

난 상관인 재키가 터무니없는 일을 시키면서 잔소리처럼 하지 말라고 하는 내 버릇("리비, 한가한 점심시간에 나 대신 크림색 바탕에 갈색 땡땡이 무늬가 있는 알파카 담요를 좀 사다 주고 거북이처럼 목을 움츠리는 행동 좀 그만둘래?")인 목 움츠리기 기술을 선보이며 말했다

"이 일로 우리 결혼 생활이 끝이라는 말을 하는 게 아니야."

톰이 날 꽉 껴안으며 이어서 말했다.

"난 당신을 아주 많이 사랑해. 당신도 알잖아. 그냥 내가 어떤 사람인지 알고 싶은 거야. 난 수년 동안 이 일로 힘들었고 그래서 지금, 리비? 리비, 지금 뭘 하는 거야?"

난 그 질문에 대답할 수 있을지 확신이 서지 않은 채 그의 품에서 나와 아일랜드 식탁에서 우리가 8년 전에 결혼식을 하면서 구입한 여전히 반짝거리는 은 식기가 들어 있는 다른 서랍을 뒤적거렸다. 거기서 포크 하나를 꺼내 들고 가만히 쳐다보았다. 포크는 다이닝룸 샹들리에(아니, 빛의 조각품) 빛을 받아 반짝거렸다. 그건 우리가 아직 톰의 대학원 학자금을 갚는 처지임에도 톰이 거금을 써서 구입한 것이다.

"그냥…."

난 이렇게 대꾸하고 아일랜드 식탁 위에 놓인 그의 손바닥을 포크로 찔렀다.

"아얏! 당신 왜 이러는 거야?"

톰이 소리를 질렀다. 포크가 바닥으로 떨어졌고, 깊이 찌른 것도 아닌데 톰은 마치 불에 데인 듯 혹은 칼에 찔린 사람처럼 이리 뛰고 저리 뛰며 손을 들었다 내렸다 호들갑을 떨었다.

"난 내 속을 다 꺼내 보여줬는데 당신은 고기를 찌르듯 날 찌른 거야, 리비?"

"내가 왜 이러냐고?"

난 너무 어이가 없어서 그를 똑바로 쳐다보았다. 독기가 바싹 올랐다.

"내가 왜 이러냐고?!"

엄청나게 짧은 시간 안에 내가 왜 이러는지에 대한 대답이 아주 긴 목록으로 만들어졌다. 이전까지 나의 가장 큰 고민은 대책 없는 곱슬머리, 바지를 입기에는 큰 엉덩이, 부시 주니어가 사무실로 온 뒤로 여전히 잘하고 있지만 일을 즐기지 못한다는 점이었다. 그런데 지금 난 암으로 죽어가고, 알고 보니 염색체 구성이 나와 상당히 다른 사람에게 매력을 느끼고 있다는 내 남편을 죽이고 싶다는 마음뿐이다.

"당신은 늘 이런 식이야."

난 그에게 이렇게 말했다.

여전히 자기 손을 꽉 붙든 채로 남편이 한 걸음 물러섰다.

"무슨 말이야?"

난 다시 화가 끓어올랐다.

"내게 올 관심을 가로채가는 거!"

내 엄청난 소식을 그가 가로채간 점이 지금 고민해야 할 딜레마가 아니라는 것은 알지만 멈출 수가 없었다. 마치 장황하게 짜증을 내는 재키의 영혼이 내 몸 안으로 들어온 것 같았다.

"매번 그랬어, 톰!"

끔찍한 표정으로 날 쳐다보던 남편에게 소리를 질렀다.

"매번!"

고등학교 때 톰은 〈오클라호마!〉에서 컬리 역을 맡아 열연을 펼쳐 신문에서 극찬을 받았다. 난 로리의 대역으로 한 번도 제대로 무대에 서지 못한 채 코러스에서 톰만 쳐다보았다. 결혼식 때 톰의 맞춤 예복은 내 웨딩드레스보다 훨씬 근사했고, 식에 온 사람들 모두 그 이야기뿐이었다. 청천벽력과도 같은 내 암 선고를 가로채갈 수 있는 사람은 오로지 톰뿐이다.

지금은 나도 안다. 뮤지컬을 한다고? 게다가 명품 예복? 리비, 네 남편이 자기가 말하는 것처럼 이성애자가 아니라는 걸 넌 알아야 하지 않았니? 그러나 내 동생 폴은 태어난 후로 자기 성향을 숨김없이 드러냈다. 난 동성애자들을 겪어봐서 알았다. 적어도 안다고 생각했다.

"난 죽어가고 있어. 나는. 지금. 죽고 있다고!"

"리비, 너무 극적으로 받아들이지 마. 당신이 속상한 건 알아. 나도 그래. 그렇지만 당신이 계속 소리 지른다고 우리 일이 해결되지는 않아."

"톰."

난 싱크대 바로 위 자석에 붙어 있는, 최근에 간 날카로운 스테이크 칼을 쳐다보며 말했다.

"오해하지 말고 들어줘. 내가 우리 둘 모두에게 후회할 일을 저지르기 전에 그만 나가줬으면 좋겠어."

그 소리에 남편이 움찔했다.

"리비, 내가 불쌍하지도 않아? 얼마나 힘든지 당신이 알기나 해? 난 몇 달 동안 노력해왔다고."

참 장하다. 내 종양이 피부 아래서(아기가 비슷한 과정을 거치며 커가는 부위에서 그리 멀지 않은 곳에) 콩알만 하다가 올리브 크기에서 라임만큼 커진 이 마당에 톰은 내가 우리 결혼을 깨고 있다는 말을 잘도 나불대고 있다.

"톰, 톰, 톰."

난 칼을 붙여둔 자석 위 먼지 낀 부분을 손가락으로 두드리며 말했다. 이 먼지는 나중에 청소할 거다.

"당신은 이미 3분 전에 불쌍하지 않냐고 물을 권리를 상실했어. 그러니 내가 다시 찌르기 전에 이 집에서 그만 나가."

# 3

이런 식으로 톰과 사달이 나지 않았다면 난 화를 내지 않았을까? 장담할 수 없다. 결국 그는 밝힐 테지만 진짜 안타까운 내 소식을 그의 소식 전에 말할 기회가 있었다면, 톰은 내가 죽을 때까지 자기 비밀을 지켰을 거라는 생각이 든다. 그러면 그는 참 편하겠지. 사람들에게 이렇게 말할 수 있을 테니까.

"전 아내를 너무 사랑했어요. 그녀가 갑자기 떠나버리고 난 뒤로 다시는 다른 여성을 사랑할 수 없게 되었어요. 평생. 그래서 지금 남자를 만나요."

하지만 일이 이렇게 진행되어 톰이 자기 속내를 보였고, 그 소식이 너무 끔찍하게 다가왔다. 난 숨을 쉴 수가 없어 내 속에 든 수류탄에 대해서 말하지도 못했다.

톰이 집을 나가고 난 뒤 무슨 일이 있었는지 확실하지 않지만, 내가 아파트 바닥에 누워 차가운 나무에 뺨을 대고 이대로 영원히 사라졌으면 좋겠다고 빌었던 건 기억난다. 톰의 고백은 마치 충격파 속의 굉음 같았다. 내 남편이 동성애자라고?

"그냥 내가 어떤 사람인지 알고 싶은 거야."

그가 남자를 좋아한다고 해도 그는 날 아주 많이 사랑하니까 문제가 되지 않아…. 그런 거지?

"이 일로 우리 결혼 생활이 끝이라는 말을 하는 게 아니야."

그가 한 말을 듣지 못한 척해도 돼.

"당신은 오래전부터 알고 있었던 거지?"

우리는 이 모든 걸 그냥 잊어버리고 최소한 내가 죽을 때까지는 평소처럼 지내도 될지 몰라.

"당신 왜 이러는 거야, 리비?"

아무튼 난 이성적인 사고를 할 수 없는 상태여서 폴이 예일 클럽이나 바니 그린그라스에 가는 길이거나 혹은 그가 관리하는 헤지펀드 투자자와 와인을 마시며 저녁 식사를 하고 있을지도 모르니 전화해서 방해하면 안 된다고 스스로를 달랬다. (게다가 난 쌍둥이 사이에 텔레파시가 통하는지 늘 궁금했기에 내가 보내는 조난신호를 그가 받았는지 기다려보는 것도 흥미로웠다.) 마침내 아파트 바닥에서 몸을 일으키고 약통에서 톰의 수면제를 꺼내 한 알을 먹었다. 한 알을 더 먹은 뒤 좀 흐느끼고, 미친 듯이 초콜릿 칩 쿠키를 한 통 다 먹었다. 그것 말고 나머지는 기억이 흐릿하다.

다음 날 아침, 난 침을 질질 흘리며 잠에서 깼다. 벨소리가 들려 소파 쿠션 틈에 있던 휴대전화를 찾아냈다.

"좋은 아침이야, 폴."

난 잠결에 웅얼거리며 말했다. 밖은 여전히 깜깜한데 폴은 여섯 시간 이상 잘 필요가 없는 그런 신기한 체질이다. 암페타민을 처방받은 후로 폴의 수면 시간은 네 시간 혹은 다섯 시간으로 줄었다.

"무슨 일이야?"

마치 내가 전화를 건 쪽인 양 폴이 물었다. (어쩌면 쌍둥이의 텔레파시가 통하는지도 모르지만, 내가 대놓고 인정할 거란 기대는 하지 마라.)

폴에게 나쁘거나 끔찍한 소식을 듣고 싶냐고 물을까 생각했지만, 수면제 때문에 여전히 머리가 멍한 상태에서도 난 아직은 그에게 암에 대해 말할 수 없다고 느꼈다. 쌍둥이 조카인 토비와 맥스가 놀고 있는 소리가 전화기 너머로 들렸고, 폴이 아이들에게 쾌활하게 말하는 것도 알 수 있었다. 생명을 갉아먹는 종양이 셋뿐인 우리 핵가족을 단 둘로 줄일 것이고 그건 직접 만나서 전해야 하는 소식이었다.

"톰이 동성애자야."

폴이 콧방귀를 뀌었다.

"찰리, 일어나!"

아침형 인간이 아니라서 옆에서 졸고 있던 애인에게 폴이 말했다.

"자기도 들어야 하는 빅뉴스야!"

28

"그게 네 첫 반응이야?"

눈물이 나려고 눈이 따끔거리는 걸 느끼며 내가 반문했다.

"립스, 미안해. 그럴 의도는 아니었어. 난, 그러니까, 너무 놀랐어. 대체 어떻게 톰이 너한테 그럴 수가 있어? 넌 괜찮아?"

"아니."

난 솔직히 말했다.

"진짜 엉망인 곳에 있는 것 같아."

"세상에, 립스."

폴이 달래듯 말했다.

"나도 시카고가 싫어. 동부 해안가로 이사를 오는 게 어떨까. 맨해튼 공화국도 좋은데, 어때? 여기서는 더 많이 행복할 수 있을 거야."

"폴."

"브루클린은 어때?"

"폴."

"미안해, 립스. 너무 속상해서 농담한 거야. 내가 어떤지 알잖아. 이게 지금 진짜 일어난 일이지? 그는 뭐라고 했는데? 넌 뭐라고 했고?!"

"진짜 벌어진 일이야."

난 비참하게 말했다.

"포크로 그를 찔렀던 것 같아."

29

"미치광이 립스, 잘했어! 그래도….”

"뭐가 그래돈데?"

내가 예민하게 반응했다.

폴이 망설였다.

"톰은 괜찮아? 분명 그도 엉망일 텐데.”

"톰이?"

내가 반문했다.

"염병할 톰이 괜찮냐고?"(기억나는 것 중 하나는 엄마가 욕을 싫어한다는 점인데, 엄마를 기리는 뜻으로 최대한 욕을 나만의 단어로 순화해서 쓰고 있다.)

"립스, 내 말 무슨 뜻인지 알잖아.”

"날 립스라고 부르지 마.”

난 코를 훌쩍이며, 톰이 내가 이미 알고 있다고 생각한 뒤에야 비로소 진실을 알린 것에 대해 생각해보았다.

"그는 잘 있어.”

"유감이야.”

폴은 조만간 다시 이야기하자는 식으로 이렇게 말했다.

"이제 어쩔 거야?"

그건 아주 좋은 질문이다. 난 안경을 쓰고 시계를 살폈다. 출근 시간이 한 시간 정도 남았다. 물론 결근하겠다고 연락해도 되지만 그러면 내 가슴을 찢어놓은 남자와 같이 살던 집에서 하루 종일 울기밖에 더 할까. 병들었다는 사실을 막 안 것만으로도 이미 충분히 끔찍하다. 남편이 우연찮게 자기의 성 정체성을 밝힌 일로 내 인생을 망가뜨리면 참으로 짜증스러울 것 같다.

"이제 샤워를 하고 그다음에 옷을 입을 거야. 그리고 일하러 가야지."

"그런 건 하지 마! 재키한테 알아서 하라고 말해. 남편이 커밍아웃을 한 사람은 한 달은 아니어도 일주일은 쉬어야지."

난 정신적으로 고단하지만 그 말은 곧 내 상사의 일과를 제대로 도와야 한다는 의미이기도 하다. 라디오, 텔레비전뿐 아니라 미국 전역의 주문, 제작, 인쇄 간행물을 담당하는 미디어 대기업에서 광고 부문 사장으로 일하는 재키는 출판 관계자와 아침 8시 45분에 조찬 회의가 있다. 10시, 10시 30분, 11시에는 여러 영업 부서장들과 화상 회의가 있는데, 이건 내가 직접 준비해야 한다. 그다음에 리츠호텔에서 최고 경영자와 이른 점심을 하는데, 이때 난 한 시간 정도 쉴 수 있다. 하지만 저녁에 있을 조프리 행사에 그녀가 입을 드레스를 찾으러 가야 하고, 아니면 사고를 내지 않고 라살의 체증을 뚫을 수 있는 유능한 퀵서비스 맨을 찾아야 한다.

난 암에 걸렸다. 처음 그 사실을 안 듯 다시금 생경하게 느껴졌다. 난 움찔했고 붕대를 감아놓은 배꼽 왼편 절개 부분을 손가락으로 만지며 복부를 살폈다. 종양은 제거했지만 아직 암이고, 그 말은 곧 악성 세포가 지금 여기 있다는 의미인가?

아니면 그것들이 아주 작은 측량사들처럼 이미 내 몸 전체로 퍼져서 전이할 다른 곳을 찾는 건가?

어디에 암이 있는지는 문제가 아니다. 중요한 것은 내가 지금 이 순간에 죽어가고 있다는 거다. 이 말을 폴에게 한다면, 폴은 우리는 모두 살아 있는 지금 이 순간에도 죽어가고 있다고 말하겠지. 하지만 내가 말했듯, 난 아직 폴에게 핵폭탄급 선언을 할 준비가 되지 않았고 그건 그의 정신적인 안녕뿐 아니라 나의 안녕을 위해서이기도 하다. 사람들에게 소식을 알리기 전에 척박한 사막과도 같은 내 정신을 가다듬을 며칠이 필요하다.

톰에게 비밀을 털어놓을 수 있다면 좋을 텐데. 그 생각이 들자 눈에서 다시 눈물이 마구 샘솟았다. 폴과는 달리 남편은 전략을 세우는 태세로 들어가거나 내가 받아들일 준비가 되지 않은 조언을 하지 않을 거다. 그는 우는 걸 멈출 때까지 날 안아줄 거고 그런 다음에 무엇을 하고 싶냐고 물을 텐데, 그가 그렇게 질문해준 덕분에 항상 난 올바른 방향으로 나갈 수 있었다. 그러나 사실상 톰은 이제 여기 없다.

뭐 상관없고, 폴의 말이 옳다. 난 일을 좀 쉬어야 한다. 하지만 내 방식대로 그렇게 해야 한다.

내가 화내는 게 결혼 생활이 무너진 것보다 더 큰 문제 때문이라는 것을 알지 못하는 폴은 여전히 톰 생각을 했다.

"이런 말이 도움이 될지 모르겠지만 난 항상 톰이 의심스러웠어."

"그가 동성애자일 거라고 예상했던 거야?"

내가 땍땍거렸다.

"그런데 왜 나한테 말하지 않았어?"

"리비, 내가 그걸 예상했다고 해도 네가 제일 먼저 알았어야지. 사실 이 소식은 너한테만큼 나에게도 충격이야. 그냥 네가 더 나은 선택을 했으면 좋았을 걸 하는 생각이 들어."

적어도 이 말은 처음 듣는 소리가 아니다. 결혼 일주일 전 폴이 나에게 미루라고 간청했다.

"넌 아직 너무 어리잖아, 리비. 다른 남자도 좀 만나보면서 진짜 톰한테 정착하고 싶은지 알아보면 되잖아."

"난 정착하려는 게 아니야."

난 폴에게 이렇게 말했었다.

"10년 동안 생각해봤어, 폴. 이런 사랑은 내 평생에 한 번 이상 오지 않을 걸 알아."

"리비, 그건 메인산 로브스터를 먹어보지 못하고 롱 존 실버에서 먹는 생선이 세상에서 제일 맛있다고 말하는 것과 같아."

"로브스터는 갑각류야. 그리고 넌 지금 질투하는 거고."

뒤에 붙인 말은 우리 둘 다 조금도 진실이 아니라는 점을 알지만 그때는 그냥 그렇게 말했다. 폴은 내가 정말로 확신하는지 결혼 전날 밤에 물었지만 사실상 내 신부 들러리가 되어 옆에 서 있었다.

그 당시에 난 확신했다. 지금은 별로 그렇지 못하다. 민망한 요가 바지를 입은 여자가 지나가도 톰이 눈도 깜빡하지 않을 거라고 늘 아주 확신에 차 있었는데, 알고 보니 엉뚱한 데서 징후를 찾는 거였다. 내가 이토록 완벽한 남편을 가졌다고 정신 승리를 하면서 간과한 것이 또 뭐가 있을까?

"더 나은 선택을 하고 싶지 않았어."

난 코를 훌쩍이며 폴에게 말했다.

"내 잠자리 실력도 괜찮다고 생각했고."

"그 말을 인정하려니 토가 쏠리지만 넌 잘한다고 확신해. 립스, 이번 일은 너랑 아무 상관없는 거 알지? 안다고 말해."

난 안다고 대답하겠지만 이 대화를 하고 있는 지금은 전혀 준비가 되지 않았다.

"알아. 나중에 전화할게."

"사랑해."

"내가 더 사랑해."

"아니, 내가 널 더 사랑해."

폴은 이렇게 말하고 내가 대꾸하기도 전에 먼저 끊었다.


"리~이~이~이~비!"

재키가 요들송처럼 내 이름을 불렀고, 같이 일한 지 7년이 지났지만 여전히 적응이 안 돼서 머리에 소름이 끼쳤다. 내가

34

자기 사무실에 들어가기도 전인데 벌써부터 소리를 지른다.

"나 오늘 6시 반에 출근한 거 알아? 자긴 지난주에 하루 쉰 것은 말할 것도 없고 어제 갑자기 사라진 대신 오늘은 일찍 와 있을 줄 알았는데. 이 동네에 저녁과 주말에 진료하는 병원이 수두룩하잖아. 내가 평일 낮에 개인적인 약속으로 빠진 적 있어?"

사실 이틀 전 재키는 오후 4시에 네일 아트를 받으러 갔고, 어제 그녀의 점심 약속은 분명 아르헨티나 연하남과 짧은 섹스를 즐기러 간 거였다. 하지만 난 어느 쪽도 지적하지 않았다.

대신 그녀의 사무실 문을 열고 이렇게 말했다.

"좋은 아침이에요, 재키!"

이 허리케인 같은 인간에게 상냥하게 구는 게 이상하게 보이겠지만 아주 짧은 시간 동안 큰일을 겪고 나니, 돈을 많이 받는 아첨꾼인 내 역할로 돌아가는 것이 쉽고 심지어 편하게 느껴졌다.

지금 누군가는 내게 '리비, 왜 그렇게 엉망인 사람의 비서로 기꺼이 일을 하는 거죠? 자존심도 없어요?' 하고 물을 거다. 물론 자존심이 있지만 죽은 엄마의 의료비 때문에 거의 파산 지경에 이른 아빠를 지켜보면서 난 돈의 위력을 몸소 실감했다. 폴의 꼼꼼한 지도를 받으며 나는 지금까지 네 번 사직서를 냈고, 그때마다 인사부에서 더 많은 돈과 더 멋진 직함으로 보상해주었다. 이 말은 곧 재키가 광고주들을 홀리는 데는 아주 탁월하지만 그 광고주들과 맺은 계약을 이행하는 직원을 다루는 일에는 매우 서툰 끔찍한 상관이라, 회사 입장에서는 그녀의 비서(이력서에는 공식적으로 '미디어 관리 부사장'이라고 적혀 있다)에게 연봉 12만 달러를 줘도 아깝지 않다는 뜻이다. 재키는 내가 받는 보상이 자기 개인 돈에서 나오는 양 행동했다.

"남자들이나 그렇게 받는다는 거 알지, 리비? 내가 자기를 위해 유리 천장을 깨준 거야."

재키는 흡연가 특유의 억양으로 이렇게 생색을 내놓고선 얼마 가지 못해 내 머리에서 그리 멀리 떨어지지 않은 벽으로 휴대전화를 집어던지며 신경질을 냈다. 그러면 난 새 전화기를 사서 데이터를 백업하느라 오후 내내 분주했다. 종종 나자신에게 재키와 일하는 것이 대장 내시경을 하거나 공항 보안 검색대에서 몸수색을 받는 것처럼 필요악이라고 말했다.

"파키스탄에서는 시간당 8달러에 비서를 고용할 수 있다는 거 알아?"

재키가 강단 너머로 말했다.

"그렇지만 그 비서가 이런 것도 사올 수 있나요?"

난 뒤에 감추고 있던 겨로 만든 채식주의자용 머핀을 꺼내며 말했다. 아직 내 일상은 자동주행모드라 언제나 그렇듯 베이커리에 들러 재키가 늘 먹는 머핀과 내가 늘 먹는 설탕을 입힌 커다란 시나몬 번을 샀다. 설탕이 암 세포를 키운다는 이야기를 들은 적이 있지만 그 걱정을 하기에는 너무 늦었다.

"어머."

재키는 머핀을 챙기려고 손에 들고 있던 서류를 내려놓았다. 조찬 모임을 하든 안 하든 그녀는 항상 공짜와 탄수화물에 취약했다. 그녀는 머핀 종이를 입안으로 밀어넣으며 내가 이미 받은 일정 말고 추가로 해야 할 일을 쭉 읊었다. 이 사람한테 전화하고 저 사람한테 전화하고, 자기 어머니에게 줄 꽃을 주문하고, 이 여성과 일을 잘 해결 보고, 저 업체에 계약서를 보내고 등등.

"재키."

어느 순간 내가 끼어들었다.

"마지막 몇 가지는 적게 잠시 기다려줄래요?"

난 집중력이 흐트러지고 살짝 어지러워 그녀가 말하는 속도를 따라잡을 수 없었다.

"안 돼."

재키가 땍땍거렸다. 내가 쳐다보는 것을 무시하고 그녀는 계속 자기 요구 사항을 줄줄 읊었고 난 컴퓨터가 도와준다고 해도 다 끝내려면 한 달은 걸릴 일을 리갈 패드에 적었다.

할 말이 끝나자 그녀는 자기 책상 아래 쓰레기통이 있음에도 부스러기가 묻은 머핀 종이를 마치 하녀에게 주듯 내게 건넸다. 난 눈살을 찌푸리고 잠시 그 쓰레기를 쳐다본 다음 한

숨을 쉬고, 그녀의 손가락에서 받아 내 책상 근처에 놓인 쓰레기통으로 갔다. 머핀 종이를 버리고 난 그녀의 책상 앞 투명 플렉시 의자 끄트머리 쪽으로 가서 섰다.

내가 되돌아온 것이 달갑지 않다는 점을 분명하게 드러내듯 그녀는 눈썹을 찡그렸다. 보통은 그녀의 고약한 성미를 수달이 등에서 물을 튕기듯 자연스럽게 떨쳐냈지만 일분일초가 아까운 지금, 암과 곧 닥칠 이혼이라는 낭패를 머릿속에서 더는 무시할 수 없다는 느낌이 들었다. 솔직히 난 놀랄 정도로 열이 받은 상태다.

"재키."

나도 언짢은 얼굴로 그녀를 노려보았다.

"곤란한 일이 좀 있어서 1, 2주 정도 쉬어야겠어요. 오늘과 내일은 예정대로 출근할게요."

"자기 개인사는 내 문제가 아니야, 리비. 1월에 대규모 영업 회의를 준비하고 있는 거 알잖아. 열대지방에서 일광욕을 할 거라면 적어도 한 달 전에는 나한테 알려줘야지. 내 말은 이번 주만 해도 마무리해야 할 기사 형식 광고 계약이 여섯 건이나 있어. 마크가 그걸 다 할 수 있을 거라 생각하는 건 아니겠지."

그녀는 내가 볼 때 엄청나게 유능한 수석 회계 담당자를 두고 말했다.

"재키, 난 열대지방으로 휴가를 가는 게 아니에요. 개인적인 문제를 해결해야 해요. 어쩔 수 없다면 휴직 신청이라도 하겠어요."

난 미시간 호수가 내려다보이는 그녀의 사무실 유리창 너머를 응시했다. 늦가을이라 물결이 크게 일렁이며 끝에 흰 포말을 만들었다. 좀 있으면 호수 가장자리에 살얼음이 얼겠지. 호수가 꽁꽁 언 것을 볼 때까지 내가 살아 있지 못할 확률도 상당히 높다.

"안 돼, 리비."

재키가 단칼에 잘랐다.

"그만 가서 일해."

난 생각을 제대로 할 수가 없어 그 자리에 가만히 서서 암세포가 뇌 속으로도 스멀스멀 기어 들어갔는지 궁금해졌다. 반대로 감정은 폴의 젖먹이 아이가 짜증을 부리는 것처럼 격렬해지고 있었다. 리비는 화가 났어! 리비는 열받았어! 리비는 이렇게 하는 게 싫어!

남들에게 전화를 걸고 난 초대조차 받지 못하는 자선 행사를 주관하느라 내 인생의 마지막을 다 써버려야 할까? 그건 요정 대모가 나타나기 전까지 신데렐라처럼 고생하는 것과 다름없다.

"가봐."

재키는 자기 집 마당에 들어온 떠돌이 개를 내쫓듯 나한테 손사래를 쳤다.

"아, 가고 있어요."

그녀는 이미 자기 컴퓨터 모니터로 시선을 돌렸고 자판을 치면서 내게 말했다.

"자기가 한 말은 전부 자기 일을 우선으로 여기지 않는다는 걸 보여주고 있어."

"당신이 한 말은 전부 당신이 내 인생을 우선으로 여기지 않고 낭비한다는 걸 보여주고 있어요."

내가 그대로 받아쳤다.

열심히 자판을 두드리던 손가락이 갑자기 멈췄다. 그녀는 에어론 의자를 획 돌리고는 핏발이 선 눈으로 날 노려보았다.

"머리가 어떻게 된 거야? 살찐 시골 아낙 같은 행색으로 나타나서는."

그녀가 내 외모를 비하한 거라면 진짜로 실수한 거다. 좋다. 그녀가 실수하게 놔둘 거다. 재키와 톰은 내 장례식장에 나란히 앉아서 나와 특별한 관계였던 척해야 할 거다.

"유치하긴. 폐경 때문에 감이 떨어졌나 봐요?"

난 그녀에게 미소를 지으며 말했다.

"아무튼 난 관두겠어요."

"시도는 좋았어."

그녀가 콧방귀를 뀌었다.

"지금은 불경기야. 이번엔 인사팀에서 돈을 더 쥐어주지 않을 거야."

"돈은 필요 없어요. 다른 사람이 당신을 대하듯 날 대해주길 바라요. 하지만 그런 일이 벌어질 때까지 가만히 기다리고 싶진 않군요."

내가 문 쪽으로 가자 재키가 날 노려보았다.

"리~이~이~이~비!"

그녀가 소리쳤다.

"리비?"

재키의 사무실을 나와 내 책상 앞에 잠시 멈췄다. 톰과 내가 나온 사진 액자를 컴퓨터 모니터 옆에 세워뒀다. 내 자리 칸막이에는 지난 6월, 내가 이달의 사원으로 뽑혔다는 것을 알려주는 작은 현수막이 걸려 있다. 서랍에는 탐폰이랑 잔돈, 내가 한 번도 써보지 못한 명함이 들어 있다. 그중에 챙겨갈 만한 건 아무것도 없다.

"그동안 즐거웠어요!"

난 어깨 너머로 소리쳤다. 복도 끝의 비상구 표지를 향해 걸어가는데 살짝 행복한 기분이 들었다. 물론 아주 살짝만. 내 속에 든 모든 화를 다 풀어내서 흐뭇했지만 어쩌면, 정말 어쩌면 그 과정에서 내 안의 좋은 부분을 조금은 죽여버린 게 아닌지 걱정되었다.

# 4

도시철도를 타고 가는데 폴이 문자를 보냈다.

폴: 리비, 괜찮아? 내가 당장 들어야 할 이야기가 더 있을 것 같은 느낌이 들어. 내가 시카고로 가서 널 뉴욕으로 데려와야겠어.

나: 폴, 그만둬! 난 괜찮아. 추천서도 없이 막 실직한 사람치고는 괜찮아.

폴: 대담한데! 그 노친네한테 호수로 뛰어내리라고 말한 거 아니지?

나: 그럴지도.

폴: 대단해. 난 네가 그 빌어먹을 사무실에서 죽을까 봐 궁금하던 참이야. 나중에 더 얘기해줘. 사랑해!

난 휴대전화를 끄고 한숨을 쉬었다. 폴이 알고 있다면 좋으련만.

집에 가보니 톰이 스토브 앞에 있었다. 막 구운 브라우니 냄새가 사방에 진동했다.

아주 잠깐 난 그를 봐서 너무 기뻤지만 내가 제일 좋아하는 디저트를 만들어서가 아니라 그에게 사악하고 터무니없는 독재자 재키를 타도한 일에 대해 말할 수 있어서다! 그러다 붕대를 감은 그의 손을 보았고, 난 다시 제정신으로 돌아왔다.

"당신이 여기 있는 게 싫어, 톰. 그리고 그건."

내가 그의 손을 가리켰다.

"오버 아니야?"

"리비, 당신을 사랑해."

난 잠시 고개를 기울인 채 그를 살피며 물리적으로 반으로 나눌 수 있는 것도 아닌데 내 고통을 그에게 나눠줄 가장 좋은 방법이 무엇인지 찾았다. 그러고는 꽤 미치광이 같은 미소를 지었다.

"톰, 다정한 말, 참 고마워. 당신은 그걸 진심이라고 생각하겠지. 그러나 사실 당신은 음경을 사랑해. 페니스 말이야. 만약 당신이 진짜 날 사랑했다면 왜 수년 전에 진실을 말해주지 않았어? 내 말은 10년, 7년 아니 5년 전에 말이야. 그땐 내 전성기였잖아. 지금은 어떠냐고? 난 이제 서른다섯이 다 됐어. 톰, 지고 있다고. 흰머리가 생기고 군살도 붙었어."

그리고 암세포도. 난 속으로 생각했지만 이 정보는 제하기로

43

마음먹었다. 이기적일지도 모르지만 톰이 나와 같이 슬퍼하도록 허락하고 싶지 않았다. 너무 상처를 받아서 내 어느 것도(질병일지라도) 그와 공유하고 싶지 않았다.

"이건 불공평해, 리비. 우리는 동성애가 죄악이라고 믿으며 자랐고 난 선택을 했다고 생각했어. 난 당신에게 끌렸고."

난 움찔했다.

"과거형이네."

"그런 의미가 아니야."

그가 재빨리 덧붙였다.

난 짜증이 밀려왔다. 그래, 그런 의미가 아닐 거다. 솔직히 우리가 잠자리를 할 때 톰이 나보다 더 근육질인 사람을 상상한 적이 결코 없다고 볼 수는 없을 테니까.

"그러니까 당신 말은?"

"아니."

그가 단호하게 말했다.

"당신이 무슨 생각을 하는지 알지만 그런 게 아니야."

난 뭐라고 반응해야 할지 몰랐다. 그를 주방에 내버려두고 침실로 들어왔다. 우습게도 이 방은 아파트에서 우리가 단장을 마무리하지 못한 유일한 공간이다. 벽은 처음 이사 들어왔을 때의 흰색 그대로다. 이불도 내가 대학생 때 쓰던 것 그대로인데, 심지어 퀸 사이즈인 침대에서 덮기에는 너무 작았다.

우리가 결혼식 날 교회 앞에서 찍은 사진을 톰이 벽에 걸어두었다. 그 옆에는 고 2 파티 때 우리 둘이 찍은 사진이 걸려 있다. 우리는 고등학교 2학년 초부터 데이트를 시작했다. 서랍장 위에는 아카풀코로 신혼여행을 갔을 때 해변에서 톰이 찍어준, 비키니를 입고 뺨이 발그레한 내 사진이 놓여 있다.

난 결혼식을 올리고 남편과 아내로 우리가 삶을 시작한 것을 다행으로 여겼다. 난 절친과 결혼했다. 우리에게는 근사한 아파트가 있고 사랑하는 친구들이 있다. 톰은 그토록 바라던 도시 설계자로서 경력을 쌓아가고 얼마 뒤에 우리 사이에 아이가 생길 거라고 생각했다.

그때 난 전에 없이 희망적이었다.

멕시코.

갑자기 온몸으로 전류가 흘렀다. 동시에 난 빨리 움직여야 한다는 것을 깨달았다. 복도 벽장에서 여행 가방을 꺼내 침실로 돌아왔다.

"리비?"

톰이 다이닝룸에서 날 불렀다.

"난 바빠, 톰!"

이렇게 소리치고는 서랍장을 열어 그의 옷을 여행 가방에 집어넣었다. 가방에 옷가지를 채운 다음 안방 욕실로 가서 톰의 향수와 다른 개인 화장품을 챙겼다. 여행 가방을 끌고 우리가 사무실로 쓰는 여분의 방으로 가서 중요해 보이는 톰의 서류도 넣었다.

이때 그는 문 앞에 서서 날 지켜보았다.

"리비, 제발 그만 좀 해."

"그럴 수 없어. 당신은 나가야 해. 어제부로."

1년 전에 톰과 나는 미시간 북부로 스키 여행을 갔다. 우리가 울퉁불퉁한 초급자 코스를 반쯤 내려왔을 때 난 눈밭에 벌러덩 누운 남자를 거의 칠 뻔했다. 두꺼운 스키 바지를 입었지만 다리 절반이 나뭇가지처럼 이상하게 틀어진 상태였다. 그가 고통에 신음할 줄 알았는데 몸을 일으켜주니 또렷한 눈빛에 담담한 얼굴로 날 올려다보았다.

"전 다리가 부러져서 지금 바로 산을 내려가 봐야 해요."

그는 마치 날씨 이야기를 하는 것처럼 침착했다.

"안전 요원을 불러주시겠어요?"

그때 난 그 남자의 반응에 상당히 놀랐다. 지금에서야 그가 어떤 기분이었는지 알 것 같다. 내가 느끼는 약간의 고통이 이내 지옥 같은 엄청난 고통으로 번질 테지만, 지금은 내 정신과 육체가 자기 보호 모드로 작동하면서 다음 할 일에만 집중할 수 있게 해주는 거다.

"하지만 여긴 우리 집이야."

"엄밀히 말해 그건 사실이지만, 이 집을 누가 샀지?"

너무 매몰차게 물어서 나 스스로도 놀랐다. 그때까지 난 한 번도 그에게 돈 이야기를 꺼낸 적이 없었다. 열여덟이 되면서 엄마의 생명보험에서 나오는 돈을 우리 집 계약금으로 냈고,

톰이 신입 도시 설계자로 쥐꼬리만 한 봉급을 받기 전까지 4년 넘게 대출금도 홀로 갚았다. 그는 겨우 우리 한 달치 공과금의 절반 정도를 내고, 그의 학자금도 내가 계속 갚아주고 있었다.

"리비, 부탁이야. 말했잖아. 난 정말 이 문제를 해결하고 싶어."

"톰."

난 손으로 허리를 짚었다.

"그건 불가능해. 어떤 변명이나 행동을 해도 당신이 내게 한 말은 평생 날 떠나지 않을 거야. 언제까지나. 톰, 결코 되돌릴 수 없어. 당신이 동성애자라는 걸 인정할 때 그 정도는 알고 있었던 거지? 적어도 마음속으로는 말이야."

그가 어제 했던 말을 비꼬려고 했지만 내 목소리는 그저 슬프게만 들렸다.

"당신이랑 잘해볼 시간도, 기력도 없어. 지금은 이해가 안 될지 모르지만 언젠가는 알게 될 거야. 다른 질문이 있으면 당신 정신과 의사나 이혼 변호사랑 상담해."

난 그에게 여행 가방을 건네주었다.

"아, 리비."

그가 흐느끼기 시작했다.

톰이 우는 것을 본 게 참 오랜만이고 너무 서럽게 울어서 두 팔을 벌리고 그를 내 품에 꼭 안아주고 싶은 충동이 들었다. 머릿속으로 다음 장면이 곧바로 펼쳐졌다. 내가 그를 달래주면 그는 고마워하며 날 쳐다본 뒤 자기 눈물을 닦아주길 기다릴 거다. 그리고 우리는 다정하고 부드럽게 침대나 바닥에서 사랑을 나누고 내가 만족하기 전에 끝나버려도 신경 쓰지 않을 테지. 그는 앞으로 더 자주 울어야겠다고 농담을 할 거다. 우리는 같이 웃은 다음 난 사랑스럽고 감상적인 남편에게 입을 맞추고 생쥐가 피자를 좋아하듯 당신을 사랑한다고 말하면 그는 언제나처럼 웃어 보일 거다.

그 생각을 하니 눈물이 솟았다.

하지만 다시는 일어나지 않을 일을 곰곰이 생각할 때가 아니다.

"다른 데 가서 울어."

난 이렇게 말하고 흐느끼는 톰을 현관으로 밀쳤다.

톰이 떠나고 난 뒤 나도 울 줄 알았다. 그런데 난 기진맥진한 채로 복도 바닥에 주저앉았다. 암이 선물이라면 되돌려주고 싶다. 빠르게 커지며 일생의 부질없음을 알려주는 종양 따윈 필요 없다. 우리 엄마가 병원 침대에 누워 썩어가다가 호스피스에서 생을 마치느라, 내 풍만한 가슴이 미사일처럼 보이지 않게 해주는 브라를 고르는 법을 한 번이라도 알려줄 기회조차 없었다. 그래서 길을 걸어가던 남자가 더듬거리며 했던 그 한마디가 내 심장을 산산이 무너뜨렸다는 기억만으로도 충분하다.

얼마 후에 난 주방으로 가서 브라우니를 몇 개 먹고 지금
이 순간에도 우주의 시간이 흘러가고 있다는 점을 기억해냈
다. 확실한 계획도, 하루를 보낼 직장도 없지만 해야 할 일이
아직 많이 남았다는 것을 깨달았다. 그래서 컴퓨터 앞에 앉아
그것들을 정리하기 시작했다.

# 5

톰이 집을 나갔지만 여전히 그와 묶여 있다고 느꼈다. 재정적으로 엮인 것을 푸는 일이 내 독립을 확실히 하는 최우선 과제인 듯했다. 물론 그 독립이 꽤 짧은 기간일지라도 말이다.

우리의 공동 예금을 인터넷 뱅킹으로 새로 개설한 내 계좌로 옮기는 것이 합법인지는 의구심이 들지만, 그렇게 해도 되는 윤리적인 정당성이 내게 있다고 생각했다. 수년간 그 모든 돈을 저축한 사람은 나니까. 자금을 이체한 다음 퇴직금과 생명보험 구좌에도 접속해 토비와 맥스를 새로운 수혜자로 등록했다. 어떻게 할까 고민했지만 우리의 일반 계좌에서 곧바로 빠지는 톰의 학자금 대출 상환을 중단하지는 않기로 했다. 내가 죽거나 우리가 이혼을 하든 뭐든 처음 진행된 것에 따라 내 돈을 쓸 수 없게 되면 결국 자기가 직접 갚아야 할 테니까 말이다.

집 대출금의 경우 우리 두 사람 명의로 된 터라 좀 더 골치가 아프다. 톰에게 팔자고 어떻게 설득할지 모르겠지만 아무튼 그렇게 할 거다. 애연가의 집 석고보드 벽채에 타르 얼룩이 끼듯 8년간 우리의 안식처가 되어주었던 이 집에선 더 이상 존재하지 않는 부부, 톰과 리비의 악취가 풍겼다. 이 집을 불태워버리지 않는 이상 팔아야 한다. 시카고에서 부동산 중개업을 하는 친구와 재빨리 이메일을 주고받은 뒤에 아파트를 쉽게 팔 수 있을 거라는 확답을 받았다.

난 내 방식대로 하고 있다.

유일한 문제는 재정적으로 톰을 잘라내면서 화를 좀 방출했더니 배경에 있던 상실감이 어느새 크게 다가왔다. 컴퓨터를 끄자마자 난 웅크린 채 심하게 흐느꼈고, 너무 많이 울어서 토할 지경이었다.

내 인생의 절반도 넘는 자그마치 18년이다. 샌더스 박사의 진단 덕분에 톰과 함께한 시간보다 그가 없는 시간을 더 많이 보낼 기회를 잃었다는 사실을 아주 제대로 알게 되었다. 고등학교 때의 첫사랑, 장거리 대학 연애, 결혼, 시카고로 이사, 결혼기념일, 톰의 밉살스런 가족과 함께 보낸 수많은 휴가들, 당연히 잠자리까지 이 모든 것이 시한부 선고를 받은 관점에서 보니 믿어지지 않는 웃음거리가 돼버렸다. 마치 엄청 비싼 보석이 파도에 휩쓸려 사라지는 것을 지켜본 것 같은 기분이다. 이미 벌어진 일을 내가 바꿀 수는 없지만 인생을 되돌려

서 내 과거와 정반대되는 방식으로 다시 시작하고 싶다는 절
박함이 마구 용솟음쳤다.

너무 많이 울었고 어쩌면 암 때문에 백혈구가 온몸을 돌아
다녀서인지 매우 피곤했지만 억지로 점심을 먹으러 나갔다.
데이먼 애비뉴를 돌아다니다 커피와 페이스트리를 파는 단
골 카페 앞에 멈췄다.

정직원인 바리스타 재닛이 에스프레소 머신 뒤에서 날 반
겼다.

"안녕하세요, 리비. 오랜만에 평일 낮에 오셨네요."

"휴가 중이거든요."

재닛은 길게 내려온 힙합 드레드 헤어스타일에 얼굴에 피
어싱을 잔뜩 해서 벅타운 부흥기 이전 여피족의 유물처럼 보
였다.

"잘됐네요!"

그녀가 대꾸하고는 에스프레소 통을 커피 찌꺼기가 가득
든 양동이에 세게 털었다.

"톰은 잘 있죠?"

그녀가 덧붙였다. (톰과 나는 여기 자주 왔다.)

"톰이오?"

난 카운터에 개별 포장된 쿠키를 손가락으로 가리키며 대
답했다.

"그는 죽었어요."

재닛이 놀라 휙 돌아보았다.

"어머, 세상에!"

"진짜 그런 건 아니고."

난 이렇게 말하고 과장은 그만하라고 스스로를 꾸짖었다.

"나한테는 그렇단 말이에요."

"아, 네."

그녀가 대답했다. 재닛이 머리를 굴리는 것이 훤히 다 보였다. 리비는 분명 정신적으로 큰 충격을 받은 거야. 참 안됐네. 둘이 앉아서 일요 신문을 보며 라테와 슈트루델(층을 이룬 달콤한 페이스트리)을 먹는 게 보기 좋았는데. 톰이 리비보다는 훨씬 인물이 좋았으니 잘될 턱이 없지.

"유감이네요."

"아니 뭐."

난 손사래를 치며 말했다.

"그러지 말아요. 두 살 된 내 조카가 톰보다 페니스가 더 크거든요."

이것 역시 과장이고, 커피에 우유 타는 걸 좋아하는 것 말고 나에 대해 아는 것이 전혀 없는 여자한테 이런 끔찍한 말을 하는 게 이상하다는 것도 잘 안다. 난 항상 말을 조심하고 사람들의 좋은 점만 보려고 했는데 어딘가 이상해졌다. 얼마 가지 못해 난 다른 사람들의 기억 속에만 존재할 거고, 이유는 잘 모르겠지만 누구든(쌍둥이 남동생, 내 전 상관, 이 바리스타는 빼고) 날 그저 평범하고 별 볼일 없는 리비로 기억하게 하고 싶지 않았다.

재닛이 웃었다.

"잘된 거네요! 인생은 짧잖아요."

"그렇죠?"

난 이렇게 대꾸하고 그녀의 팁 통에 10달러를 넣었다.

집으로 돌아오는 길에 뒤에서 스페인어로 이야기를 나누던 두 여성과 걸음을 맞췄다. 알아들은 거라고는 그들이 산업 폐기물에 대해 이야기를 한다는 것뿐이지만, 그들의 혀에서 흘러나오는 화려한 언변이 부러웠다. 학창 시절에 독일어를 배웠고 실용 비즈니스 언어로 유용하다지만 아직 독일어를 말할 기회를 얻지 못했다. 반면에 스페인어를 쓰는 국가 세 곳으로 여행을 다녀왔고 매번 이 언어를 더욱 사랑하게 되었다. 분명 스페인어를 마스터할 시간은 없겠지만 죽기 전에 라틴의 마법을 살짝 맛보는 경험도 생각해보았다.

우선은 내가 과잉 반응을 보이는 것이 아니라는 점부터 확인해야 한다. 난 집으로 들어가 샌더스 박사가 있는 병원으로 전화를 걸었다.

"여보세요. 전 리비, 아니, 엘리자베스 밀러예요. 어제 갔었는데 샌더스 박사님께서 제가 암이라고 하셨어요. 정확히 어떤 암인지 알고 싶어서 전화드렸어요. 림프종이라고 들었는데 나머지는 기억이 안 나네요. 제 차트를 좀 봐주시겠어요?"

"알겠습니다."

안내 담당자가 말했다.

"잠시만 기다려주세요."

부스럭거리는 소리가 나더니 그녀가 나에게 잠시 기다리라고 다시 말했다. 몇 분 뒤 샌더스 박사가 전화를 받았다.

"엘리자베스."

"앞으로 더 말할 기회는 없을 테지만 절 리비라고 부르세요."

박사는 속이 상한 것 같은 목소리였다.

"리비, 상황이 아주 끔찍하다는 건 이해하지만⋯."

"네, 저도 알아요. 제 암의 명칭이 뭔지 다시 말씀해주시겠어요?"

"피하지방층염유사T세포림프종입니다."

"아⋯ 철자를 불러주시겠어요?"

그는 그렇게 했다. 난 고맙다고 인사한 다음 휴대전화의 통화 종료 버튼을 눌렀다.

구글에 검색해보니 내가 진단받은 암은 정말 좋지 않은 거였다. 공격적인 형태로 급속도로 퍼지며 일반적으로 항암 치료도 듣지 않았다. 무엇보다 이 암은 매우 희귀해 치료를 하기로 동의하면 필연적으로 실험 대상이 되어, 죽어서 의학 보고서에서 유명세를 떨칠 수밖에 없었다. 아니, 그런 건 사양

한다.

난 셔츠를 벗고 거울을 들여다보았다. 최악의 상황이 벌어지기까지 얼마나 걸릴까? 붕대를 감은 주변의 피부가 조리하지 않은 돼지고기 살과 비슷한 색을 띠기 시작했다. 난 컴퓨터 앞으로 다시 가서 좀 더 찾아본 다음 샌더스 박사가 내 병에 대해 좋게 말했다는 사실을 확인했다. 운이 좋다면 3~6개월 정도 괜찮게 지내다가 6~12개월쯤 끔찍한 고통을 겪은 뒤 곧바로 죽음을 맞게 된다.

어떻게 병이 진행되는지 대충 알았으니 다른 영감을 얻고자 〈이 투 마마〉 DVD를 틀고 소파에 앉았다. 대학교 2학년 때 이시도라라는 외국 학생과 같은 방을 썼는데 그 애가 스페인 영화의 비극적인 아름다움을 알려주었다. 내가 제일 좋아하는 영화인 〈루시아〉, 〈북극의 연인들〉, 〈피에드라스〉는 스페인에서 촬영했지만 특히 좋아하는 〈이 투 마마〉는 멕시코가 배경이다.

영화에서 30대인 루이자는 한 결혼식에서 두 명의 10대 남자를 만난다. 그들은 천국의 문이라는 비밀스런 해변에 대해 떠벌리며 그녀에게 같이 찾아가보자고 한다. 남편이 바람을 피운 사실을 알게 된 루이자는 모험에 동참한다. 세 사람은 춤을 추고 술을 마시고 진탕 섹스를 한다. 이야기가 더 있지만(내가 초 친 거라면 미안하다) 루이자는 그 해변에 머물며 얼마 후 암으로 죽음을 맞는데, 자기가 병에 걸렸다는 사실을 두 남자에게는 결코 말하지 않았다.

그 영화를 아홉 번은 본 것 같은데 지금 상황에서 보니 더욱 가슴이 아팠고, 루이자가 거품 낀 파도 속으로 걸어가는 장면이 나올 때 난 흐느꼈다.

"인생은 밀려오는 파도와 같아. 그러니 바다처럼 스스로를 내던져."

루이자의 목소리가 흐르고 난 태아 자세로 몸을 웅크리며 그녀의 말이 정확히 무슨 의미인지 알지 못한 채 혹등고래처럼 흐느꼈다.

그 말의 의미를 찾아볼 거다. 갈 수 있을 때 난 멕시코로 떠날 거다.

# 6

한 가지 작은 문제가 생겼다. 여권 유효기간이 만료되었다. 톰과 내가 여행을 가지 않은 지가… 세상에, 얼마나 됐지? 꽤 됐다. 우리가 어렸을 때는 크레타, 오스틴, 부에노스아이레스, 보스턴 등 사방으로 여행을 다녔다. 사실 톰은 우리의 여행 궁합이 좋아서 나와 결혼하고 싶다고 말했다. 여행이 우리가 서로 잘 맞는다는 것을 보여주는 징조라고 그는 주장했다. 하지만 그가 일을 시작하고 난 뒤로 우리는 휴가를 같이 갈 수 없었다. 지금 와서 생각하니 각자의 일정 때문이라기보다는 톰이 여행지에서 나와 잠자리를 원하지 않은 것 때문이라는 의구심이 든다. 파리로 놀러갔을 때 두 번 연달아 섹스를 하려고 하자 그가 보인 반응을 떠올리니 지금도 부끄러워 뺨이 달아오르는 것 같다.

"난 기계가 아니야, 리비."

그는 이렇게 말했고, 곧바로 사과했지만 난 매트리스가 여기저기 꺼진 호텔 침대에서 살짝 흥분하고 살짝 짜증이 나고 사려 깊지 못하게 과한 내 성욕을 엄청나게 부끄러워하면서 이불 속에 웅크리고 있었다. (폴이 했던 말이 다시 귓가에 맴돌았다. "이건 너랑 아무 상관없는 거 알지?" 그래, 지금은 안다.)

미 국무부에서 새 여권을 발급해줄 때까지 6주를 기다릴 수 없어서 난 말소된 여권 때문에 잠시 낙담했다. 하지만 이내 추가 비용을 내면 발급 기간을 2주로 단축할 수 있다는 정보를 얻었다. 좋아, 난 신나서 생각했다. 그렇게 해야지. 드러그 스토어에 가서 새 여권 사진을 찍었다. 죽은 사람처럼 창백하게 나왔지만 도시철도를 타고 우체국으로 가서 사진과 돈과 신청서를 제출했다.

집으로 돌아와 전자레인지에 데운 부리토를 먹으며 가을이면 근사할 멕시코의 극동 해안을 따라 해변에 자리한 숙소를 검색했다. 최근 마약 관련 폭력 사태가 급증한 터라 비행기표 가격은 내렸고 해안가 월세도 저렴했다. 난 한 달 반짜리 멕시코 왕복 항공권을 구입한 다음 아쿠말의 전용 해변에 위치한 작은 별장에 계약금을 냈다. 아쿠말이 지겨워지면 코수멜이나 툴룸이나 다른 곳으로 가면 되고 장소를 정하는 건 그리 중요하지 않았다. 내 영혼을 구제하는 데 필요한 것은 모래와 물, 진짜 멕시코 음식, 마가리타 한가득이면 되니까. (난 사실 술을 잘 안 하는데 이제부터 마셔볼 생각이다.)

멕시코에 머문 다음 곧바로 뉴욕으로 날아가 폴에게 내 암에 대해 말할 생각이다. 그런 다음 폴과 함께 아빠가 사는 뉴햄프셔로 가서 같이 소식을 전할 거다. 우리 세 사람이 마지막으로 엄마의 무덤을 찾아간 다음 난 사랑하는 사람들에게 둘러싸여 조용히 생을 마감하고 싶다. 인정하건대, 멕시코 이후의 계획은 확정적인 건 아니다.

고통이 참을 수 없을 정도로 심해지면 주머니에 무거운 돌을 집어넣고 깊은 물속으로 들어가거나, 아니면 따뜻한 오븐을 찾아 머리를 들이밀어야 한다. 그러나 현실적으로 그러지 못할 것을 잘 알아서 폴과 아빠가 짧은 시간이나마 힘들어하는 내 모습을 보게 될 가능성이 있다. 그 점이 무엇보다 날 아프게 하기에 그 생각을 많이 하지 않으려고 애썼다.

여정을 확정하고 나니 8시가 넘었다. 더 이상 오늘의 절망을 질질 끌고 싶지 않아서 톰의 수면제를 두 알 더 먹었다.

침대로 들어갔지만 흰 모래사장과 마리아치 밴드가 연주하는 멕시코 전통음악이 머릿속에서 떠나지 않아 잠을 잘 수 없었다. 그래서 그만 포기하고 팝콘을 한가득 튀겨 게걸스럽게 먹은 다음 SNS로 들어가 작게나마 인터넷상에서 파장을 몰고 올 것을 알면서도 결혼 상태를 싱글로 바꿨다. 괜찮다. 다들 걱정하게 놔두지 뭐. 내 실패한 결혼이 누구에게도 알리고 싶지 않은 실패한 내 건강 상태를 가려줄 연막탄이 될 거다.

엄마가 시한부가 되었을 때 오랫동안 소식이 끊겼던 친척과 먼 교회 친구들이 우리 집으로 밀려들었고 나중에 병원에서도 엄마와 함께할 소중한 몇 시간을 그들이 다 잡아먹었다. 이번은 내 차례니 내가 원하는 대로 할 거다. 암 동호회의 첫 번째 규칙: 암 동호회는 없다. 그러니 비극적인 장면을 지켜보며 제대로 상실감을 느껴보지 않은 스스로가 얼마나 행운인지 깨닫는 구경꾼도 없다.

9시가 되자 정신이 혼미해졌다. 소파가 물 빠진 물침대처럼 흐물거렸고 거울을 보니 얼굴도 기형적으로 커 보여 다시 침대로 돌아가야 했다. 하지만 계속 주변에서 들리는 이상한 소음이 신경 쓰였다. 위층에 사는 이웃에 대형 괘종시계가 있나? 아니면 징을 치는 소린가?

아니, 아니다. 이건 내 휴대전화 벨소리다. 발신번호 표시 제한으로 걸려왔지만 개의치 않고 받았다.

"시도는 좋았어, 톰."

난 콧방귀를 뀌었다.

"리비?"

오레일리의 아내 제스였다. 나와는 절친처럼 가까운 사이다. 나는 친척이나 애인이 아닌 이상 다른 사람과 친하게 지내는 것이 어렵다. 쌍둥이 동생 폴과 늘 문제를 상의하고 엄청나게 가까워서 그런 탓도 있다. 다만 제스는 남편들끼리 어릴 적부터 쭉 친했고 난 고등학교 때부터 오레일리를 알았기에 그녀와도 수년간 서로 잘 지내왔다. 가끔 우리 우정에 의구심이 들 때도 있는데, 특히 그녀가 내가 속으로 끙끙 앓는 비밀이 분명 있을 거라 생각하고 털어놓도록 유도할 때면 그랬다. 하지만 사실상 난 이틀 전까지만 해도(재키가 내게 물건을 집어던지지 않고, 서른 줄에 들어서 늘 바라던 아이를 갖지 못하는 부분에 대해 생각해보기 전에) 꽤 만족하고 살았다.

제스는 재미있고 내가 아는 사람 중에 가장 멋쟁이라 만나면 마치 쇼핑 실습을 나온 것 같은 기분이 든다. (한 켤레에 600달러짜리 구두를 신는 여자도 있다. 누가 알까?) 그러나 지금 나는 짜증이 난 상태인데, 오레일리가 톰의 성 정체성에 대해 나보다 먼저 알았다면 그 말은 곧 제스 역시 알았다는 뜻이기 때문이다.

"네, 전데요."

난 전화한 사람이 제스라는 걸 모르는 것처럼 말했다.

"리비, 괜찮아?"

"당연히, 괜찮지."

내가 말했다. (혀 꼬부라진 소리로 말했을 수도 있고 아닐 수도 있다.)

"잘 지내?"

그녀가 너무 다정하게 물었다.

"잘 지내냐고? 잘 지내냐고? 내 남편이 내 다리 사이에서 다른 놈을 상상한다는 말을 막 들었어. 그런데 내가 잘 지낼 것 같아, 제스?"

"어머."

그녀가 대꾸했다. 솔직히 난 제스가 내가 거품 물고 떠들 것을 기대할 거라 생각했는데 내 성향이 그러니 그녀의 탓이라기보다는 내 탓이 더 크다.

난 그녀가 뭐라고 속삭이는 소리를 들었다.

"젠장!"

내가 소리쳤다.

"지금 톰이 거기 있어?"

제스는 대답하지 않았다.

"있잖아, 내 상태가 어떤지 확인하려고 전화한 건 고맙지만 난 지금 뭘 하던 중이었어."

난 소파 옆자리에 앉은 보이지 않는 남자에게 뭐라고 다정한 말을 건넸고 이제 거친 바다 위에 표류하는 뗏목이 된 기분이 들었다.

"어머나! 자기 짓궂긴!"

난 소리를 지른 뒤 전화를 끊었다. 톰은 나와 자고 싶어 하지 않으니 뭐 상관없지만 수면제를 먹어 몽롱한 정신 상태에서도 제스, 오레일리, 톰에게 내가 이미 마음을 정리했다는 점을 분명하게 알려주고 싶었다.

이제 진짜로 무엇을 감추어야 하는지 생각해야 한다.

# 7

타이 오시라는 3년간 나와 같이 일했다. 그는 같은 층에서 내 맞은편에 앉아 천부적인 마케팅 능력을 발휘하며 재키와 꽤 자주 회의를 했다.

"늘 불만 많은 우리 여왕님은 어쩌고 있어요?"

그는 내 자리로 살금살금 다가와 조용히 물었다.

"오늘도 우아함이 철철 넘치죠!"

난 소녀처럼 킥킥거리며 대답했다. 타이는 똑똑하고 카리스마 있고 게다가(어떻게 설명해야 할까?) 섹시했다.

난 그에게 꽂혔는데 그건 조금이나마 일할 맛이 나게 하려는 목적에서다. 그 역시 나에게 흥미가 있는 것 같아 내 마음이 유지될 수 있었다. 몇 차례 어깨 너머로 그의 시선을 느낀 적이 있다. 회사 휴가 파티 때 톰을 데리고갔더니 술이 꽤 취한 타이가 날 바의 모퉁이로 데리고 가서는 맞은편에 있던 톰을 가리키며 물었다.

"저 남자가 리비 밀러의 남편이란 말이야?"

마치 톰이 자기보다 키가 10센티미터 더 크거나 훨씬 잘생기지도 않았다는 듯이.

작년에 타이와 나는 동료로서 가볍게 희롱을 주고받던 사이에서 일종의 우정으로 발전했다. 우리는 자주 커피를 마시고 가끔 재키가 시외로 자리를 비우면 간간이 점심도 함께 먹었다. 타이는 남자가 나이 서른다섯에 여전히 소개팅에 나가는 일이 얼마나 끔찍한지 내게 말해주었다. 난 그에게 결혼 생활이 흔히 누구나 생각하는 그런 환상이 아니라고 알려주려 했지만, 내 말이 시답잖았는지 그는 웃음을 터트리며 날더러 결혼 기관에서 나온 로비스트냐고 놀렸다. 그의 말은 틀리지 않았다. 난 톰을 사랑하고 바람을 피울 생각은 추호도 없었다. 그러나 타이가 나 스스로를 새롭고 매혹적이고 우월하게 사랑받을 수 있는 여자라고 느끼게 해준 건 분명한 사실이다.

그러다 타이가 다른 에이전시로 이직했고 그걸로 끝이었는데, 지난봄 길에서 그와 우연히 마주쳤다.

"은총이 가득한 리비 밀러."

그가 환하게 웃으며 말했다.

"안녕, 타이."

난 이 우연한 만남으로 앞으로 한두 달간 톰과 오붓한 시간을 보낼 때면 그의 얼굴이 불쑥 떠오를 걸 알아서 부끄러워 얼굴을 붉혔다. 물론 그러지 않으려고 애쓸 거지만.

"새 직장은 어때요?"

"출판사에서 날더러 정신병자라고 하지 않으니 일단은 괜찮은 것 같아요."

그가 은근슬쩍 웃으면서 물었다.

"남편은 잘 지내고?"

"잘 있어요."

난 말을 더듬었다.

"그는 잘 있어요."

"혹시 상황이 바뀌면 날 봐줘요, 리비 밀러."

그는 내 가슴에 물음표만 찍어두고 홀연히 사라졌다.


내게 난제가 주어졌다. 시간이 있다고 해도 내 결혼을 되살릴 방도가 없다. 그렇지만 기이하리만큼 짧은 내 인생에서 단한 명의 남자와 잠자리를 하고 생을 마감하고 싶지 않았다. 특히나 그 남자가 어떤 사람인지 아는 지금에선 더 그랬다. 솔직히 열정적인 애무를 할 때는 행복할 거다(옷을 벗는 게 힘들겠지만. 복부에 붕대를 감아둔 이유를 설명하고 싶지 않으니까). 난 내가 지루하지 않고 완벽하게 건강한 섹스를 하고픈 생각이 드는 여자라는 것을 확신시켜줄 누군가(당연히 톰은 아니고, 어쩌다 만난 연쇄살인범도 말고)가 필요하다. 난 그 사람이 타이 오시라라고 꽤 확신했다.

내가 불륜을 인정하지 않는다는 것이 문제다. 서둘러 이혼을 하더라도 실제로는 그렇게 빨리 진행되지 않는다는 것도 안다. 우리의 결합을 풀어줄 서류를 톰이 준비하기 훨씬 전에 내 여권이 나올 거다. (톰은 '죽음이 우리를 갈라놓을 때까지'라는 맹세를 주장할 거고, 난 그것이 상당한 집착이라는 걸 안다. 우리 둘 사이에 남은 마지막 문제가 싫지만 아마도 그의 말이 맞을 거다.)

결국 고전적인 방식으로 끝내는 수밖에 없다.

물론 톰을 죽일 생각은 아니다. 가까운 시일 내에 하느님을 만날지도 모르는데 톰에게 유리한 상황을 만들 순 없다. 게다가 나의 우울한 충동은 불안한 슬픔으로 바뀌었다. 매일 아침, 다시금 왜 톰이 내 곁에 누워 있지 않은지 깨달을 때면 가슴이 미어졌다. 어느 순간 그를 저주하다가도 동시에 휴대전화로 그에게 연락을 해 마치 그가 두 사람인 양 끔찍한 남편이 내게 어떤 짓을 했는지 그에게 일러주고 싶었다. 내게 상처를 준 톰이 있고, 그 톰을 혼내주고 상황을 해결해주는 진짜 톰이 있는 것처럼 말이다.

내 침울한 감정 아래에는 정당한 급박함이 있다. 더 깊은 아래에는(이상하게 들릴 걸 알지만) 긍정이라는 불빛이 반짝이고 있다. 내가 죽는 건 참으로 안타까운 일이지만 어쩌면 평생 기다려온 엄마를 다시 만날 수 있다.

게다가 톰이 동성애자라고 밝힌 지 한 시간 뒤에 내가 화가 나서 차에 뛰어들었을 수도 있다. 인정하긴 정말 싫지만 말기 암이 하나의 이별 선물이 되었다. 내 서사를 바꿔줄 귀중한 시간을 준 거다.

난 제일 좋아하는 버건디 니트 원피스에 작년에 제스가 나한테 사라고 권했던 굽이 높은 가죽 부츠를 신었다. 사흘 전에 그랬어야 했는데 이제야 결혼반지를 뺐다. 반지를 변기 위에 들고 서서 흰 도기에 부딪치며 물과 함께 쓸려 내려가도록 만들까 생각했다.

톰이 날 위해 반지를 골랐다. 결혼식에서 그가 내 손가락에 끼워줄 때 처음 보았다.

"정말 마음에 들어?"

목사가 우리가 남편과 아내가 되었음을 선언한 직후 톰이 안달하며 물었다.

"응."

난 부드러운 금을 손가락으로 느끼며 속삭였다. 두껍지도 얇지도 않은 결혼반지는, 엄마가 꼈었고 지금은 내 것이 된 사랑스러운 약혼반지와는 달리 장식이 하나도 없었다.

당시에 난 그 반지가 톰과 내가 나누는 사랑을 그대로 빼닮았다고 생각했다. 단순하고 편안하게.

이제 난 우리 사랑에 편안함이란 없고 인생에 다른 것도 별로 없다는 사실을 알고 있다. 난 변기 위에서 위태롭게 손을 흔들다 멈추고 반지를 화장품 가방 안으로 툭 던져넣었다.

한 시간 뒤, 난 톰의 회사 건물로 들어갔다.

"리비! 오랜만이에요!"

안내데스크에 있던 알렉스가 반갑게 맞아주었다. 알렉스는 나와 비슷한 사람이다. 맡은 일에 비해 스펙이 너무 좋지만 불평해봐야 달라질 건 없다는 것쯤은 알고 현명하게 처신한다.

"안녕하세요, 알렉스."

난 스스로에게 웃으라고 지시했다.

"톰 있어요?"

"네."

그가 톰에게 연락했고 남편은 쏜살같이 로비로 내려왔다. 내가 그를 불구로 만들어 집에서 쫓아낸 건 사실이지만 자기 직장까지 찾아온 것에 좀 짜증이 나 보이는 그를 보니 새삼 충격이었다.

"타이밍이 좋지 않을 때 온 거야?"

"아니, 전혀 그렇지 않아."

그는 대답하면서 나와 포옹하려고 몸을 앞으로 숙였다. 난 동부 일리노이주의 유명 림보 챔피언처럼 상반신을 뒤로 젖혔다.

"아니, 이러지 마."

날이 선 내 목소리를 그가 감지할 걸 알고 더 쌀쌀맞게 대꾸했다.

"밖으로 나가자."

"그러지 않는 게 좋겠어."

난 칸막이로 이루어진 그의 사무실 쪽으로 걸었다.

"리비, 왜 이러는데?"

내가 톰의 책상 쪽으로 가자 그가 나지막이 물었다.

내가 자기 동료들에게 발설이라도 할까 봐 걱정하는 거라면 그럴 필요가 없는데 말이다.

"말했잖아, 당신이 우리 집에 있는 걸 원하지 않는다고."

"아, 알았어."

그는 셔츠 소매의 단추를 만지작거렸다.

"그러니까… 당신은 할 말이 있어서 온 거야? 시간을 정해서 곧 그렇게 하자."

"아니, 그럴 순 없어."

난 일을 크게 벌이고 소란을 피울 수도 있었다. 하지만 솔직히 말해서 그냥 깔끔하게 끝내고 싶었다.

"알아보니까 일리노이주에서는 이혼하는 것이 힘들고 오래 걸린대."

"내가 이미 말했잖아. 난 이혼하고 싶지 않아."

"지금은 그렇겠지. 톰, 하지만 나중에는 동의할 거야."

내 깊은 곳에서 흐느낌이 올라오는 것이 느껴졌다. 난 재빨리 삼키고 스스로를 진정시켰다.

"그러니 지체하지 말고…."

난 혹시 몰래 듣고 있는 동료가 없는지 주위를 살폈고 빌
어먹을 그가 물러서지 않는다면 총이라도 꺼내 쏴 죽일 참이
었다.

"일어나, 인간아."

내가 날카롭게 말했다.

그는 천천히 일어났다.

"톰 밀러. 나, 리비 밀러는 당신과 이혼합니다. 난 당신과
이혼합니다. 당신과 이혼합니다. 당신과 이혼합니다."

충격을 받을 거라 예상했지만 그의 눈을 들여다보니 상처
로 가득 차 있었다.

이건 네 잘못이 아니야, 리비. 난 다시 되뇌었다. 그의 고통을 네
감정으로 끌어들이지 마. 일을 이렇게 만든 건 바로 그야.

"잘 있어, 전남편."

난 조용히 말했다. 그리고 뒤도 돌아보지 않고 곧바로 나갔
다. 내 행동이 정당하다고 보여주려는 것이 아니라 그에게 달
려가서 사과하고 그를 받아들이고 우리 두 사람의 죄를 다 용
서하지 않을 거란 보장이 없어서 그랬다.

✦

살짝 떨렸지만 여전히 원래의 목적에 집중하면서 난 시카
고의 직장 점심시간에 맞춰 타이 오시라의 사무실에 도착했

다. 사무실은 시내 외곽 벽돌집들이 열을 지어 서 있는 근사한 동네의 아래쪽에 자리했다. 타이의 이름이 찍힌 검은 문패 옆 초인종을 누르자 곧바로 열리는 소리가 났다. 로비로 들어가니 앤티크 가구와 커다란 유화들이 즐비했고 전부 나보다 감정가가 더 높아 보였다.

타이가 마호가니 쌍여닫이를 열고 나왔다.

"리비."

그는 친절하지만 내가 기대한 남성호르몬을 가득 풍기는 그런 목소리는 아니었다.

"웬일이에요?"

"안녕, 타이."

덕분에 난 당황했다. 우리는 이미 그 정도는 넘어선 사이인데 왜 모르는 척 묻는 거지?

"내가 맞춰볼게요. 재키와 잘 안됐구나."

그가 미소를 지으며 말했다.

톰이야, 난 당황해하며 생각했다. 톰이겠지. 기억 안 나? 난 불안하게 웃었다.

"그럴 수도 있어요."

그때 한 여성이 문을 열고 나왔다. 뒤뚱거린다고 표현하고 싶지만 세상에, 적어도 임신 7~8개월은 됐는데 그녀는 미끄러지듯 부드럽게 날아왔고 여신이 배에 농구공을 붙인 것 같은 모습이었다. 그녀는 매우 아름다웠고 마치 오랜 친구인 것처럼 날 뚫어져라 쳐다보았다. 그녀가 동료라고는 볼 수 없게 타이의 허리에 손을 올렸다. 난 순간적으로 혼란스러웠다. 내가 그의 집과 직장 주소를 헷갈린 건가?

"리비, 이쪽은 시어 브로데릭이에요."

타이가 소개했다.

난 멍하게 눈을 깜박였다.

"그러니까….."

"브로데릭 미디어예요."

시어가 말했고 곧바로 타이가 덧붙였다.

"내 아내예요."

"어머. 어머나, 세상에. 진짜 잘됐네요."

"그쵸?"

타이가 시어를 보며 씩 미소를 지었다.

"우린 몇 달 전에 결혼했어요."

"보기 흉하죠?"

시어가 미소를 지으며 말했다.

"나이 사십에 게다가 타이의 상사라니. 하지만 그를 채용했을 때는 우리가 사랑에 빠질 거라고 예상하지 못했어요."

그녀가 마흔이라면 난 사백 살에 미친 듯이 가깝다. 내 몸이 날 포기한 것이 당연하다.

"리비, 날 탓할 거예요?"

타이가 물었다.

난 다 이해한다는 듯 눈을 휘둥그렇게 떴지만 완전 몰입해 기도하기 시작했다. 하느님, 지금은 어떤가요? 지금이 저한테는 죽기 딱 좋은 순간입니다.

"내 말은 미혼일 때 벌써 시어는 글을 읽고 쓰는 교육 프로그램에 자금을 지원했고, 거기 아이들이 몇 명이지, 자기?"

"어머, 당신 그만해요!"

시어가 겸손한 척 말했다.

"난 진지해! 리비, 시카고 인구의 약 40퍼센트가 글을 읽지 못하는 거 알아요?"

아니, 난 몰랐다고 그에게 말했다. 바로 뒤에 있는 문은 신경 쓰지 않고, 뛰어내릴 창문이 있는지 살폈다. 이성적인 사고는 이메일이 나오기 전 아주 먼 옛날만큼 멀리 가물가물해졌다.

"사실이에요!"

타이가 열변을 토했다.

"시어가 책임지고 있는 브로데릭 미디어는 시카고에서 가장 효과적인 글 읽기와 쓰기 교육 프로그램에 거의 10만 달러를 기부하고 있어요. 그러니까 정말 놀랍죠."

마치 내가 자기에게 데려가달라고 꼬리 치는 유기견이라도 되는 듯 그는 날 보며 고개를 까닥거렸다. 번지수가 한참 틀렸다.

"우리와 함께 일해요, 리비."

우리. 난 우리라는 말을 모닥불 속에 던져버리고 싶었다. 우리라는 말을 병 속에 집어넣은 뒤 허리케인이 올 때 멕시코만으로 던져버리면 좋겠다.

하지만 그러지 못하고 그저 비정상적인 미소만 지었다.

"나도 그러고 싶지만 비영리재단을 내가 직접 운영해보려고 막 재키와의 일을 그만둔 참이에요. 그러니까 그게, 앞으로 부모를 잃은 아이들을 위한 재단이죠. 사실 여기 온 것도 그 때문이에요. 당신과 시어가 나한테 조언을 좀 해줄 수 있을까 해서요."

타이의 비밀스런 아내가 시카고에서 몇 되지 않는 이윤이 좋은 출판사를 운영할 뿐 아니라 아주 정이 많은 사람이라는 것을 방금 안 게 아니라는 듯 난 거짓말을 했다.

"멘토링이 제 특기예요! 이야기를 더 나누고 싶지만 지금은 아기 브로데릭 오시라가 배가 고프데서요! 그게 어떤지 알죠?"

난 모른다.

"명함이 있으면 줄래요, 리지?"

그녀가 다정하게 물었다.

마찬가지로 난 명함이 없고 타이는 시어에게 내 이름을 잘못 말했다고 알리지도 않았다. 그는 내가 자신의 에덴동산을 떠나려 하자 안도한 듯 보였다.

"내가 당신 재단에 대해 찾아볼게요."

타이가 악수를 청하며 말했다.

그의 손은 차가웠다.

"그래요, 인터넷에서 찾기 쉬워요."

난 그렇게 말했다. 부고란을 보면 될 테니까.

# 8

인생이란 영원히 지속될 것 같고 적어도 가까운 미래에 끝날 것 같지 않다. 하지만 중년의 위기를 겪고 있을 때 흰 가운을 입은 낯선 사람이 찾아와 더 이상 당신은 보통 사람이 아니며 죽음에 대해 생각할 향후 45.5년은 없다고 알려준다.

내 인생 말년의 위기가 시작되었다.

위기는 내가 겪은 일을 정말 좋게 설명하는 말이다. 원자로 노심용융과 같은 재앙에 더 가깝지만 당시에는 내가 꽤 이성적으로 대처했다고 생각했다. 암과 톰의 커밍아웃 혹은 손이 차가운 타이와 그의 거절(다음 생에 내 밴드 이름을 이걸로 하기로 정했다)을 탓하려고 하는 동안 날 감정의 체르노빌로 데려다놓은 건 다름 아닌 시어였다.

왜냐하면 시어와 그녀의 회사와 자선단체와 빌어먹을 생식력이 내가 갖지 못했고 한 번도 가져본 적 없고 앞으로도 결코 갖지 못할 전부이기 때문이다.

내가 진짜 제대로 이룬 것이 뭘까? 열을 지어 들어선 아파트들과 악취를 풍기는 맥도날드가 내려다보이는 베란다에 앉아서 생각에 잠겼다. 우리 지역 라디오 방송국에 간간이 100달러를 보냈다. 고 1 때는 학교를 대표해 생물 실험실에서 고양이 태아를 해부하는 행위를 중단해달라고 탄원서를 내기도했다. 지난해에는 IT부서와 협력해 동료들이 어디서든 다른 동료의 파일을 열어볼 수 있는 공유 네트워크를 만들어 휴가나 병가로 업무 흐름이 중단되는 현상을 줄이는 데 일조했다. 주로 책상에 붙어 있는 통에 난 그 네트워크를 써볼 기회가 없었지만 아주 혁신적이라는 이야기를 들었다.

결국 내가 제대로 이룩한 업적은 없다고 결론 내렸다. 시어와 달리 난 우쭐해할 사회 경력이 하나도 없고 사적으로도 전혀 없으며 그건 내 인생 파트너여야 하는 사람이 자기 역할을 내팽개쳤다는 점을 알게 된 것보다 더 끔찍했다.

수면제를 또 먹을까 하다가 폴에게 전화를 걸었다. 신호가 한 번 울렸을 때 그는 바로 받았다. 주위가 사람들로 시끌벅적했고 모두 술에 취한 것처럼 들렸다.

"어디야?"

"술집이야. 동료들과 한잔하고 있어. 평일 장을 마감한다고 한 거 기억나지?"

"아, 그랬지."

그제야 오늘이 금요일이라는 사실이 기억났다.

"네 업무용 고글을 몇 분만 더 써주지 않을래?"

폴이 웃었다.

"그건 벗을 수 없는 거야, 립스. 이혼 변호사 때문에 전화했어? 이미 찾아보고 있어. 2만 3000달러 정도 들 거야. 중개비도 그 속에 포함되는데 톰을 몽땅 벗겨 먹으려면 선불로 좀 더 쓰는 게 좋겠어."

"톰은 그럴 가치가 전혀 없는 인간이야."

"다시 한번 말해봐."

난 눈물이 흐르지 않도록 눈을 세게 깜박였다. 소용없었다. 1200킬로미터 떨어진 폴이 내가 흐느끼고 있다는 것을 눈치챘다.

"아, 리비, 네가 좋아하지 않는 거 알지만 방금 마음속으로 네게 포옹을 해줬어. 음, 음! 잠깐, 기다려. 잘 들리게 밖으로 나가는 중이야."

소란이 잦아들자 난 동생에게 1년 동안 생활비가 얼마나 들지 물어보았다. 아마 그렇게 오래 살지 못하겠지만 만일에 대비해서다. 또한 거액을 투자해두었고 부동산도 있지만 아이가 둘이나 있는 폴에게 짐이 되고 싶지 않았다.

"1년 동안 쉬게?"

폴이 기쁨과 걱정이 뒤섞인 목소리로 물었다. 폴은 일을 하지 않을 때면 완전 혼수상태가 되고 항상 스마트폰 두 대를 끼고 있다. 하지만 휴식한다는 생각 자체는 좋아했고 계속 나한테 쉬라고 말했다.

"그럴 거야."

"쉬면서 뭘 할 건데?"

"휴가를 갈 거야. 널 보러 가고 아빠랑 시간을 좀 보내야지."

난 대략적으로 말했다. 엄마의 난소암을 봤을 때 나도 몸무게가 절반 이상 줄고 끔찍한 고통을 겪지 않는 척해야 하고 그러려면 한 번에 15~20시간씩 자야 한다. 하지만 폴은 단박에 알아차릴 거다.

"좋은데! 쌍둥이들이 고모를 보면 아주 좋아할 거고 네가 여기 있을 동안 앞으로의 일에 대해 논의해보자. 난 네가 굉장한 헤지펀드 매니저가 될 수 있을 거라 생각해."

"그 말이 사실이라면 내가 생활비가 얼마나 필요할지 물어보려고 너한테 전화하지 않았겠지."

"무슨 말인지 알겠어. 그러니까…."

폴은 혼자 숫자를 계산하더니 내가 생각한 것보다 훨씬 큰 액수를 말했다.

"나중에 컴퓨터 앞에서 다시 계산해보겠지만 의료보험이랑 집 대출금도 혼자 다 갚아야 할 거야. 내가 세워준 계획대로 하고 있지?"

폴이 수년 전에 나와 톰을 위해 세워준 예산안에 대해 물었다.

"당연하지. 폴?"

"말을 던져봐."

"저기."

"아야!"

그가 소리쳤고 난 웃었다. 어릴 때부터 우린 이 바보 같은 장난을 좋아했다.

"진지하게 들어. 아파트를 팔면 어떨까?"

"그럼 한동안 나하고 같이 살래? 브라운스톤 주택 1층 전체를 네가 혼자 쓸 수 있는 아파트로 꾸며줄 수 있어."

"봐서."

실제로 폴과 같이 살 생각이 없어서 대충 대답했다.

"얼마가 필요할까?"

난 자산을 최대한 많이 청산하고 싶었다. 또한 톰이 집도 절도 없게 된다고 생각하니 더욱 구미가 당겼다.

폴이 다른 액수를 말했고 이번에는 한층 낮았다.

"좋아. 마지막으로 한 가지만 더. 난 돈을 좀 보내고 싶어. 좋은 업을 쌓고 1년에 내는 세금은 낮추게 말이야."

난 이 말과 지난 며칠간 내가 했던 많은 거짓말을 두고 하느님에게 용서를 빌었다.

"괜찮은 기부 단체를 어떻게 찾지?"

"'채러티 네비게이터' 사이트에 들어가봐. 합법적인 자선 기관에 대해 자세히 설명하고 있어. 적어도 B⁺ 등급 이상 되는 기관을 살펴보고."

"넌 모르는 게 없구나."

다시금 빛을 찾은 것 같았다.

"단언컨대 그건 좋은 게 아니야."

"사랑해, 폴."


한 시간 뒤 난 계좌에 있는 돈 절반을 비웠다. 계좌 전체를 다 비우지는 않았지만 톰과 법적으로 이혼할 만큼 충분히 오래 살 경우 자산을 반으로 쪼갤 가능성이 있어서 절반을 현금 예금으로 묶었다.

암으로 부모를 잃은 아이들을 위한 제대로 된 자선단체를 찾을 수 없었다. 내가 타이와 시어에게 한 거짓말을 진실로 바꾸어 그런 용도의 자선단체를 세울까도 대략적으로 생각해보았지만, 결국 내 돈을 그 일을 잘하는 사람에게 투자하는 편이 낫겠다는 결론이 섰다. 그래서 비영리 암 연구 기관 두 곳(메모리얼 슬론 케터링 암센터와 세인트 쥬드 아동 병원)을 고르고 평생 써본 것보다 엄청 큰 금액으로 수표를 각각 썼고, 엄마 샬롯 로스를 기념하고자 기부한다고 적었다.

생각했다. 난 기도를 잘하고 하느님을 믿고 사후 세계가 있길 바라는 마음은 간절하지만 확신은 못하겠다. 엄마를 다시 만날 수 있다는 기대가 너무 커서 하느님을 보게 되는 것은 그리 흥미롭지 않았다. 그러나 이 가능성이 가까워지자 난 살짝 공황 상태에 빠졌다. 멀리서 엄마가 내 인생을 지켜보고 있었을까? 내가 내린 선택에 대해 뭐라고 할까? 두 기관에 기부하는 행위는 중요하지 않은 것 같았다. 확실히 난 더 크고 더 의미 있는 방식으로 엄마를 기려야 한다.

그래, 그래, 난 할 수 있다. 내가 천국에 쌓아두지 못할 모든 보물을 가지고 하면 된다.

곧바로 '크레이그리스트'에 접속해 광고를 냈다.


이혼으로 인한 처분! 50년 된 가구!

빛의 조각품! 현대 예술품!

완전 싸게 처분합니다. 전부 다 털어야 해요!


부동산 중개업을 하는 친구에게 전화를 걸었다.

"리비?"

그는 놀랍다는 듯 전화를 받았다. 이미 그에게 아파트에 관해 말했지만 내가 금요일 밤 9시에 자기한테 연락할 줄 몰랐을 거다. 우리는 몇 년 전 친구의 약혼 기념 파티 이후로 본 적이 없는 사이다.

"라지, 난 새롭게 시작하고 싶어. 내 아파트를 좀 팔아줄래?"

그는 꽤 취해 있었다.

"그러니까 넌 이혼할 거구나! 언제 할 거야?"

"어제부로 했어."

"얼마를 받고 싶은데?"

"대출금 갚을 정도면 돼."

난 그에게 남은 대출금에 대해 알려주었다.

그가 휘파람을 불었다.

"좋은데. 시장이 과열되기 전에 구입했으니 100은 챙길 수 있을 거야."

"100달러?"

"100에 0을 세 개 더 붙여, 리비. 10만 달러야."

난 숨을 내쉬었다.

"좀 더 자세히 말해봐."

"이번 주에 매물로 올릴 수 있는데 아파트가 최대한 깨끗하고 깔끔하게 보이도록 준비해줘."

"문제없어. 짐을 다 뺄 거고, 난 다음 달에 시카고를 떠나."

라지와 나는 SNS에 친구로 되어 있어서 그는 내가 싱글로 상태를 변경한 것을 보았을 거다.

"리비, 이런 거 물어보기 싫지만⋯."

"톰은 팔고 싶어 하지 않아. 내가 집값의 98퍼센트를 냈지만 그도 집에 권리가 있긴 해."

난 자물쇠를 바꾸고 톰의 서명을 위조해야 한다. 그건 후회스럽다.

반면에 암으로 부모를 잃은 아이들을 도울 수 있을 거다.

세상에, 아파트가 비워질 무렵 시어의 쥐꼬리만 한 문맹 돕기 기부는 동네 꼬마들의 레모네이드 가판처럼 초라해 보이겠지.

그보다 더 중요한 건 더 이상 내가 쓸모없는 탄소 덩어리가 아니라 엄마의 죽음이 헛되지 않았다는 사실을 조금이나마 입증하는 딸이 된다는 점이다.

# 9

"맙소사, 리비. 정신이 어떻게 된 거 아니야?"

제스가 물었다. 그녀가 썰렁한 내 아파트를 곁눈질로 살폈다. 난 하루 종일 시한부 선고와 이혼 기념 처분전을 하려고 마음먹었다. 이삿짐 트럭을 가지고 아침 일찍부터 찾아온 한 인테리어 디자이너와 우람한 남자 두어 명이 거의 모든 것을 처분해주었다.

"진짜 당신 소유가 맞아요?"

디자이너는 계속 물었다. 분명 북유럽 가구에 구세군 자선 단체 수준의 가격을 붙여둔 것이 아무리 봐도 수상쩍어서일 거다. 애초에 내 목표는 최대한 빨리 모든 짐을 처분하는 거였지만 이 디자이너가 내 자선 기금을 불려줄 능력이 있다는 걸 알고 추가로 천 달러를 더 불렀다. 그녀는 더 이상 자신을 궁지에 몰지 않았다.

제스가 온 줄 알았다면 문을 열어주지 않았을 텐데. 난 물건을 사러 들른 다른 사람인 줄 알았다.

"진지하게 말하는데."

그녀가 질린 얼굴로 말했다.

"전문가에게 상담을 좀 받아봐. 오늘이라도."

난 불과 한 시간 전 크림색으로 뭉쳐진 먼지 덩어리들을 살피는 제스의 눈길을 묵묵히 지켜보았다.

"봐서."

그리고 그녀가 입고 있는 최신 유행 의상을 쳐다보았다.

"다시 말하지만 갑자기 머리에 깃털을 꽂고 라마 가죽 가방을 들고 나타난 사람이 누군데그래."

"이건 타조 가죽이야."

그녀가 코웃음을 쳤다.

"계속 너한테 연락했어. 지난번 일은 미안해. 그렇다고 내 연락을 피해서 상황이 더 좋아지는 건 아니잖아."

"난 상황이 더 좋아지도록 만들려는 게 아니야."

이제 날 회의적으로 보는 쪽은 그녀다.

"믿기 힘들지만 아파트의 상태를 보니 넌 진심인 것 같아. 가구는 다 어쨌어?"

"새 단장을 하는 중이야."

난 미소를 억누르지 못하고 말했다.

"리비, 그건 좋은 생각이 아니야. 그 가구들은 톰에게 아주 의미가 크다는 거 너도 알잖아."

"우리의 결혼 서약에 애석함은 들어 있지 않았어."

난 웃었지만 공허함에서 나온 웃음이었다.

"게다가 여기 있는 거의 모든 것을 내 돈으로 산 걸 너도 알고 나도 알잖아. 아니, 여기 있던 것들이지. 난 기쁜 마음으로 그렇게 할 자격이 있다고 믿어."

"그런 것 같네."

"톰은 너희 집에 있어?"

"응. 한동안은."

그녀는 앉을 자리를 찾았지만 유일한 선택지는 커피 테이블(추하고 불안정한 유리 테이블)과 바닥뿐이었다.

"나가서 담배 한 대 피울래?"

"그러자."

테라스 테이블 세트가 아직 팔리지 않아 우리는 고리버들로 만든 2인용 소파에 서로 마주 보고 앉았다. 제스는 옆으로 담배 연기를 뿜었다. 오레일리가 냄새를 싫어해서 그녀는 수년간 담배를 끊으려고 노력했다. 그러나 아직도 하루에 몇 개비를 피우고, 임신하면 이 습관을 완전히 버릴 거라고 합리화했다. 내가 알기론 제스는 임신을 최대한 미루고 있고 그녀는 나보다 두 살 더 많다.

"그러니까 넌 사실을 안 지 꽤 오래됐구나."

제스가 입으로 얇게 연기를 내뿜었다.

"아니, 지난주에 알았어. 그치만 쭉 궁금하긴 했어."

난 움찔했다. 제스는 의심하고 있었다. 난 왜 그러지 못했을까?

"세상에, 리비. 그런 표정하지 마."

제스는 내가 그녀를 위해 내다놓은 작은 유리 접시에 반쯤 태운 담배를 끄며 말했다. 그녀는 담배를 꽁초가 될 때까지 피우지 않는다. 너무 어색하다나 뭐라나.

"그가 게이 클럽으로 들어가는 걸 목격했다거나 그런 건 아니야."

"그럼 어떻게? 어떻게 알았어?"

짜증스럽지만 다시 눈물이 났다.

"솔직히 말해서 나도 모르겠어. 그냥 느낌이…."

제스는 아파트 차고가 내려다보이는 금색 아치 쪽으로 고개를 돌렸다.

"항상 톰이 마이클과 사랑하는 사이가 아닌가 하고 느꼈거든."

여기서 마이클은 오레일리다.

"그랬어?"

난 손등으로 눈물을 닦으며 물었다.

"응, 맞아."

그녀가 웃었다.

"마이클한테 한 번 말한 적이 있는데, 그 말을 듣고 남편이 너무 화를 내서 다시는 입 밖으로 꺼내지 않았지만 속으로 남편도 내 말에 동의하는 것 같았어. 톰이 그에게 말했을 때 남편은 꽤 충격을 받았어. 내 말은 네가 어둠 속에 있는데 마이클이 동굴 바닥에서 제대로 작동하는 손전등을 가지고 있으면서도 켜지 않았다는 거야. 물론 그가 동성애공포증이라는 말은 아니고."

그녀가 재빨리 이 말을 덧붙인 건 아마도 폴을 생각해서인 것 같다.

"알아."

난 그녀를 안심시켰다.

"무슨 말인지 잘 알겠어. 누군가를 안다고 생각했는데…."

"사실은 모른다는 것을 알게 된 거지. 아무것도."

그녀가 말하더니 다시 담배를 꺼내려고 핸드백으로 손을 뻗었다.

난 불쑥 말할 뻔했다. 내 일부는 모루(쇳덩이)처럼 가슴을 누르는 끔찍한 사실을 뱉어내고 싶어 했다. 그렇지만 난 제스가 사방에 알리기를 원하지 않고 그러려면 그녀 역시 나처럼 속에 모루를 품고 다른 사람들에게 거짓말을 할 수밖에 없다.

"제스, 우리는 친구 사이로 남자고 하고 싶지만 난 시카고를 떠날 생각이고 아마 아주 오랫동안 돌아오지 않을 거야."

제스는 담배에 불을 붙이려다가 성냥을 테이블로 내려놓고 내 쪽으로 와서 옆에 앉았다.

"리비, 난 널 많이 아껴. 가끔은 네가 걱정돼."

"왜 모두가 그렇게 말하는 거지?"

"어째서 거리상 멀어진다고 우리의 우정이 끝날 거라고 생각하는 거야? 우리는 쭉 친구였어. 얼마나 오래됐지?"

난 머릿속으로 계산해보았다.

"최소 12년이야."

"맞아."

그녀가 내게 팔을 둘렀고 난 어색하게 굳어지지 않으려고 애썼다. 전에도 말했듯 톰이 아닌 다른 사람이 날 만지는 것을 좋아하지 않는다.

"힘든 순간은 지나갈 거야. 언젠가 정신을 차리면 톰의 직장에 찾아가 스스로를 바보로 만드는 행동 같은 건 다시는 하지 않겠지."

그 말에 난 인상을 찌푸렸다.

"난 스스로를 바보로 만들지 않았어. 그저 우리의 결혼 생활이 공식적으로 끝났다는 것을 그에게 알려주려고 했을 뿐이야."

"너한테 필요한 건 스스로에게 이 일을 이겨내야 한다고 말하는 거야."

그녀가 농담처럼 말하고는 다시 옆에서 날 안아주었다.

"하지만 정말로 다 잘될 거야. 난 알아."

"넌 참 다정하구나, 제스."

다시 화가 가라앉았다.

"진짜 그렇게 됐으면 좋겠어."

제스가 가고 난 뒤, 난 집에 남은 물건들을 상자에 넣어 바닥에 쌓아두었다(우리 침실에 있던 물건들은 손대지 않고 남겨두었다. 누구도 그 방에 들이고 싶지 않았고, 게다가 멕시코로 가기 전까지 잘 곳도 필요해서다). 그중 몇 가지는 폴에게 보낼 거다. 나머지는 쓰레기통으로 직행하거나 기부할 거고.

그러지 말았어야 했는데. 난 침대에 대 자로 누워 우리 결혼 앨범을 넘겨보았다. 톰은 24개월 할부로 산 멋진 정장을 입었다. 나는 품을 좀 많이 늘려야 했지만 언제나 멋진 엄마의 웨딩드레스 차림이다. 둘 다 환하게 웃고 얼굴에 살이 올라 마흔이 아닌 스무 살에 더 가까워 보였다.

폴이 옳았다. 인생에서 그렇게 중요한 결정을 내리기에 우리는 너무 어렸다. 내가 잘 알지 못하고 어리석었던 그 시절, 영혼 어딘가에서 톰은 분명(당연히 분명) 자신이 언젠가 솔직한 자아로 인해 날 배신할 것을 알았지만 어쨌든 그는 그냥 결혼했다. 난 솔직해져야 한다. 생각해보니 그를 죽이고 싶은 데 가장 정확하게 내 심경을 표현한 말이 그것뿐이다.

앨범을 몇 장 넘겨보다가 톰과 내가 바쁜 시내 거리 한가운데 서 있는 사진에서 멈췄다. 우리는 길이 갈리는 지점을 표시하는 돌출된 콘크리트 위에 서 있었는데, 내 웨딩드레스 자락이 시멘트 위로 퍼져서 우리가 차들을 막고 있는 것처럼 보였다. 톰은 입을 맞추려고 내 허리를 뒤로 넘겼다. 내 머리 바로 뒤로 거리와 속도 때문에 흐릿하게 보이는 버스 한 대가 우리 쪽으로 오고 있었다. 결혼을 한 뒤 이 사진을 봤을 때 난 멋지다고 생각했다. 근사해! 마치 이것 봐, 내 결혼은 아주 견고해서 2톤 시내버스도 깨뜨릴 수 없어!라고 하는 것 같았다.

그 소녀는 버스에 자신이 치일 거라는 암시를 인식하지 못했을까? 미래에는 웃음이 가득한 아이들과 평생 자신만을 사랑하는 남편과 함께 산다고 믿었을까?

난 더 이상 그 소녀를 모르겠다. 한 번이라도 안 적이 있었는지 궁금하다.

# 10

엄마가 세상을 떠난 뒤 나도 죽고 싶었다. 그 시절을 자주 떠올리려고 하지 않는다. 보통은 그런 일이 전혀 없었던 것처럼 행동한다. 우리 가족은 장례식 이후로 거의 사진을 찍지 않았다. 몇 장 안 되는 사진을 보면, 직접 자른 짧은 머리를 한 과체중 소녀와 마르고 소름 끼치도록 아름답지만 어느 모로 보나 불안해 보이는 소년이 함께 있다. 소녀의 아버지는 상실감에 빠진 중년 남성으로 머리가 온통 백발이 돼버렸고 아내이자 어머니가 서 있어야 하는 자리는 그늘로 남았다. 내가 왜 추억을 싫어하는지 이해가 갈 거다.

폴이 그런 것처럼 결국 나도 회복되었다. 우리는 세상으로부터 몸을 숨기며 그렇게 할 수 있었다. 친구들을 멀리하고 우리가 잘하던 활동을 중단하고 학교에서는 최소한의 것만 하고 소설책을 열심히 읽으며 공포영화에 불편한 감사를 하게 되었다(이 점이 아빠를 놀라게 했지만 그럼에도 아빠는 자신

94

의 영화관 회원권을 건네주었다. 싫다고 했다간 우리의 연약한 정신 상태에 더 심한 타격이 올까 봐 걱정해서다). 우리는 서로에게도, 아빠와도 거의 말을 하지 않았다. 살인을 저지르는 영화를 제외하고 엄마가 없는 사춘기 인간이 할 수 있는 만큼 아빠를 보호하려고 했고, 아빠를 무시한 것이 역효과를 낳았다.

세상으로부터 몸을 숨긴 것이었기에 성인이 되어 내 인생이 짧은 몇 시간과 이후의 부스러기 같은 날들밖에 남지 않았다는 점을 알고 나서도 엄청나게 놀라지는 않았다. 한때 내게 평화를 가져다준 사람이 없는 환경을 만들어야겠다는 생각이 본능적으로 들었다. 죽은 듯이 살 수 있는 더 나은 장소가 필요하다. 실제로 죽어간다면 장염 이상으로 심각한 병에 걸려본 적이 없는 사람이 쓴 노래를 따라 부르거나 냉장고 자석을 보며 지구상에서 오늘이 마지막 날이라는 것을 깨닫고 쿨 윕 생크림 한 통을 저녁으로 먹고(디저트를 먼저 먹고), 그런 다음에 친구와 라인댄스를 추러 가기란 가히 쉽지 않다.

난 노래를 부르고 싶지 않다. 가짜 유제품을 배 터지게 먹고 카우보이 부츠를 신고 싶지도 않다. 한두 달 정도 세상을 무시할 수 있다면 아직 남은 날을 살아가면서 인생의 소소한 즐거움에 스스로를 완전히 몰두하게 만들 자신이 있었다.

시한부 선고와 이혼 기념 처분전을 시작하고 36시간 뒤에 받은 보이스 메일이 어떤 징조라면 고독은 아주 무리한 요구인가 보다.

폴: "날마다 너한테서 연락이 없으면 싫다고 했잖아. 전화해. 아니면 시카고강으로 수색대를 보내서 널 찾을 거야."

아빠: "폴한테서 톰에 대해 이야기 들었다. 정말 유감이구나. 아빠는 널 사랑한단다. 봐서 전화해주렴."

재키: "리비, 이 멍청이! 내가 사람을 보내 머리끄덩이를 잡고 여기로 데려오기 전에 당장 복귀해. 비서 없이 휴가 광고를 어떻게 진행하라는 건지. 삐지는 건 그만두고 무거운 엉덩이를 들고 얼른 사무실로 튀어와. 당장!"

폴: "립스? 그만 좀 하고 전화해."

폴: "립스, 오늘 당장."

병원 안내데스크: "엘리자베스 밀러 씨께 연락드립니다. 엘리자베스, 의사 선생님이신 샌." (삭제)

재키: "리비, 하나도 재미없어. 푹 꺼진 네…." (삭제)

폴: "조만간 전화를 받지 않으면 내가 비행기를 타고 널 찾으러 갈 거라는 점만 알아둬. 그러려면 1년에 대략 15만 6000달러를 받는 평민이 모는 커다란 금속 덩어리 속에 들어가 하늘로 올라가야 할 테고, 너도 잘 알다시피 난 비행기를 타느니 차라리 불알을 왁싱 하는 쪽을 택할 거야. 그러니 전화해, 알겠지?"

재키: "인사부와 논의를 마쳤어. 추가로 1만 5000달러를 인상해줄 거야." (삭제)

라지: "매물을 올렸고, 이미 몇 군데서 연락을 받았어. 네가 준비되는 데로 집을 보여줄 거야. 조만간 연락할게."

**톰:** "음." (그가 휴대전화를 떨어뜨린 것처럼 들렸다.)

**톰:** "또 나야. 당신 괜찮아? 부탁인데 전화 좀 해줄래?"

**아빠:** "아빠다. 리비 루. 봐서 연락주렴."


난 살아 있다는 증거로 폴에게 텅 빈 아파트 사진을 전송한 다음 주방 아일랜드 식탁으로 가서 아빠에게 전화를 걸었다.

아빠는 지친 기색을 숨기려고 애썼다.

"안녕, 우리 딸. 폴이 너와 톰에 대한 이야기를 해주더구나. 아빠는… 아빠는 정말로 유감이야. 넌 더 나은 대접을 받아야 해."

"고마워요, 아빠."

난 이렇게 대답했고, 그러지 않기로 스스로와 약속했지만 식탁 반대쪽 끄트머리에 앉아 처량하게 울었다.

"자, 자, 진정하렴."

아빠의 그 말에 난 더 심하게 흐느꼈다.

"죄송해요."

겨우 말을 할 수 있게 되었을 때 훌쩍거리며 말했다.

"우리 다른 이야기해요. 돌로레스는 잘 있어요?"

폴과 내가 알기로 거의 2년째 돌로레스와 데이트 중이지만 아빠는 계속 그녀를 '친구'라고 우겼다.

"아, 그녀는 잘 있어. 우린 지난주에 영화를 보러 갔단다."

난 아빠가 향나무 너와로 된 작은 방갈로에 앉아서 레드 삭스 타이거스의 경기 중계를 본 다음 혼자 잠자리에 드는 모습을 떠올려보았다. 톰과 결혼한 것보다 지난 몇 년간 아빠를 자주 찾아가지 않은 것이 더 후회되었다. 일을 정리하고 임신을 하려고 했다는 변변찮은 핑계가 있었지만 지금은 그 어느 것도 중요하지 않다. 어쩌면 여행을 한 달로 줄이고 아빠와 즐거운 시간을 더 많이 보내야 할지도 모른다.

"전 멕시코에 가려고 생각 중이에요, 아빠."

난 아빠에게 털어놓았지만 일을 관두고 이미 비행기표를 예약했다는 말은 하지 않았다.

"멕시코에 간다고? 애야, 너희 둘이 신혼여행을 갔던 곳인데 괜찮겠니?"

미처 그 생각은 해보지 않았다고 인정하면서 난 서늘한 대리석 상판을 손으로 쓰다듬었다. 톰은 흰 동석이 너무 과해서 싸구려처럼 보인다고 했지만 이 집에서 내가 진짜 마음에 들어 하는 몇 안 되는 부분이다.

"타코나 솜브레로(챙 넓은 멕시코 모자)를 볼 때마다 톰 생각이 날 거다. 그의 이름을 말해도 괜찮니, 아니면 너무 힘드니?"

"괜찮아요."

난 톰이 멕시코만에서 나와 함께 스노클링을 하는 모습을 떠올렸다. 커다란 가오리가 우리 뒤를 바싹 스쳐갔고 톰은 내가 겁에 질린 것을 알고 침착하게 내 손을 잡아 가볍게 당기며 자기를 따라서 물가로 가자고 알려주었다. 물 위로 올라왔을 때 톰이 마른 타월로 날 감싸고 치아가 덜덜 떨리는 걸 멈출 때까지 꼭 안아주었다. 그런 게 톰의 좋은 점이다. 항상 날 안심시키고 따뜻하게 해준다. 지금 내게 가장 필요한 건 그런 안정감인데, 더 이상은 불가능하다.

"그래, 잘됐구나. 안 그러려고 해도 결국 이름을 말하게 될 테니까. 그건 그렇고, 다른 곳은 어떻겠니? 하와이 같은 곳으로. 아니 거긴 너무 낭만적이니 좋지 않을 거고… 어디 보자."

"아빠, 전 아직 듣고 있어요."

내가 아빠에게 상기시켜주었다. 아빠는 사람을 앞에 두고 혼잣말을 하는 버릇이 있는데 나이가 들면서 더욱 심해졌다.

"미안하구나, 얘야. 아! 그래. 푸에르토리코. 푸에르토리코로 가렴. 너희 엄마와 내 평생 최고의 해변이 그곳 남쪽에 자리한 작고 허름한 비에케스섬에 있단다."

"정말이오?"

내가 물었다. 아빠는 간간이 그랬다. 마치 적당한 때가 올 때까지 아껴둔 것처럼 한 번도 한 적이 없는 엄마에 대한 이야기를 불쑥 꺼내 날 놀라게 했다.

"그래. 그때는 거기에 해군이 주둔했고 지역민들도 그 점을 그리 달가워하지 않았는데, 최근 신문을 보니 정부에서 몇 년 전에 철수시켰더구나. 아무튼 상황이 달라지지 않았다면 그곳은 연인들의 성지가 아니고 아주 근사해. 밤이면 만이 불빛으로 반짝이고 사방에 야생마가 돌아다니고…. 네 엄마는 언젠가 다시 가보고 싶다고 입버릇처럼 말했어."

"아."

내가 한숨을 쉬었다. 불빛에 반짝이는 만 이야기를 하면서 아빠는 살짝 감상에 빠진 것 같았지만 그럼에도 난 구미가 당겼다.

"너도 좋아할 거야. 모두가 영어와 스페인어를 하니 편하고, 미국령이니 페소나 다른 화폐로 환전할 필요도 없어. 그렇지만 너 혼자 여행을 간다니 걱정이구나. 폴이나 네 친구 젠이 같이 갈 수 있을지도 모르지."

아빠는 제스를 두고 말했다.

"생각해볼게요, 아빠. 말해줘서 고마워요."

"천만에. 아빠가 사랑하는 거 알지, 리비 루?"

난 다시 눈물이 나려고 했다.

"아빠, 이만 끊어요. 금방 보러 갈게요, 아셨죠?"

"그러렴. 정말 그랬으면 좋겠구나."


우는 와중에도 난 희망 한 줄기가 빛나는 것을 다시 알아 차렸다. 톰을 찔러 죽이고 싶다고 생각한 이후 가장 영감을 주는 의견을 아빠가 내게 알려준 것이다. 난 살날이 얼마 남지 않았고 전남편이자 연인인 사람의 고향인 도시에 머물며 시간을 낭비하는 중이며, 의사는 내 평생에 가장 끔찍한 소식을 전해주었으니 더는 지체할 필요가 없다. 스페인어를 쓰고 여권이 필요 없는 햇살 가득한 해변이 짧은 비행 거리에 위치하는데 가지 못할 이유가 어디 있을까? 물론 멕시코 여행을 포기하면 손해를 보겠지만 이번만은 상관하지 않았다. 내가 세상을 떠날 때 돈을 싸 가지고 갈 것도 아니니까.

그래, 비에케스섬으로 가서 엄마가 왜 이곳을 좋아했는지 알아봐야겠다. 당장 가야겠다.


공항에 가려고 나섰는데 톰이 불쑥 눈앞에 나타났다.

"리비, 어디 가는 거야?"

집 앞 계단을 가로막고 서서 그가 말했다.

난 습관적으로 미소를 지으려다 한층 진화된 내 뇌 신경세포가 다시 살아나 이 남자는 더 이상 동맹이 아닌 적이라는 사실을 알려주었다.

"불이야!"

난 공격을 받았을 때 가장 빨리 도움을 얻을 수 있는 방법이라고 신문에서 읽은 적이 있어서 이렇게 소리쳤다.

"계속 도망칠 수는 없어."

그는 이렇게 말했지만 물러났다. 아마도 겁이 났을 것이고, 난 그를 방화범으로 몬 다음 코트를 뒤져 뭐라도 꺼내서 맞서려고 했다.

"있는지 없는지 어디 한번 봐."

난 서둘러 가려고 몸을 틀었다. 커다란 여행 가방이 두 개나 있어서 좀 힘들었다.

내가 금방이라도 떠날 것 같자 톰이 내 팔을 잡으려고 한 걸음 앞으로 왔다. 그 손길을 뿌리치다 큰 여행 가방이 굴러 떨어졌다. 여전히 손잡이를 꽉 잡고 있던 터라 나도 같이 넘어지면서 쿵, 쿵, 쿵, 배가 계단에 부딪혔고 합성 카펫이 벨크로 테이프처럼 내 절개 부위를 붙잡았다. 난 이를 꽉 깨물고 고통에 울지 않으려고 애썼다. 여행 가방과 나는 나란히 아파트 1층 앞으로 떨어졌다.

빌인지 윌인지 하는 이웃 주민이 아침 8시부터 누가 이런 큰 소리를 내는지 궁금해서 문밖으로 머리를 내밀었다.

"거기 누구예요?"

그가 말했다. 그러고는 쓰러진 날 보았다.

"세상에! 괜찮아요?"

톰이 내 쪽으로 다가오는 것이 곁눈으로 보였다.

"도와주세요!"

내가 소리쳤다.

"전남편이 절 죽이려고 해요!"

"그만 좀 해, 리비!"

톰이 내 다른 여행 가방을 가지고 내려오느라 애쓰며 말했다.

난 겨우 일어났다. 배에 타는 듯한 통증이 퍼졌고 봉합한

곳의 절반이 뜯긴 것을 확실히 알 수 있었지만 고통에 익숙해지는 법을 배워야 한다. 어쩌면 공항의 브룩스톤 잡화점에서 자기 최면 CD를 팔지도 모른다.

"누굴 불러줄까요?"

빌인지 윌인지가 이제 내 옆으로 와서 서 있는 톰을 흘끗 쳐다보며 물었다.

"내 비명이 다시 들리거든 그렇게 해주세요."

톰을 향해 몸을 돌리고는 소름 끼치는 광대의 미소처럼 입꼬리를 위로 치켜올렸다.

이웃은 문을 닫았지만 난 그가 우리의 불화가 코미디가 될지 비극이 될지 알아보려고 문 뒤에서 기다리고 있다는 것을 알았다.

"리비."

톰이 경고하는 목소리로 말했다.

"그만 좀 해. 부탁이야. 그냥 당신과 이야기를 하고 싶어. 이건 당신 잘못이 아니라는 걸 알았으면 좋겠어. 당신이 하는 행동을 보니 그 점을 제대로 모르는 것 같아. 아무래도 당신은 정신과 상담을 받아보는 게 좋겠어."

"내 잘못? 내 잘못이라고? 당신이 남자한테 끌리는 원인이 나한테 있다고 생각한다는 인상을 내가 대체 언제 줬는데?"

"다른 데로 가서 얘기하면 안 될까? 이를테면 우리 집이라든지?"

그는 몹시 화를 냈다.

"봐, 그게 문제야."

절개 부위가 너무 아팠지만 내가 톰에게 느끼는 화와 육체적 고통을 분리하긴 매우 어려웠다.

"분명 얘기하고 싶지 않다고 말했는데도 당신은 계속 얘기하자고 조르고 있어. 나더러 정신과 의사와 상담을 하라고 했고. 당신은 만사를 자기 뜻대로 하려고 해, 톰. 당신이 우리의 결혼 생활을 망친 일도 자기 뜻대로 해결할 수 있다고 생각하는 중이고. 그런 당신한테 알려줄 소식이 있어. 쇼는 끝났어. 내가 어떻게 반응하는지는 전적으로 나한테 달린 거야. 바로 나한테!"

난 다시금 젖먹이 조카들에 빙의해 소리를 질렀다.

"당신이 아니라."

그는 내가 포크로 자기를 찔렀을 때처럼 놀란 듯 보였다.

"미안해, 리비. 내가 상담을 받아보라고 한 건 당신에게 도움을 주려고 그런 거야. 당신도 상담을 받아야 한다는 거 알잖아. 지금도 당신이 아닌 사람처럼 행동하고 있고."

"당신이 알던 리비는 죽었어, 톰."

내가 대꾸했다.

"집 열쇠를 바꿨어. 내가 돌아와서 변호사를 선임할 때까지 당신은 살 곳을 찾아야 할 거야."

난 여행 가방을 챙겨 힘들게 그것들을 끌고 정문을 지나 인도로 나간 다음 연석 위로 올라섰다. 그리고 손가락을 입에 대고 오헤어 국제공항으로 데려다달라고 불러둔 택시를 향해 휘파람을 불었다. 남은 인생이 기다리고 있고 늦고 싶은 생각은 추호도 없다.

# 11

마더 오브 펄 술집이 최고다! 독한 술의 위력은 상당했다. 내가 술을 좋아하는지 확신하지 못했지만 창조주를 만날 준비를 하면서 술이 꽤 쓸모가 있다는 생각이 들었다. 내 역사를 훑어보면 알코올에 그렇게 강하게 끌린 적이 없었다. 간간이 맥주를 마시거나 축하로 샴페인을 한 잔 한 것만 빼면 주로 술을 피해왔는데, 그건 톰의 아버지가 알코올의존증이고 쾌활하거나 제대로 역할을 하는 유형이 아니었기 때문이다. 가볍게 취하는 것조차도 톰은 견디지 못했다.

그러나 그의 근심 따윈 더 이상 내 문제가 아니다. 비행기에 오르기까지 두 시간이나 더 남은 터라 난 전혀 리비 같지 않은 행동을 해보기로 했다. 공항에 있는 술집으로 가서 자리에 앉아 바텐더에게 그가 마시고 싶은 칵테일을 내게 만들어달라고 말했다. (지나고 보니 이건 좋은 생각이 아니었다. 바텐더의 뺨에 거미 같은 모세혈관이 보인 걸 보면 그는 아마 평생 도수가 높은 술을 마셔왔는지도 모른다.)

"더티 마티니예요."

그는 무슨 술인지 알려주면서 은색 셰이커 안에 든 내용물을 과장된 동작을 하며 믿을 수 없이 작은 칵테일 잔에 부었다. 난 어찌할 바를 몰랐고 약처럼 쓴 마티니를 한 모금씩 넘길 때마다 더 맛있는 척했다. 사실 더 맛있어진 건 맞았다.

5분 뒤 마티니가 사라지자 한 잔 더 주문했고, 술집이 살짝 기울어진 것처럼 보여서 조금 천천히 마셨다. 톰의 수면제보다 진이 더 순하게 작용하는 것 같다(물론 만약을 대비해 수면제도 챙겨오긴 했지만). 하지만 이 잔을 다 비우면 기내 수하물 가방을 가지고 탑승 게이트까지 갈 수 없다는 것을 알았다. 반을 남기고 계산을 한 다음 터미널 안으로 들어갔다.

많은 사람이 오헤어 국제공항을 단테의 지옥에 비유하지만 난 신경 쓰지 않는다. 서점이 좋고 음식도 꽤 괜찮고 간간이 고함을 지르는 여행자를 보지만, 지나치는 대부분의 사람이 중서부의 방식대로 은근히 친절하다. 또한 브룩스톤이 내 탑승 게이트에서 대략 7킬로미터 떨어져 있다. 그 잡화점에는 자기 최면 CD가 많았다. 여자 점원에게는 미안한 소리지만 내일 아침에는 해변에 있을 테니 마음을 달래주는 바다 소리가 담긴 CD를 사는 것은 의미가 없다고 생각했다. 마사지 의자에 편하게 앉아서 바텐더가 준 마티니로 엉망인 내 배 속을 달랬다.

막 눈을 감았을 때 누군가가 내 이름을 크게 부르는 소리를 들었다.

"리비? 리비 로스 밀러, 너 맞지?"

아니, 절대로 아닐 거야. 난 이렇게 생각하며 가죽 의자에 깊숙이 파묻힌 채로 발바닥을 밀며 의자를 돌리려고 애썼다. 세상에, 의자는 바닥에 고정되어 있어서 결국 눈을 떠 내가 이미 아는 정보가 사실인지 확인할 수밖에 없었다. 사람이 살이 확 찌거나 빠지고 코 수술이나 여러 가지를 했음에도, 복잡한 공간에서 말 한마디 들은 걸로 곧바로 누군지 알아차린다는 것이 우습지 않나? 맥신 게인즈를 보지 못한 지 15년이 되었지만, 내 이름의 첫음절을 듣는 순간 마사지 의자 뒤쪽에서 누가 날 부르는지 단번에 알아차렸다.

그녀가 내 쪽으로 뛰어와서 어쩔 수 없이 난 자리에서 일어나 그녀를 맞이했다.

"리비, 어(머) 이(럴) 수(가)! 이렇게 오랜만에 너와 여기서 마주치다니 정말 놀라워!"

그녀가 톤이 높은 목소리로 외쳤다.

난 머리글자만 써서 말을 줄이는 그런 돼먹지 못한 많은 인간이 성공할 자격이 없다고 믿는다.

"그래, 놀라워."

맥신은 고등학교 친구로, 내가 그녀의 견딜 수 없는 성격을 감당해준 몇 안 되는 사람이었다. 그녀는 지나치게 착한 척을

해서 한두 가지 잘못된 결정을 내린 우리 교회의 소녀를 〈애프터 스쿨 스페셜〉에 나오는 비행 소녀로 만들어버렸다. 또 수줍은 척 끊임없이 프린스턴을 언급했기에 동부에 있는 대학에 간 뒤로 맥신한테서 연락이 끊겼을 때 난 슬프지 않았다. 하지만 몇 년 전 SNS에서 친구 요청을 받았을 때 수락한 것은 온라인 우정이 보여주는 모호하고 수동적인 공격성에 대해 잘 몰랐던 탓이 컸다.

"사실 난 쭉 네 생각을 했어! 아직 시카고에 살아?"

"아니. 대륙 두 곳을 왔다 갔다 하고 있어."

"와! 미국에서 난 뉴욕에 사는 것이 근사하다고 생각해. 폴과 마주칠 일을 아직 기대하고 있고. 사실 어퍼 웨스트 사이드에서 그와 찰리가 사는 곳과 한 블록 정도 떨어진 데 살아."

맥신의 목소리에서 난 그녀가 자신의 아이비리그 입학과 뉴요커로서의 지위에 자부심이 크고, 내 쌍둥이 남동생의 애인이 네트워크 방송사의 최고 인기 범죄 시리즈물에 나오는 배우라는 점에 꽤 놀랐다는 것을 알 수 있었다.

맥신은 내가 이미 인터넷에서 클로즈업 샷으로 본 적이 있는 엄청나게 큰 다이아몬드가 박힌 그녀의 약혼반지를 뚫어져라 쳐다보아도 내 손가락에 반지가 없는 것에만 온 신경을 집중했다.

"너랑 톰이 이제 함께하지 않는다는 상태 메시지 봤어."

그녀가 뾰루퉁한 얼굴을 하며 말했다.

"괜찮니?"

난 어색하게 웃었다.

"난 아주 좋아. 사람은 변하잖아."

그 말을 믿지 않지만 지금 상황에서는 그렇게 말하고 싶었다. 왜 내 결혼 생활이 스테고사우루스처럼 화석이 되어버렸는지 적당히 둘러댈 수 있는 설명이었다.

"그렇지?"

그녀가 커다란 눈을 더 크게 뜨며 말했다.

"그래, 맞아."

맥신은 내가 측은하다는 듯 반쯤 입꼬리를 올렸다.

"네가 그렇게 말한다면야."

"맞아. 내 말 그대로야."

난 맥신이 비행기 시간이 되어서 가봐야 한다고 말하길 기다렸지만 그녀는 그 자리에 가만히 서 있었다. 날 마음대로 판단하면서.

"이런 말이 도움이 될지 모르겠지만 난 항상 톰에게 의구심이 들었어. 그가 바람을 핀 거야?"

그녀가 펜슬로 그린 눈썹을 들썩이며 물었다.

내 목구멍에서 작게 으르렁거리는 소리가 올라왔고, 맥신은 그걸 내가 울지 않으려고 애쓰는 걸로 오해했다.

"어머, 리비."

그녀가 날 안아주려고 몸을 앞으로 구부리며 말했다.

"왜 하느님이 네 삶에 이런 큰 어려움을 주셨는지 이해하는 척하진 않겠지만 널 위해 기도할게."

그녀가 내 속을 뒤집으려고 애쓰는 동안 난 수정헌법 제4조에 따라 불합리한 탐색과 압수로부터 스스로를 보호할 권리를 활용하기로 했다. 그녀의 앙상한 어깻죽지에 내 치아를 살짝 올려놓았다.

그녀가 거칠게 물러났다.

"맙소사, 방금 날 문 거야?"

"널 물었냐고?"

난 송곳니를 의기양양하게 번뜩이며 말했다.

"참나, 맥신. 어쩌면 사람은 바뀌지 않나 봐."

난 고개를 저은 다음 마사지 의자에 다시 앉았다.

"이제 괜찮다면 난 천국행 비행기를 타기 전에 몇 분간 몸을 좀 풀어야겠어. 폴에게 어퍼. 웨스트. 사이드에서 널 찾아보라고 말할게."

난 그 동네 이름을 한 자 한 자 또렷이 발음했다.

"잘 가!"

그녀는 입을 벌렸다가 닫더니 가버렸다. 이보다 더 나은 결말은 없을 거다.

그럼에도 맥신이 가고 난 뒤 슬픔과 짜증이 동시에 강하게 밀려들었다. 사람은 정말로 바뀌고 내가 그 장본인이다. 날 카리스마의 원천이라고 설명할 수는 없지만, 결혼식 피로연

때 잔소리 많은 할머니나 호색한 삼촌 옆에 앉았고 나중에 그들이 내가 밥을 같이 먹기 참 좋은 사람이었다고 말하는 것을 보면 그렇기도 하다. 하지만 지난주에 내가 한 거의 모든 인간 소통은 잘못된 방향, 아니 더 나쁘게는 충동적으로 흘러갔다. 직설적이고 가끔은 공격적으로. 그 순간에는 엄청나게 만족했지만, 꼭 그런 다음에 부끄러웠다. 좀 더 친절한 성향의 나로 돌아가서 모두의 좋은 기억을 훼손하지 말아야 한다. 하느님의 뜻에 따라 난 비에케스의 해변으로 가는 길을 찾을 거고, 낯선 사람들에게 둘러싸였다가 그들이 상식이 있다면 내 성질을 꾹 참아준 다음 나에 대해서 잊어버리겠지.

맥신이 보이지 않는 것을 확인한 다음 난 탑승구로 갔고, 멈춘 것 같은 긴 시간 뒤에 비로소 비행기에 올랐다. 난 창가 좌석을 요청했고 비행기가 시카고 상공에 올라 미시간호를 향해 날아갈 때 유리에 얼굴을 붙인 채 점차 사라지는 스카이라인을 내려다보았다.

미시간 호수는 정말 장관이고 세상에서 제일 큰 호수라 잘 모르는 사람이 하늘에서 본다면 영락없이 바다라고 생각할 수도 있다. 20대 초반에 톰과 내가 이 도시로 왔을 때 매일 밤마다 그에게 '레이크 쇼어 드라이브'로 데려다달라고 했다. 이미 궁핍한 우리 형편에 기름값이 줄줄 샜지만 계속 멈추려고 하는 고물차를 몰고 그가 날 데려간 건 그도 나만큼 호수에 매혹되었기 때문이다. 그 동네는 하루 종일 차가 막혔다.

휘황찬란한 고층 빌딩이 하늘을 향해 끝도 없이 올라갔다. 호수 오른편에 보이는 서부 해안이 아름다운 건 우리가 그랜드 래피즈 교외에서 어린 시절을 보내서만은 아니었다. 이 도시가 우리의 시작이었기 때문이다.

난 산후안으로 가는 편도 표를 구입했고, 거기서 다시 비에케스섬으로 들어가는 편도 표를 샀다. 한 달이 지나면 아마 곧장 뉴욕으로 날아갈 거다. 집에 가지 않고 내 아파트를 팔 수 있다면 그러고 싶다. 그럴 경우 다시는 시카고를 볼 일이 없다. 비행기가 계속 하늘로 올라가자 호수는 구름 아래로 사라졌고 난 언젠가(좀 빨리) 더 이상 상실감을 느끼지 않게 해 달라고 빌었다.

✦

몇 시간 뒤, 비행기가 선명한 청록빛 파도 위로 내려서더니 날 산후안 국제공항에 데려다주었다.

손 글씨로 쓴 표지판을 든 남자가 출국장 앞에서 날 맞이했다. 어두운 곱슬머리에 검게 그을린 피부의 남자는 라틴계로 보였지만 스페인 억양을 그리 많이 쓰지 않았다.

"리비 밀러 씬가요? 잘됐군요."

진심인지 조롱인지 파악하지 못하게 만드는 목소리였다. 우리가 실내에 있는데도 그는 선글라스를 쓰고 있었다. 남자가 내 손에서 기내용 캐리어를 받았다.

"당신 수화물을 찾은 다음 타맥으로 갈 겁니다."

"타맥이오?"

내 새 친구인 진과 지친 기운이 날 괴롭혀 이륙한 직후 곯 아떨어져서 비행 시간 대부분을 자면서 보냈다. 지금은 목이 마르고 골치가 지끈거려 초등학교 2학년 수준으로 언어 능력 이 떨어졌다.

"전용기는 상업 항공사와는 다른 활주로를 쓰는데 그곳에 는 일반적으로 탑승구가 없어요. 비에케스로 가는 전세기를 예약한 거 맞죠?"

"맞아요."

내가 관자놀이를 마사지하며 대답했다.

"잘됐군요. 화장실 가고 싶거나 하지 않나요? 비행기 안에 는 없어요."

"괜찮아요."

난 벌써 일주일이 넘게 괜찮다는 거짓말을 하고 있다. 난 그의 뒤를 졸졸 따라 수화물을 찾으러 갔다. 짐을 찾은 다음 우리는 여러 통로를 지났고 마침내 보안 검색대 앞에 섰지만 제복을 입은 여성은 내 면허증은 거의 보지도 않았다. 우리 앞으로 일련의 계단이 보이고 그 너머로 뜨거운 시멘트 바닥 이 펼쳐졌다. 제트엔진의 엄청난 굉음이 사방으로 퍼져서 난 귀를 막았다. 남자는 차고 끄트머리에 있는 낡은 소형 트럭을 가리키며 우리가 타고 갈 거라고 알려주었다.

트럭에 갔을 때 그가 내 가방을 짐칸으로 던지고 승객용 문을 열어주었다. 트럭에는 항공사의 이름이 적혀 있지 않았고, 난 폴이 더 주의를 기울이지 않았다고 꾸짖는 것을 상상하며 잠시 주저했다. 네. 난 남자에게 감사 인사를 건넸다고 생각하며 올라탔다. 휴가를 놓치고 싶지 않지만 사신은 보이지 않는 곳 어디에나 숨어 있다. 이 남자가 날 한적한 해변으로 데리고 가서 목을 조른다면(그럴 가능성이 상당히 낮아 보이는 건 그는 내 존재를 거의 신경 쓰지 않는 것 같아서다) 지나치게 열성적인 세포 식민지화로 죽는 것보다는 훨씬 잘된 일일 터다.

에어컨이 있길 바랐지만 남자는 창문을 내렸고, 난 이후 몇 분간 야자나무에 매혹된 척하면서 바지에 오줌을 지린 것처럼 땀을 많이 흘리지 않았는지 걱정했다. 우리는 비행기들이 주차되어 있는 활주로에 멈춰 섰다. 남자가 내 여행 가방을 집어든 다음 작은 비행기를 향해 걸어갔다. 아니, 작은 비행기라는 말은 취소다. 평범한 교외의 주택 진입로에 주차할 수 있을 정도로 조막만 했다.

그가 패널을 내리자 비행기 오른편이 한층 나아 보였다. 갑자기 폴이 왜 그렇게 비행을 두려워하는지 너무 이해가 갔다. 이건 날개가 달린 깡통이고 난 그 속에 들어가 하늘로 오르려 하고 있다.

남자가 양손에 내 여행 가방을 들고 패널에 붙은 계단을 오르기 시작했다. 꼭대기에 도착하자 그가 돌아보았다.

"안 탈 거예요?"

난 혼란스러워하며 그를 쳐다보았다. 주위에 다른 사람은 전혀 보이지 않았다.

"조종사는 어디 있어요?"

"지금 보고 있잖아요."

정말 그랬다. 그는 덱 슈즈에 카키색 반바지, 닳아서 누더기가 되려고 하는 리넨 셔츠 차림이다. 내가 또 무의식적으로 목을 움츠렸는지 남자가 이렇게 말했다.

"이봐요, 난 당신을 도와주는 거예요. 오늘이 비번이라 당신을 데려다주라는 요청을 거절할 수도 있었고 그럼 당신은 결국 배를 타야 했을 거예요. 하지만 오늘처럼 바람이 많이 부는 날에 배를 탔다가는 점심 먹은 걸 다 토하고 말 테니 잘된 줄 알아요."

난 부끄러워해야 할지 화를 내야 할지 갈피를 잡지 못했다.

"난 점심을 먹지 않았어요. 고맙군요."

난 그를 뒤따라 계단을 올랐다.

"제가 유일한 승객인가요?"

"그래요."

그는 내 쪽으로 얼굴을 돌리고 마침내 선글라스를 들어 보였다. 진한 갈색 눈동자가 내 눈과 마주했고, 그는 사회적으로 용인되는 시간보다 더 길게 날 응시했다(그는 믿음을 심어

116

주려고 했고 나도 눈길을 피하지 않았다). 그가 돌아서서 선글라스를 다시 낄 때 내 안에서 무언가 이상한 것이 막 펄럭였다.

"앉고 싶은데 앉아요."

"네."

난 심드렁하게 대꾸했다. 고를 좌석은 그리 많지 않았다. 난 그의 오른쪽 뒷좌석에 앉았는데 거기서는 작은 조종석 창문을 통해 근사한 전망이 보이고 측창도 있었다. 그는 그늘막을 단단히 고정한 다음 몸을 돌려 내 쪽으로 와서 응급 상황 때 따라야 할 절차를 설명해주었다. 안전벨트를 매고 기도하는 것 말고는 별거 없었고, 그런 다음 내게 커다란 노이즈 캔슬링 헤드폰을 건넸다.

"25분 정도만 타면 되는 짧은 비행이지만 소리가 시끄러울 거예요. 푸에르토리코는 가을이 바쁜 시기여서 산후안 공항을 빠져나가기까지 시간이 좀 걸릴 겁니다."

그의 말은 농담이 아니었다. 우리는 거의 한 시간가량 활주로에서 대기했고, 그동안 내 티셔츠에 커다란 땀 웅덩이가 생겼으며 청바지는 풀을 먹인 것처럼 허벅지 쪽이 빳빳해졌다. 2분이면 원피스로 갈아입을 수 있는데 그렇게 하지 않은 나 자신을 욕한 다음 신경 쓰는 스스로를 꾸짖었다. 결국 체취보다 더 중요한 문제가 있고, 게다가 조종사라고 주장하는 저 남자를 다시 볼 것도 아니지 않나.

그래도 달리 할 일이 없어서 난 계속 그를 슬쩍슬쩍 살폈다. 그가 몇 살인지 감이 오지 않았다. 헤어 라인이 이제 막 뒤로 밀리기 시작했고 구레나룻이 희끗하지만 뺨에는 여드름 흉터가 살짝 남아 있어 10대 소년의 분위기를 풍겼다. 그가 앞만 보고 앉아서 아무 말도 하지 않아 약이 올랐다. 하지만 그걸 고마워해야 하는데… 사실 난 혼자 있고 싶었고 지금 그 귀한 순간을 즐기지 못하는 건 내 쪽이었다.

마침내 그가 헤드셋으로 뭐라고 말을 한 뒤 날 향해 소리를 질렀다.

"허가가 났어요. 지금 이륙합니다."

우리는 하늘로 올랐다. 다시금 난 청록색 바다 위로 날았고 푸에르토리코의 북동부 해안을 이루는 울창한 수풀과 길고 노란 해변을 감상했다. 더 많이 알고 싶은 생각이 들었지만 (서둘러 오는 통에 여행 책도 사지 못했다) 저 조종사는 형편없는 투어 가이드라는 점을 증명해 보였다.

"여기서는 열대우림을 볼 수 없고 그건 저쪽에 있고….."

그가 낮게 웅얼거렸다.

"당신 오른쪽에 배가 다니는 파하르도가 있고… 멀리 보이는 저 볼록한 땅은 쿨레브라라는 섬이에요."

설명은 형편없었지만 위에서 바라보니 어딘가 모르게 특별했다. 우리는 하늘에 떠 있지만 바다와 아주 가까워서 보트에 탄 승객들이 다 보였다. 맥신과 내 두통, 지난주에 벌어진 기분 나쁜 사건에도 불구하고 머릿속이 엄청나게 가뿐해졌다. 최근에 난 잘못된 결정을 아주 많이 내렸는데, 이 여행은? 그런 것들과 전혀 비교할 수 없을 만큼 옳았다.

비행기가 고도를 낮추기 시작하며 바다에 더욱 가까워지자 조종사가 어깨 너머로 날 쳐다보았다.

"여기서 보니 정말 근사하지 않아요?"

그가 소리쳤다.

"맞아요! 세상에서 벗어나니 너무 좋아요!"

그가 미소를 지었다.

"내 말이!"

새로 찾은 행복에 들떠 나는 친절해졌다. 심지어 사교적으로 바뀌었다.

"그건 그렇고, 당신 이름을 물어보지 못했네요."

"실로예요."

그가 큰 소리로 말했다.

참 특이한… 난 생각을 마무리할 겨를이 없었다. 아주 크게 쿵, 쿵, 쿵 하는 소리가 나고 뒤이어 끼익하는 소음이 들리더니 비행기가 양옆으로 흔들렸기 때문이다. 아드레날린이 혈관을 타고 요동치고 속에선 위산이 올라왔다.

"무슨 일이에요?"

어딘가에서 검은 연기가 불길하게 피어오르는 것을 창문 너머로 보고 난 울먹였다.

"아무 일도 아니에요."

그는 이렇게 말했지만 헤드셋으로 고함을 쳤다.

"카리브 캐리어 732. 응급 상황. 공기 흡입구에 새가 빨려 들었다. 비에케스에 착륙을 요청한다. 물 위에 착륙할 수도 있다. 해안경비대에 알려달라."

우리는 추락하기 시작했다. 급속도로. 이 시점에서 난 평소 와 다르게 겁이 조금밖에 나지 않았다. 주머니에서 휴대전화 를 꺼내 폴에게 문자를 보냈다. **사랑해.** XOXO. 내가 정신적으 로 병약하다는 것을 증명하듯 똑같은 메시지를 톰에게 보내 며 **괜찮아**도 덧붙여서, 내 죽음이 찾아왔을 때 그는 아무 죄도 없다는 것을 알려주었다. 문자를 못 쓰는 아빠에게 전화를 걸 까 생각했지만 그러면 바다로 추락하며 내가 지르는 비명을 아빠가 들어야 한다는 사실을 깨달았다.

실로라고 이름을 알려준 남자가 다시 내게 소리 질렀다.

"안전벨트를 꽉 매고 다리 사이에 머리를 넣고 무릎 쪽으 로 몸을 숙여요. 당장!"

비행기가 바다를 향해 위태롭게 곤두박질칠 때 한 가지 생 각만 들었고 그 생각이 내가 거짓말쟁이였다는 사실을 알려 주었다. 목이 졸려 죽어도 상관없고 엄마를 다시 만날 준비가 되었다고 스스로에게 했던 그 모든 말? 전부 거짓이다. 빌어 먹을 거짓.

아니, 하느님에게 기적을 내려달라고 빌면서 내게 진실이 분명하게 울려 퍼졌다. 죽고 싶지 않아.

# 12

 

비행기가 마구 미끄러지다 엄청난 굉음을 내며 어딘가에
부딪혔다(땅인가? 바다인가?). 난 앞좌석에 머리를 박았고 그
런 다음 비행기가 불안하게 왼쪽으로 틀어지면서 다시 뒤로
젖혀졌다. 난 가슴을 졸이며 엔진이 폭발하고 바닷물이 안으
로 쏟아져 들어와 날 무덤으로 데려가는 최악의 상황을 기다
렸다. 그러나 사방이 조용했고 비행기 앞쪽에서 희미하게 웅
성거리는 소리만 들렸다.

실로가 탄성을 지르더니 날 향해 몸을 돌렸다.

"우린 살았어요! 괜찮아요?"

"괜찮냐고요? 지금 농담이 나와요?"

내가 땍땍거렸다. 상당히 절제해서 표현하자면 그가 기뻐
하는 투로 던진 말이 날 열받게 했다.

"당신 때문에 우리 둘 다 죽을 뻔했어요. 우린 거의 죽었었
다고요."

실로가 안전벨트를 풀더니 어린아이마냥 내 벨트도 손수 풀어주었다.

"엔진이 폭발할지도 모르니 일단 여기서 나갑시다. 그리고 공식적으로는."

그가 재빨리 패널 문을 열고 날 계단으로 밀치며 말했다.

"프로펠러 위에서 내려다보려던 펠리컨 떼가 우리를 죽일 뻔한 겁니다. 내가 당신 목숨을 구했고요. 이런 비행기를 몰고 아무 경고도 없이 해변가에 착륙하는 게 얼마나 어려운지 알기나 해요? 공항까지 가려고 우리가 하늘에서 2분만 더 있었다면 당신은 지금쯤 물고기 밥이 되었을 거예요."

그는 계속 시끄럽게 지껄이면서 우리가 착륙한 얕은 물가로 내 손을 잡아끌었다. 어깨 너머로 슬쩍 보니 우리가 탄 경비행기에서 연기가 피어올랐고, 그 순간 난 그의 손을 뿌리치고 해변을 향해 달렸다. 하느님이 내가 몇 달 더 지상에서 살도록 완전히 결정을 내린 것이 아닌 경우를 대비해서.

"이봐요! 같이 가요!"

실로가 소리치며 날 쫓아왔다.

모래사장이 드문드문 풀이 난 땅으로 바뀌자 난 이제 안전하다고 생각해 바닥에 주저앉았다. 실로가 뛰어왔고, 그제야 그의 얼굴에서 흘러내리는 피 한 줄기가 눈에 들어왔다.

"코에서 피나요."

그가 너무 가까이 다가올까 봐 내가 얼굴을 가리며 말했다.

그는 손을 뻗어 만져보았다.

"그렇군요."

그는 셔츠 귀퉁이로 코피를 닦더니 내 옆에 앉아서 고개를 뒤로 젖히고 콧등을 잡았다.

"알려줘서 고마워요."

난 몸을 떨지 않으려고 두 다리를 가슴으로 꽉 끌어안았다.

"뭘요. 이제… 어쩌죠?"

"기다려야죠. 우리는 아직 민간인 출입 통제구역인 옛 해군 부지에 착륙했고 관제탑에서도 우리가 불시착한 것을 아니까 여기 오래 안 있어도 된다고 믿어도 좋아요."

그는 고개를 다시 내리고는 선글라스를 벗으며 날 살폈다.

"리지, 당신은 괜찮아요?"

그와 시선이 마주치자 이상한 떨림 대신 지금 이 상황이 악몽이 아닌 현실이라는 자각이 찾아왔다. 게다가 불거진 현실은 전혀 마음에 들지 않았다.

"리비!"

내가 땍땍거렸다.

"내 이름은 리비라고요!"

내 호흡이 멈췄다.

한 번도 공황 발작을 일으켜본 적이 없다. 폐로 공기를 들이마시려고 부질없이 가슴을 긁을 줄 알았다면 혼자만 볼 수 있게 멀리 도망쳤을 텐데. 내게 무슨 일이 벌어졌는지 몰랐다. 숨을 헐떡이며 몸을 긁을 동안 실로는 흥미롭게 날 지켜보았다. 걱정해서도, 재미있어서도 아니었다. 그냥 채널을 여기저기 돌리다가 우연히 자연 다큐멘터리를 보게 된 사람처럼 흥미롭게 바라보았다.

스스로의 공포에 갇혀 숨을 쉬지 못하는 것이 분명해지자 그가 내 등을 두드리기 시작했다. 속이 좋지 않을 때 톰이 해주던 거와 같아서 난 그가 계속하게 놔두었다.

"자. 자. 진정해요, 리비."

이번에는 내 이름을 제대로 불렀다는 것을 알게 하려고 그가 최대한 분명하게 발음했다.

"당신이 왜 그러는지 잘 알아요. 당신은 지금 공황 발작이 온 거예요. 나도 겪어봤어요. 상황이 좋지 않았고 정말 미안해요."

공황 발작이라고? 난 믿지 못하겠다고 생각했지만 입 밖으로 말이 나오지 않았다.

"저기."

그가 한 손으로는 내 등을 두드리고 다른 손으로 멀리 비포장도로를 가리켰다. 난 실눈을 뜨고 제대로 보려고 했지만 전두엽에 산소가 너무 부족해서 힘들었다.

그러다 보았다. 아빠가 말한 그 야생마들 말이다. 네 마리가 나무가 있는 들판에서 당당하게 달리고 있었다. 말들은 좁은 길을 가로지르더니 왔을 때처럼 빠르게 반대쪽 공터로 사라졌다. 동시에 내 공황 발작도 사라졌다.

"우와."

난 속삭였다.

"좀 나아졌군요."

그는 미소를 지었고, 이제 선글라스를 벗은 터라 그의 눈가에 잡힌 주름이 미소가 진심이라고 알려주었다.

"네. 그래요."

내가 인정했다.

"주위 환기예요. 항상 잘 듣는 방법이죠. 내가 사람들과 어울리는 것을 힘들어할 때 오랜 친구가 가르쳐줬어요."

난 얼굴을 붉혔다.

"고마워요. 당신한테 소리 질러서 미안해요. 그냥 죽고 싶지 않아서 그랬어요. 난 죽음에 대해 스스로에게 거짓말을 했고 죽어도 괜찮다고 생각했어요. 하지만 지금은 확실히 내가 잘못 생각했다는 걸 알았고 정말로 살고 싶어요."

난 횡설수설하면서도 멈출 수가 없었다.

실로가 신기하다는 듯 날 쳐다보았다.

"하지만 당신은 살아 있잖아요. 죽지 않았어요."

"난 죽을 거예요."

내가 설명했다.

"난 암에 걸렸어요."

내 평생에 가장 끔찍한 소식을 모르는 이에게 털어놓고 나니 온몸으로 안도감이 밀려들었다.

"젠장."

그는 이렇게 말하고는 낮게 휘파람을 불었다.

"어쩜 그럴 수가."

"그러게요. 게다가 우리 엄마를 죽게 한 난소암도 아니에요. 대신 스물아홉인 내 나이 또래 여성들에게 특히 치명적인 아주 희귀한 암이죠."

난 은근슬쩍 덧붙였고 공황 발작이 완전히 사라졌다는 것을 알았다.

그가 씩 웃었다.

"그렇군요, 난 당신이 스물둘이라고 생각했는데."

"나도 그러고 싶어요."

난 그에게 몇 살이냐고 묻고 싶었지만(지금 내가 보기에는 40대 같다) 그가 내 끔찍한 진실을 알았고 내 몸에 손대는 것을 허락하긴 했어도 그렇다고 너무 친해질 수는 없었다.

해안경비대의 크루즈선이 해안가를 돌기 시작할 무렵 정부 트럭이 도착했다. 경찰관 한 사람이 트럭에서 내려 우리에게 다가왔다.

"당신이 조종삽니까?"

그가 묻자 실로가 고개를 끄덕였다. 경찰이 노트를 꺼내 질문을 하기 시작했고 그동안 난 멍하게 있었다. 폴과 톰이 모두 내 문자를 보고 전화를 했지만 난 어떻게 반응해야 할지 확신이 서지 않아 받지 않았다. 폴은 아마 엄청 놀랄 거고, 내가 푸에르토리코에 있다는 사실을 자기한테 말하지 않은 것을 알면 더욱더 놀랄 거다. 톰의 경우 난 생각조차 하고 싶지 않다.

"어디로 가는 길인가요?"

경찰관이 물었다.

난 내 미들네임도 기억나지 않았고 여정도 마찬가지였다. 전화기를 꺼내 이메일을 열었다.

"아일랜드 모터스요."

난 예약 확인서를 찾은 다음에 경찰관에게 말했다.

"렌터카를 찾으러 가는 길이었어요."

"그렇다면 제가 태워드리죠."

난 실로를 쳐다보았다.

"가봐요. 난 보고도 해야 하고 해안경비대와도 처리할 일이 남았어요."

난 황당해서 눈썹을 치켜세웠다.

"그 말은 당신한테는 지금 몰 차가 없다는 소리고 난 다시는 당신이 운전하는 어떤 것도 타고 싶지 않아요. 당신한테 태워달라고 부탁하지 않았어요. 지금 나한테서 고약한 냄새가 나니 여행 가방은 좀 받았으면 좋겠군요."

그는 비행기를 슬쩍 쳐다보았고 연기는 더 이상 피어오르지 않았다.

"가서 알아보죠."

그는 해안경비대 사람들이 모여 있는 해안가로 뛰어갔다. 몇 분 뒤 멋쩍은 표정으로 돌아왔다.

"확인할 게 많다고 하네요. 아마 오늘 밤까지는 곤란할 겁니다. 하지만 이렇게 해요. 당신이 어디에 묵는지 알려주면 우리 회사에서 당신 숙소로 짐을 보내주도록 조치할게요."

난 더럽혀진 티셔츠를 내려다보며 인상을 썼다.

"그게 유일한 방법인가요?"

"안타깝지만 그래요."

"알았어요."

휴대전화에서 해변 숙소의 주소를 찾는데 벨이 울렸다. 얼른 거절 버튼을 눌렀다.

"젠장, 톰."

내가 웅얼거렸다.

"톰이 당신 남자친구예요?"

투덜거린 소리를 들킨 것이 부끄러워 난 얼굴이 빨개졌다.

"그게, 아뇨, 그는 남자친구가 아니에요."

난 그의 눈을 쳐다보았지만 이번에는 내 쪽에서 재빨리 시선을 돌렸다. 이 남자는 날 죽을 뻔하게 만든 장본인이지 않나? 근육질에 구릿빛 피부를 좋아하는 내 입장에서 보면 아주 매력적이다. 게다가 내 얼굴 표정이 그에게 내가 자기에게 호감이 있다는 것을 알려주고 있었다.

그를 다시 보지 않는 편이 내게 좋은 일이다.

# 13

"비에케스는 처음인가요?"

경찰관이 물었다.

"어떨 것 같아요?"

난 훈련소에 일주일 있다가 집으로 돌아오는 개처럼 정신이 반쯤 나간 상태로 소리쳤다. 비에케스는 신록이 파릇파릇하고 사람의 손이 거의 닿지 않은 아름다운 섬이었다. 낮은 구릉을 따라 콘크리트블록 집들이 흩어져 있고 드문드문 도로가 보였고 간간이 식료품점과 레스토랑을 지나쳤다. 그러나 전체적으로는 바다에 둘러싸인 외로운 땅이었다. 천국이다.

"행운을 빌어요."

경찰관이 날 렌터카 업체 앞에 내려주며 말했다.

"그라시아스(감사합니다)!"

내가 스페인어로 대답했다.

찾아보니 이 동네를 돌아다니려면 움푹 팬 구덩이도 지나갈 수 있는 사륜구동이 필요하다기에 지프차를 빌렸다. 난 운전을 거의 하지 않았고 톰은 운전을 좋아해서 그가 우리 차를 몰게 했으며 나 혼자 움직일 때는 대중교통이나 택시를 이용했다. 지금 와서 생각해보니 스스로를 구속한 거와 다름없었다. 내가 꾸물거리며 차를 모는 동안 다른 운전자들은 시속 130킬로미터로 내리 밟는 것처럼 쌩쌩 지나갔다. 난 불안해져 다시 손이 떨렸다. 내비게이션도 없이 종이로 된 지도만을 보고 가려니 계속 잘못된 길로 들어섰다. 도랑에 빠져서 하루를 마감하려는 찰나에 도로표지판이 눈에 들어왔다.

나무 패널에 페인트로 직접 쓴 표지판은 사람들이 자기 별장 앞에 걸어두는 그런 문패(은퇴 길: 뜻대로 가는 길)처럼 보였다. 이 표지판에는 칼레 로사라고 적혀 있었다. 나무와 포도 덩굴이 그늘을 만들어주는 긴 비포장도로였다. 800미터쯤 내려가니 진입로가 보여서 안으로 들어갔다. 멀리 있는 그곳을 보았다. 그토록 고대하던 넓게 펼쳐진 해변이었다.

난 진입로 초입에 지프차를 주차하고 내렸다. 발아래로 자갈을 느끼며 내가 머물 연분홍색 스투코 집으로 향하는 길을 따라 걸었다.

"시간이 많이 걸렸네."

집 앞에 서 있는 커다란 야자나무 틈에서 한 노파가 불쑥 나와 난 소스라치게 놀랐다.

그녀는 콘크리트 위에 깨진 유리처럼 생경하게 웃었다.

"농담이야! 리비 맞지?"

"네."

난 손을 내밀었다.

"밀라그로스 씨죠?"

내 손가락 사이로 느껴지는 그녀의 피부는 부드럽고 폭신했다.

"아, 미국인이구나."

그녀가 높은 목소리로 말했다.

"밀-라흐-그로흐스."

"밀라그로스."

난 한 달간 집주인이 될 여성에게 인상을 쓰지 않으려고 애쓰며 다시 발음해보았다.

그녀가 이를 드러내며 미소를 지었다.

"잘했어! 괜찮을 거야, 자기. 들어가자."

그녀는 나더러 진입로 더 아래쪽으로 따라오라고 손짓했다.

"전, 저기 머무는 게 아닌가요?"

내가 집을 가리키며 물었다.

"아니. 저긴 내 집이야."

그녀가 날 집 뒤쪽으로 데리고 가서는 구불구불한 길을 내려갔고 우리는 비슷하게 생겼지만 상당히 작은 분홍색 집에 도착했다(스투코가 부스러지고 구불구불한 금속 지붕이 덮인 것으로 보아 근사한 움막 정도라고 보는 편이 더 정확할 듯싶다).

"여기야."

그녀가 알려주며 철문을 열었다.

"당신이 머물 곳이지."

그녀는 내게 열쇠를 건네더니 안으로 들어가라고 손짓했다.

작은 거실과 작은 침실, 식사를 할 수 있는 주방이 있었다. 그러나 주방 뒤편으로 나가면 커다란 유리로 된 현관이 있고, 그곳에서 곧바로 해변으로 갈 수 있었다. 이 현관이 내가 이 집을 선택한 이유고 집 나머지 부분과는 달리 인터넷에 올려둔 사진과 똑같았다.

밀라그로스가 팔짱을 끼고 날 살폈다.

"마음에 안 들어?"

"완벽해요."

그녀가 활짝 웃었다.

"잘됐군. 당신이 이미 방세를 냈고 난 환불은 못 해주니까."

난 아직 보지 못한 욕실에 대해 물었고 그녀가 침실 옆 작은 문을 가리켰다. 안으로 들어가 보니 말문이 막혔다. 좋게 말하면 유치원생에게나 맞을 법한 변기와 개수대가 달린 청소 용구함 같았다.

"음…."

"욕조는 없어."

밀라그로스가 말했다.

난 한숨을 쉬고 훅 밀려드는 내 땀 냄새를 들이켰다. 항상 바다에서 몸을 씻을 수 있다.

밀라그로스가 폭소를 터트렸다.

"당신은 아주 착하군, 리비!"

그녀가 자기 허벅지를 찰싹 때리며 말했다.

"샤워가 제일 중요하지. 날 따라와."

그녀가 주방 끝에 있는 문을 열자 집만큼 높은 스투코 벽으로 둘러싸인 정원이 나왔다. 규모는 작지만 극락조, 난초를 비롯해 내가 한 번도 본 적이 없는 열대식물들이 잔뜩 있었다. 해변에 가장 가까운 그 끝에 시멘트 가판 같은 것이 보였다. 안으로 들어가 보니 선명한 파란 타일로 꾸며진 호화로운 야외 샤워 시설과 내가 막 혼자가 되었다는 사실을 상기시켜 줄 커다란 샤워 헤드 두 개가 나타났다.

"여긴 안전한가요?"

내가 밀라그로스에게 물었다.

그녀가 입을 오므렸다.

"세상에 안전한 건 아무것도 없어, 자기. 하지만 저 담을 넘어서 이 정원으로 들어오려면 아주 많이 노력해야 할 거야. 난 홀로 41년을 살았어. 혼자 사는 여자는 영리하게 굴어야 해. 젠장."

그녀가 웃음을 터트리며 말을 이었다.

"어떤 여자라도 영리하게 굴어야지. 의자 뒤에 핸드백을 걸어놓지 말고 해변에 갈 때 귀금속을 달고 가지 마. 사방에

돈 자랑을 하지 말고."

그녀가 날 살폈다.

"괜찮아?"

생각해보니 난 몸이 좀 좋지 않았다.

"그냥 좀 앉고 싶어요."

내가 그녀에게 말했다. 죽음과 아주 가까이 마주한 사건도 있지만 제대로 된 식사를 한 게… 어제였나? 마지막으로 한 식사가 언제인지 사실 기억이 나지 않고, 이런 건 34년 만에 처음 있는 일이다.

"이리로."

밀라그로스가 날 현관 뒤쪽에 놓인 소파로 안내했다.

"앉아, 금방 올 테니."

난 소파 안으로 푹 꺼지며 주변을 살폈다. 이곳은 완전 카리브해의 키치한 예술품 같다. 낡은 고리버들 가구에 빛바랜 꽃무늬 쿠션이 놓여 있고 캔디처럼 알록달록한 벽은 조개껍데기와 보트와 석양을 담은 저급한 사진들로 꾸몄다. 톰이 이곳에서 하룻밤을 잔다면 동맥 질환에 걸릴 거다. 하지만 난 마음에 들었다.

밀라그로스가 서리가 낀 잔을 들고 돌아와서는 내 손에 쥐어주며 마시라고 했다. 코코넛 워터다! 이보다 더 맛있는 게 있을까?

"자, 이걸 먹어봐."

내가 물을 다 마시자 그녀는 살짝 붉은 기가 도는 주황색 페이스트가 발린 크래커가 가득 든 접시를 건넸다.

"이건 구아버인가요?"

난 음식을 입안 가득 밀어넣으면서 물었다.

그녀가 고개를 끄덕였다.

"냉장고에 신선한 과일과 우유를 넣어두었고 커피와 그래놀라는 주방 찬장에 있어. 식료품이 필요하면 1.6킬로미터쯤 떨어진 곳에 식료품점이 있지만 가까이에 있는 에스페란자에 가서 먹는 편이 더 나을 거야. 이 섬에 있는 모든 레스토랑을 다 아니까 잘 모르겠으면 나한테 물어보고. 이제 좀 괜찮아졌어, 자기?"

"한결 좋아졌어요."

난 그녀를 안심시켰다.

"고맙습니다. 이런 부탁 죄송하지만 티셔츠 하나 빌릴 수 있을까요?"

난 밀라그로스가 자리를 비우자마자 샤워를 했다. 물을 맞으니 절개 부위가 따끔거렸고 욕실 개수대에서 가져온 비누가 전부였지만, 난 지붕 없는 샤워장을 비추던 햇살이 사라질 때까지 몸을 충분히 적셨다. 긴 하루였다. 긴 일주일이었다. 아직 살아 있는 것에 전적으로 감사하면서도 내 몸을 흐르는 이 모순되는 감정이 왜 생기는지 알 수 없었다. 시카고를 벗어난 스스로가 대견하고 아직 가보지 못했지만 한 달을 천국 같은 해변에서 보낼 생각을 하니 신이 났다.

그러나 생각할수록 맥신이 했던 말("난 항상 톰에게 의구심이 들었어")이 날 비참하게 만들었다. 그녀가 이렇게 말한 것일 수도 있다.

"멍청한 리비, 난 톰이 동성애자라는 걸 고등학교 때부터 알고 있었어! 어떻게 그걸 모를 수가 있니?"

그건 타당한 질문이다. 지난 10년간 거의 매일을 그 남자 옆에서 잤고 그를 20년 가까이 내 것이라 여겼다. 남편이 아내를 사랑하는 것처럼 그도 모든 방면에서 날 사랑한다고 진심으로 믿었다.

그런 내 믿음은 틀렸다.

좀 더 진지하게 대화를 나누거나 부부 상담을 받는다고 해도 우리 사이를 되돌릴 수 없다. 톰과 나는 끝났다. 완전히 바꿀 수 없을 만큼 끝장났다. 그 점을 생각할수록 커피숍에서 내가 재닛에게 했던 말이 더욱 진실이 되었다. 톰은 죽지 않았지만 이 감정은 죽음만큼이나 끔찍했다.

샤워를 끝내고 옷장에서 찾은 뻣뻣한 타월로 몸을 두른 다음 집 안으로 들어갔다. 주방을 반쯤 가로지르는데 주변 시야 먼 끝에서 잽싸게 움직이는 형상이 보였다.

본능적으로 난 주방과 작은 다이닝 공간을 나누는 찬장 뒤로 숨었다.

"나와도 돼요."

조심스러운 목소리가 말했다.

"나예요."

나라고? 이 말은 날 공격하러 온 사람을 내가 안다는 건데. 기억이 틀리지 않다면 통계적으로 대부분은 면식범일 확률이 높다.

"실로예요."

난 낮게 탄성을 질렀다.

"그래요, 날 봐서 기쁘다는 걸 알겠어요. 좋은 소식이 있어요. 내가 당신의 여행 가방을 가지고 왔어요. 그러니까 당신은 옷을 걸칠 수 있어요."

난 천천히 자리에서 일어나 눈에 띄지 않게 침실로 뛰어갈 수 있는지 식탁 너머로 살피다가 실로가 내 쪽으로 걸어와 날 쳐다보는 것을 알아차리고 비명을 질렀다.

"지금 뭐 하는 거예요?"

난 타월을 가슴 주변으로 더 단단하게 동여맸다.

"처음엔 우리가 탄 비행기를 추락시키더니 이제 내가 심장 발작을 일으키게 하는군요. 그냥 들어온 거예요? 내가 나체였으면 어쩌려고 했어요?"

밀라그로스가 주의하라고 말한 직후에 현관 덧문을 잠그지 않은 걸 속으로 탓하면서도 난 화를 냈다.

"좀 헷갈리는군요."

그가 씩 웃으면서 말했다.

"그래서 아쉽다고 말하는 건가요?"

"변태 같으니라고."

난 그에게 위협받는 느낌이 전혀 없었지만 쏘아붙였다.
〔폴은 내가 사람 보는 눈이 없다고 말했다. "넌 연쇄 살인마
인 찰스 맨슨에게서도 좋아할 점을 찾을 거야." 내가 폴의 전
남친이 폴이 말한 것만큼 (스토킹 성향을 보이는) 나쁜 사람
은 아닌 것 같다고 했을 때 투덜거리며 했던 말이다.〕

"나도 그러고 싶어요."

실로는 낮에 내가 했던 말을 그대로 따라 했다.

"하지만 난 당신 짐을 가져다준 고마운 변태가 되겠군요.
안 그러면 당신은 앞으로 이틀은 더 냄새나는 옷을 입어야 할
테니까. 나 말고 짐을 가져다줄 사람이 아무도 없었어요."

"당신이 아주 무례하게 알게 된 것처럼, 난 샤워를 했고 이
제 냄새도 안 나니 참으로 감사하네요."

난 그를 의심스러운 눈초리로 쳐다보았다.

"내가 불쌍해서 도와준 것이 아니었으면 좋겠네요. 그걸
당신이 알고 있으니까… 그거, 말 안 해도 알잖아요."

그는 나한테서 냄새가 나지 않는지 맡으려고 몸을 숙였다.
세상에 이 남자가!

"냄새가 좀 나아졌군요. 그리고 아니, 난 '말 안 해도' 아는
그것 때문에 당신 짐을 가져다준 게 아니에요. 사실 난 꽤 팬

찮은 사람이거든요."

그가 주변을 둘러보았다.

"그래, 이 섬에서 뭘 할 생각이에요? 여기 사람들을 만날 건가요? 가까운 시일 내에 그 톰이라는 사람이 올 건가요?"

난 반항하듯 턱을 쭉 뺐다. 어쩌면 뾰루퉁하게 입을 쭉 내밀었을 수도 있다.

"그는 당연히 안 와요."

"잘됐군요. 그 사람이 전화한 걸 당신이 그리 반가워하지 않는 것 같던데. 오늘 저녁에 뭐 해요?"

"냉장고를 뒤적거려봐야죠. 오늘 임사 체험을 했으니 더 모험을 할 기분은 아니에요."

그 말에 그가 살짝 웃어 보였다.

"인생이란 곧 임사 체험이죠. 그렇지만 뭐 좋을 대로 해요."

마치 실제로 하지 않은 제안을 내 쪽에서 거절한 것처럼 그가 가볍게 덧붙였다.

"당신 여행 가방은 현관에 두었어요. 또 봐요, 리비."

난 입을 열었지만 제대로 말하기도 전에 그가 가버렸다.

# 14

그가 하루에 두 번이나 날 놀라게 했다는 말로는 충분하지 않다. 아니, 암세포 덩어리들이 내 생명을 갉아먹는 것뿐만 아니라 우리가 카리브해에 처박힐 뻔한 사건이 일상 속에서 겪는 불쾌함과 크게 다를 바 없다는 식으로 말했으니 말이다.

다음 날 아침 내가 덤비지 않은 게 그 단순한 조종사에게는 다행이었다고 생각했다. 침실 거울 앞에 서서 입고 잔 티셔츠를 벗으며 스스로 잘 처신했다고 느꼈다. 싸구려 전신 거울은 허리 쪽으로 가면서 좁아지는 곡선 형태라 내 절개 부위를 늘어지게 보여줘서 이미 끔찍한 상처가 더 끔찍해 보였다. 며칠 전에 붕대를 풀었고 공기가 통하면 상처가 아무는 데 좀 더 도움이 될 거라 생각했지만 5센티미터 정도의 깊은 상처는 여전히 붉고 성난 채로 남았다.

수영복으로 갈아입으며 난 스스로에게 실로와 암과 마음에 맺힌 것들을 그만 생각하라고 말했다. 이제 해변에 갈 거고, 그래, 즐길 거다.

이번에는 밀라그로스의 주의를 새겨들어 귀중품은 전부 집에 놔두고 문이 잠겼는지 세 번이나 확인했다. 아직 이른 시간이라 해변에서 맨발로 조깅을 하는 비현실적으로 몸매가 좋은 여성 한 명을 제외하고는 나 혼자였다. 난 모래사장 위에 비치 타월을 깔아두고 물속으로 걸어갔다. 다리로 밀려드는 파도가 차가웠다가 바다로 다시 쓸려가면서 따뜻해지기에 좀 더 깊이 들어갔다.

절개 부위가 따끔거렸지만 파도 속으로 뛰어들면서 고통과 친해지기로 마음먹었다. 아니면 적어도 고통을 무시하는 법을 배우거나. 확실히 불편함이 느껴져 난 물속으로 들어가 숨을 참았고 그동안 바다가 날 집어삼키고 내 머릿속을 둔한 물방울 소리로 채웠다. 수면으로 올라왔을 때 입으로 짠 바닷물이 들어왔다. 다시 기운이 나고 살아 있는 느낌이 들었다. 아니면 그것이 무엇이든 몸이 신선한 산소를 들이마시며 진정되어 순간적으로 질병이 몸을 갉아먹고 있다는 점을 인식하지 못한 것일 수도 있다. 적어도 몇 주 동안은 괜찮을 거다.

밀라그로스가 짧은 주황색 홈 웨어 원피스를 걸치고 해변으로 나와 내 이름을 고래고래 외치는 것만 빼면.

어쩔 수 없이 난 해변으로 터덜터덜 돌아왔다.

"무슨 일이에요, 밀라그로스?"

그녀가 물가로 다가왔을 때 물어보았다.

"세상에, 리비. 난 당신이 물에 빠진 줄 알았어! 부디, 조심해. 지금은 조류가 아주 강한 시기야. 저 파도 보이지?"

그녀가 바다 먼 쪽을 가리켰다.

"0.8킬로는 떨어져 있는 것 같은데요."

"저것들이 당신을 곧바로 집어삼킬 거야."

그녀가 겁을 주었다.

"해변에 밧줄로 몸을 묶어둔 게 아니면 배꼽 이상은 들어가지 마."

"알았어요."

난 대답하면서 한숨을 쉬고 실망하지 않으려고 애썼다. 루이자는 나더러 바다처럼 스스로를 내던지라고 했지만, 알고 보니 그건 수영장에서만 가능한 거였다.

"좋아. 난 매일 저녁 6시에 우리 집 뒤 현관에서 술을 마셔. 오고 싶으면 와도 돼."

그 나이에 술을 마시다니. 대단한 여성이다.

"알겠어요, 밀라그로스."

난 찬성했다.

"그럼 그때 봐요."

✦

폴은 엄마의 날카로운 광대와 검은 머리, 발그레한 안색을 물려받았고, 내가 닮은 점은 오직 의료 기록에만 남아 있나 보다. SPF 지수가 무려 400인 선크림이 나온다고 해도 적도에 근접한 비에케스의 햇살로부터 창백한 내 피부를 보호해주지 못할 것이다. 해변에서 한 시간을 보낸 뒤 난 어쩔 수 없이 집으로 들어가야 했다. 여름용 원피스로 갈아입고 단장을 한 다음 에스페란자로 차를 몰았다. 아직 정오 전이지만 작은 시내는 북적였다. 가족 여행객들이 단체로 옷을 맞춰 입고 돌아다니며 웃고 떠들었다. 바디 슈트를 걸친 구릿빛 서퍼들이 부기보드와 카이트 보딩 장비를 들고 바다 쪽으로 향했다. 연인들은 팔을 쭉 뻗어 혐오스러울 정도로 신난 표정을 지으며 셀카를 찍어댔다.

난 수월하게 길가에 지프차를 댔다. 챙이 넓은 모자와 선글라스를 쓰고 차에서 내렸다. 내가 아는 한 번화가는 대부분 섬의 남쪽 해안가를 따라 들어서 있다. 길 한쪽 끝에서 반대쪽으로 걸어가면서 다이빙 상점과 값싼 장신구를 파는 가판, 흰 테이블보가 깔린 레스토랑들, 해변과 길을 분리하는 풀밭을 따라 들어선 푸드 트럭을 지나쳤다. 어떤 선택을 할 수 있을지 살핀 다음 가격이 적당하고 바다가 내려다보이는 베란다가 있는 레스토랑 앞에 멈췄다.

"한 분이신가요?"

안내 직원이 물었다.

"네, 저뿐이에요."

143

내가 혼자 식사를 즐길 줄 안다고 생각한다면 오산이다. 점심시간에 공원 벤치에 앉아서 수없이 샌드위치를 먹었지만 내 의지로 제대로 된 레스토랑에 자리를 잡고 혼자 식사한 적은 한 번도 없다. 한 달 내내 홀로 여행을 할 거니 혼자 밥 먹는 법을 배우기에 지금이 적기인 듯싶다.

메뉴를 살피는 척했지만 전혀 눈에 들어오지 않아서 웨이트리스가 주문을 받으러 왔을 때 제일 위에 적힌 걸 말했다. 풀드 포크 샌드위치와 유카 프라이, 그게 뭔지 모르지만. 그녀가 간 뒤 난 어색하게 주위를 살폈다. 공항 술집과 다를 바 없었다. 혼자 뭘 할지 몰랐고 내가 싸온 책 중 한 권을 가져올 생각도 미처 못했다. 시간이 조금 흐른 뒤 난 바다를 쳐다보는 게 가장 쉬운 선택임을 깨달았다.

어쩌면 한가로운 휴가는 잘못된 생각일지도 모른다. 임박한 종말이 날 점유한다는 생각 말고 할 게 없는 이런 기회는 수도 없이 많을 거다. 레스토랑에서 그리 멀지 않은 항구에서 배 한 척이 출발하는 것을 지켜보면서 난 상태가 많이 나빠지기 전 엄마의 마지막 모습을 떠올리고 있다는 것을 깨달았다. 엄마는 초등학교 교사직을 관두고 몸 관리를 하며 우리와 시간을 보내려고 했다. 몇 달 동안 엄마는 낮잠을 많이 자고 항암 치료를 받으러 다녔다. 그러나 날마다 폴과 나는 각각 적어도 한 시간 동안 엄마와 둘만 있었다. 엄마는 폴과 종종 산책을 가거나 도서관이나 만화책 상점으로 갔다. 엄마와 나는 오후 내내 빵을 구웠는데, 엄마는 우리가 구운 빵을 한 입 이상 먹지 못했다.

어느 여름 오후(내 기억이 뒤죽박죽인 관계로 어쩌면 여러 날일 수도 있다) 우리는 주방 조리대 앞에 나란히 서서 초콜릿 칩 쿠키를 만들었다. 조그만 노란 주방으로 햇살이 가득 쏟아져 들어왔다. 엄마는 오래전에 머리가 다 빠져서 아이보리색 스카프를 두건처럼 둘렀다. 햇살을 받은 엄마의 얼굴은 천사처럼 보였다.

"오븐에 넣기 전에 쿠키 위에 소금을 한 꼬집 뿌리는 것이 비결이란다."

엄마가 내 귀에 속삭였다.

"이걸 기억하렴. 알겠지, 리비 루?"

난 엄마가 자기가 없는 삶을 내게 준비시키는 것이 이해가 되지 않았다. 아니, 이해하고 싶지 않았다. 항상 그랬던 것 같다. 엄마가 우리를 척이치즈 피자 카페에 데리고 가서 오락도 하고 피자도 사주던 일이나 우리 침대에서 같이 자거나 학교에 있는 우리를 조퇴시켜 엄마가 어릴 때 놀던 호반 해변이나 공원을 보여주려고 먼 길을 차를 몰고 갔던 것 전부 다. 다가올 기근에 대비해 우리를 행복으로 가득 채우려고 애쓰던 행동이 난 이해가 되지 않았다.

생각에 잠겨 있는 사이 웨이트리스가 음식을 놓고 갔고, 맛이 괜찮은지 물어보려고 그녀가 다시 돌아왔을 때 난 놀랐다.

난 손도 대지 않은 접시를 내려다본 뒤 수상쩍게 색이 연한 튀김을 입에 넣었다.

"이렇게 맛있는 건 처음이에요."

그녀에게 대답했지만 사실 난 엄마와 함께 만들었던 쿠키를 떠올리며 말한 거였다.

✦

점심을 다 먹었을 때쯤 폴에게서 연락이 왔다.

"어디야?"

"어디냐니, 무슨 소리야? 시카고에 있잖아."

난 쾌활하게 말했지만 바로 그때 커다란 새가 베란다 난간에 내려와 진짜 열대우림에서나 들을 법한 소리로 까악 거렸다.

"아, 그래?"

폴이 냉담하게 말했다.

"네가 방금 큰 부리새를 샀다고 믿어야 할까?"

"하하, 아니."

내가 어딘지 아직 그에게 말할 계획이 아니었고 여전히 감정적인 상태라 한 가지 비밀을 털어놓으면 다른 비밀까지 곧바로 알려줄 게 뻔했다. 특히나 '아'로 시작해 받침 'ㅁ'이 붙는 글자를 입 밖으로 꺼낼까 봐 두려웠다. 이럴 줄 알았으면 폴의 전화를 음성으로 넘어가게 놔두었어야 했는데, 하루 전날 공포에 질려 문자를 보낸 터라 동생을 걱정시키고 싶지 않았다.

"왜 그래, 립스. 어제 보낸 무섭지만 다정한 메시지로 모자라 이제 시카고가 이국적인 새에게 침략당했다고 믿게 할 참이야? 우리 회사 IT 팀에 연락해 네 휴대전화의 위치 데이터를 추적하면 4초 안에 네가 어디에 있는지 정확한 위치를 찾을 수 있어."

"농담이겠지. 그러면 진짜 소름 끼칠 것 같아."

"네 마음을 읽어야 하는 나만큼 소름 끼치지는 않겠지. 포기해, 립스. 멕시코에 있는 거야?"

나와 달리 폴은 영리해서 학교 때 스페인어를 배웠고 두 달 만에 마스터한 다음 중국어로 넘어갔다.

난 크게 한숨을 쉬며 일방적인 질문 공세가 불편하다는 티를 냈다.

"비에케스에 있어."

"보고타 근처야?"

"너네 IT 팀에 물어봐."

"리비."

그가 장난스럽게 말했다.

"짜증 그만내고 사랑하는 동생에게 힌트라도 좀 줘봐."

"까짓것 좋아. 난 쿠바 남부이자 도미니카공화국의 동쪽에 있어."

"푸에르토리코야? 어쩌다 푸에르토리코에 갔어? 지금 네 옆에 시중드는 소년이 있으면 좋겠네."

"좀 전에 깍깍거리는 소리가 그였어."

"탈주 중인 립스!"

폴이 기뻐하는 목소리로 외쳤다.

"너만을 위한 휴가라니. 참 자랑스러워."

"고마워. 나도 내가 자랑스러워. 공항 가는 길에 톰과 마주쳤을 때 제대로 쏘아댔으면 좋았을 텐데."

"아, 놀라운 소식인걸. 멋져. 거기 얼마나 있을 생각이야?"

"모르겠어."

난 솔직하게 대답했다.

"휴가가 끝나면 우릴 보러 뉴욕으로 와줄래?"

폴이 졸랐다.

"그럴게."

"좋았어! 지난밤 다우지수가 200포인트나 급락해서 힘든 한 주를 네가 방금 기운 나게 만들어줬어."

급락한 것은 주식시장만이 아니라고 말하지 못해 속이 쓰렸지만, 비행기 사고에 대해 언급하면 비행에 대한 두려움을 없애려고 수년간 받은 폴의 치료가 물거품이 된다는 것을 잘 알았기에 이렇게 말했다.

"도움을 주려고 내가 여기 있잖아."

폴이 진지해졌다.

"거기서 버티고 있는 거야? 괜찮지 않아도 된다는 거 알지? 항상 씩씩할 필요는 없어. 톰 자식은 아주 끔찍하니까."

"난 항상 씩씩하진 않아."

내가 투덜거렸다.

"그건 알겠어. 그 점을 좀 나아진 징조라고 받아들일게. 그냥, 잠시만…."

그가 사무적인 목소리로 뭐라고 하는 소리가 들렸고, 그제야 난 지금이 한창 일할 시간이라는 것이 기억났다.

"네가 바쁜 거 알아."

폴이 다시 수화기를 들었을 때 말했다.

"다시 또 통화하자. 다음번에는 이렇게 오래 연락이 끊기지 않도록 할게."

"그러는 편이 좋을 거야."

그가 훈계조로 말했다.

"아무튼 내가 하고 싶은 말은 널 사랑한다는 걸 알아줬으면 좋겠다는 거고, 찰리와 토비와 맥스도 그렇다는 거야. 다 잘될 거야. 약속해."

난 라탄 의자에서 바닥으로 고꾸라질 뻔했다. 폴이 새끼 고양이와 무지개가 있는 리비랜드를 걸고 누가 더 사랑하는지 내기하려고 한다면 난 공식적으로 곤경에 처한 것이기 때문이다.

# 15

첫째 날에는 밀라그로스와 술 한잔하자는 약속을 지키지 못했지만, 다음 날 저녁에는 그녀의 집으로 갔다. 집 뒤쪽의 타일을 깐 파티오(위쪽이 트인 건물 안의 뜰)에서 나이 지긋한 남성과 이야기를 하고 있는 그녀를 찾았다.

"죄송해요."

난 의자에 편안하게 누워 있는 두 사람을 보고 말했다.

"손님이 계신 줄 몰랐어요."

그녀가 내게 들어오라고 손짓했다. 파티오에는 형형색색 꽃이 핀 과일 나무들이 도자기 화분에 심긴 채 일렬로 서 있었다.

"내가 여는 파티고 모두를 초대했어. 리비, 이쪽은 내 사촌 소니야. 소니, 리비야."

그녀는 내가 온 방향을 알려주듯 해안가 집을 가리키고는 다시 내게로 몸을 돌리더니 조용히 속삭였다.

"소니는 양쪽 귀가 다 안 들려."

"밀리!"

소니가 소리쳤다.

밀라그로스가 그의 등을 찰싹 때렸다.

"농담이야, 소니! 리비, 뭐 마실 것 좀 줄까?"

"전 괜찮아요."

난 이렇게 말했지만 그녀는 벌써 파티오를 가로질렀다. 난 소니 맞은편에 조각으로 장식한 나무 벤치에 앉았다.

"안녕하세요?"

내가 인사를 건넸다.

그의 얼굴이 환해졌다.

"이 근처에 사세요?"

그는 내가 마치 우스운 농담이라도 한 것처럼 자지러졌다. 난 입술을 깨물었다. 지금 날 놀리는 건가?

"내가 한 말은 농담이 아니야."

밀라그로스가 내 뒤에서 나오며 말했다. 그녀는 내 손에 마실 것을 건넨 뒤 작당모의라도 하는 것처럼 내 쪽으로 몸을 기울였다.

"저 사람은 귀가 안 들려. 그가 치아를 드러내며 웃으면 그냥 들리는 척한다는 의미지."

"아."

난 세라믹 치열을 환히 드러내며 날 향해 웃고 있는 소니를 흘끗 쳐다보았다.

"아, 밀리."

그가 입을 열더니 이야기를 시작했고 혹은 그렇다고 상상했는데, 그가 스페인어로 말했기 때문이다. 밀라그로스는 옆에서 웃음을 터트리고 간간이 한두 마디씩 거들었다. 난 행복한 다른 사람의 모습을 쳐다보며 그저 웃어 보였지만, 그 순간에도 질투가 났다. 나도 일흔 혹은 여든 혹은 이 두 사람의 나이만큼 살아서 사촌들에게 장황한 이야기를 들려주고 싶다(사실 그들을 감당할 수 없지만 내게도 이런 삶이 생겨 향후 40년을 더 산다면 그 정도쯤은 참을 수 있다). 주름이 생기고 귀가 멀고 하등의 걱정거리가 없는, 나이 든 사람만이 누리는 그런 자신감을 얻고 싶다.

"리비, 스페인어를 꼭 배워봐. 아무리 노력해도 영어로는 전달해줄 수 없는 아주 터무니없는 이야기를 소니가 하고 있거든."

너무 웃어서 흘린 눈물을 손등으로 닦으며 밀라그로스가 말했다.

스페인어에 대한 그녀의 생각은 옳았다. 난 아침에 해변을 걸으며 조개껍데기를 한 줌 주워 가방에 넣고 모래 속에 발을 파묻고 앉아 물속에서 이상한 짓을 하는 연인들을 힐끔거리며 남은 휴가 동안 구체적으로 뭘 할지 생각해보았다. (내가 말했듯 시카고를 벗어나는 비행기에 오르기 전에 휴가에 대해 별로 생각해보지 못했다.) 햇살에 익어버린 엉덩이를 끌고 집으로 돌아올 때 바닷가에서 한가롭게 보내는 것 말고는 할일이 없다는 점이 분명해졌다.

"저도 그러고 싶어요."

밀라그로스에게 대답했다.

"이 섬에서 스페인어를 가르쳐주는 선생님을 아세요?"

"선생님? 선생님을 찾아?!"

그녀가 반문하자 난 내가 부주의한 실수를 했는지 궁금해하며 얼굴을 붉혔다. 그녀가 손가락으로 날 가리켰다.

"내가 스페인어를 가르쳐줄 수 있어."

"정말이오?"

"정말이지. 난 40년 동안 영어를 가르쳤거든."

난 이미 영어를 자유자재로 구사하지만 밀라그로스의 열정으로 미뤄봤을 때 그 점을 지적하지 않는 편이 좋을 거라고 생각했다.

"좋아요, 정말 잘됐어요."

그녀는 기뻐서 손뼉을 쳤다.

"좋아, 당신이 준비되는 대로 시작하도록 해."

난 그녀에게 감사를 전한 다음, 잔을 들어 조금 들이켰다. 술을 목으로 넘긴 뒤 구역질을 하지 않으려고 애썼다.

"이게 뭐예요?"

내가 기침을 하며 물었다.

"럼이야, 도수가 약한 건데."

그녀가 웃었다.

"당장은 마음에 안 들어도 한 시간 안에 좋아질 거야."

다시 들이켜는데 눈에 눈물이 고였다.

"아, 그렇군요."

어느 순간 소니가 자기 잔을 비우고 작별 인사도 없이 나갔다. 그가 돌아오지 않을 것이 분명해지자 밀라그로스가 날 쳐다보더니 말했다.

"그래, 리비. 당신은 무엇으로부터 도망친 거지?"

난 인상을 썼다.

"왜 제가 도망쳤다고 생각하는 거예요?"

"미혼 여성이 친구나 가족을 만날 계획도 없이 한 달 동안 해변가에 집을 빌린 거? 알다시피 난 형사는 아니지만 멍청하지도 않거든."

그녀가 웃더니 내 대답을 기다리며 의자에 기댔다.

난 말했다. 내 사연 거의 대부분을.

"그게 그러니까, 최근에 8년간 같이 산 남편이 남자에게 끌린다는 사실을 알게 되었어요."

"아이고, 맙소사!"

그녀가 소리쳤다.

"네, 좋은 소식은 아니죠. 그걸 안 지 2주가 채 되지 않았어요."

난 이렇게 덧붙이고 칵테일을 또 들이켰는데 석유 같은 맛이 났다.

밀라그로스는 내가 술이 마음에 들어 홀짝인 걸로 오해했다.

"자."

그녀가 자기 자리 아래 놓아둔 피처를 꺼냈다.

"좀 더 마셔."

"꼭 이럴 필욘 없는데."

그녀가 잔을 채워줄 때 내가 말했다.

"지금이 아니면 언제 마시겠어. 자, 이제 말해봐. 그 사실을 알고 난 뒤에 어떻게 했어?"

난 한 모금 더 들이켰다.

"직장을 관두고 살림살이를 전부 다 판 다음 여기로 오는 비행기표를 예약했어요."

"세상에, 자기. 나도 나쁜 남편들에 대해 잘 알아. 내 세 번째 남편 호세에 대해 말해줄게. 하루는 일하러 가서 몸이 너무 아팠어. 상사는 내가 학생들에게 병을 옮길까 봐 걱정되어 조퇴하라고 했어. 난 열이 났고 제대로 걸을 수도 없어서 호세한테 전화를 걸어 집으로 좀 데려다달라고 부탁하려 했는데 그는 전화를 받지 않았어. 그래서 아픈 몸을 억지로 이끌고 버스를 타고 집에 왔지. 그런데 세상에 침실로 들어가니 그 더러운 인간이 내 친한 친구랑 있는 거야."

그 소리를 듣고 난 숨이 턱 막혔다.

"그 애 남편도 있었어!"

밀라그로스가 소리쳤다.

"내 말은 그놈이 변태라는 뜻이야! 자기 문제가 이런 거라면 유감이야."

그녀가 덧붙였다.

"그런 건 아니에요."

내가 그녀에게 말해주었다.

"그래서 어떻게 했어요?"

"미구엘하고? 물론, 이혼했지."

그녀가 팔짱을 끼며 말했다.

"미구엘이오? 호세가 아니구요?"

"미구엘이고 호세고 무슨 상관이야? 내가 해줄 수 있는 이야기는 이거뿐이야. 내가 하고 싶은 말은, 자기, 결국 고통은 사라진다는 거야. 언젠가 그 일을 돌아보며 웃어넘길 수 있을 거야. 장담해."

"모두가 그렇게 말해요."

더 이상 난 그런 큰 변화가 일어나길 한가하게 기다리지 않는다.

밀라그로스가 다시 내 잔을 채워주며 나더러 자신과 함께 해변으로 가자고 손짓했다.

"안전하니 걱정 마."

그녀는 이렇게 말하며 파티오 문을 잠갔다.

우리는 모래사장에 서서 조용히 술을 마시며 해가 지면서 셔벗 같은 분홍빛 노을이 지나간 자리에 생긴 수레국화빛 하늘을 쳐다보았다.

석 달 전에 톰, 제스, 오레일리와 함께 미시간호에서 전세 보트를 타고 막바지 여름을 즐겼다. 오후는 영원처럼 이어졌고 하늘을 올려다보니 어느새 해가 뚝 떨어져 하늘과 맞닿은 지평선 바로 위에 걸쳐졌다. 몇 초 만에 도시의 건물 사이로 해가 내려와 우리가 마음의 준비를 하기도 전에 사라졌다. 내가 잘못된 방향으로 몸을 틀었을 때 내 인생도 그 해처럼 갑자기 떨어졌다는 기분이 들기 시작했다.

"왜 비에케스에 왔어?"

한참 뒤에 밀라그로스가 물었다.

"엄마가 이곳을 좋아했다는 얘기를 아빠한테 들었거든요."

그녀는 내가 하지 않은 말을 이해하고는 고개를 끄덕였다.

"나도 엄마를 아주 일찍 여의었어. 이곳을 좋아했다니 너희 엄마는 똑똑한 사람이었구나."

난 서쪽의 파도가 마지막 남은 빛을 삼키는 광경을 지켜보았다. 아직 그 섬에 가지 못했지만 너무 늦기 전에 갈 거다. 분명 의미 있는 곳이니까. 그렇지 않나?

# 16

다음 날 아침 극심한 두통을 느끼며 잠에서 깼고 혀에 낀 설태에서는 럼 맛이 났다. 난 무언가 건설적인 행동을 하고픈 충동을 느꼈다. 남은 180일 정도의 생 중에 이미 열흘을 써버렸으니 숙취쯤은 거뜬히 이겨내고 제대로 하루를 보내야 한다는 압박감이 살짝 들었다.

코코넛 그래놀라를 조금 챙겨 먹고 운동화를 신은 다음 피부에 해충 퇴치제를 발랐다. 지프차에 올라 해변 별장 주위에 나뒹굴던 관광객용 안내 책자에서 읽은 하이킹 코스로 향했다.

옛 해군 부지의 한 부분을 최근에 국립공원으로 조성하면서 하이킹 코스가 그 일부가 되었다. 하지만 금속 표지판에 민간에게 밤 10시까지 개방한다고 적힌 것만 빼면 지금까지 내가 가봤던 다른 무성한 숲과 별로 다른 점이 없었다. 난 표지판이 세워진 곳 근처의 공터에 차를 세우고 비포장 흙길을 따라 걸었다. 언제나처럼 폴의 목소리가 귓가에서 포식자를 조심하라고 알려주었지만 난 큰 소리로 콧노래를 부르며 그 목소리를 눌러버렸다. 자연만큼 하느님과 가까이 있는 것이 있을까? 확실히 이곳 어디를 가든 난 안전하고 보호받는 느낌을 받을 것이다.

쓰러져 있는 나무를 넘어가면서 이 섬의 초창기 거주자들은 도로도, 자동차도, 단순히 땅에 구멍을 내서 얻은 물이 아니라 장염을 일으키지 않는 식수를 파는 편의점도 없는 시대에 어떻게 살았을지 생각해보았다. 앞으로 나가니 길이 상당히 거칠어 나무들이 얼굴을 할퀴고 가시가 있는 포도덩굴이 내 팔다리를 긁었다. 먹이 냄새를 맡았는지 엄지손가락 크기만 한 모기떼가 내 손짓을 피해 재빨리 날아다니며 피부로 침을 쏘았는데, 내가 바른 해충 퇴치제가 바비큐 소스가 아니었나 싶을 정도였다.

난 선구적인 여성이 되려는 것이 아니다. 재미 삼아 캠핑을 하거나 낚시를 가지도 않고, 직장 동료였던 코리처럼 남편이 군용 위장을 한 가슴에 엄청나게 흥분해서 어쩔 수 없이 거친 야외 활동을 즐기는 척도 하지 않는다. 그렇지만 엄마가 왜 바다 한가운데 있는 모래섬을 그렇게 좋아했는지 더 자세히 알고 싶었다. 파릇파릇한 공원이 섬 정체성의 본질이었다. 난 계속 걸었다.

얼마 지나지 않아 좁은 길이 두 개의 넓은 길로 이어졌고,

양쪽 모두 조경사가 손수 작업한 것같이 잘 닦였다. 신이 났다. 마침내 제대로 하이킹을 할 수 있다! 난 오른쪽 길을 골랐다.

400미터쯤 갔을 때 어디선가 요란하게 우르릉거리는 소리가 났다. 잠시 동안 난 야생마를 더 볼 수 있을 거라고 기대했다. 소리가 점차 가까워지면서 한 무리가 같이 이동하는 거라고 생각했다.

그런데 눈앞에 나타난 것은 아주 다른 종류의 마력이었다. 노란색 픽업트럭이 날 향해 곧장 달려왔다. 한 무리의 아이들이 창문 너머로 소리를 질렀고, 차가 다가올 때 보니 트럭의 화물칸에도 시끄러운 10대들이 잔뜩 타고 있었다. 내가 길 중간에서 나와 오른쪽 가장자리로 비켜서자 트럭이 왼쪽으로 방향을 틀어 다시 내 쪽으로 왔다. 운전사가 날 보지 못한 걸까? 이건 무슨 가학적인 치킨 게임인가? 확신할 수 있는 거라곤 피해야 한다는 사실뿐이었다. 지금 당장.

충돌하기 몇 초를 남겨두고 난 뒤쪽의 덤불 속으로 뛰어들었고 그 과정에서 맨살이 전부 다 긁혔다. 귀에서 맥박 소리가 요동쳤고 숨 쉬기가 힘들었다. 피하지 않았다면 아마 트럭이 날 쳤을 거다.

트럭이 날 쳤을 거다.

큰 웃음소리가 터져 나왔고, 트럭은 흙길 위에서 바퀴를 돌려 다른 쪽으로 방향을 틀고 숲속으로 사라졌다.

10대들이 돌아와 날 끝장낼 경우를 대비해 풀숲에 가만히 있었다. 눈물이 왈칵 쏟아져야 정상이지만 눈물이 나오지 않았고, 울보인 나한테는 이상한 일이었다. 난 냉담한 얼굴로 가만히 앉아서 내 살을 뜯어 먹는 벌레들을 쫓아낼 생각조차 하지 않았다.

그러다 공원 전역에 소름 끼치는 비명이 들렸다. 내가 지르는 비명이라는 것을 알기까지 시간이 좀 걸렸고, 다시 비명이 나오려고 했다. 놓아주지 못한 채로 속에 남아 있었는지 알지 못했던, 깊고 격렬한 분노였다. 가슴이 타들어가고 목이 쉬어 더 이상 할 수 없을 때까지 고래고래 소리를 질렀다.

3주 전에 이렇게 했다면 시내에서 멀리 떨어진, 아무도 살지 않는 숲속에 들어가서 그랬더라도 스스로를 엄청난 구경거리로 만든 것을 수치스러워했을 거다. 그러나 지금은 상관없다. 무엇이 중요한지 확신이 없었다. 난 평범한 삶을 정직하게 사는 착한 사람이었다. 그러나 앞서 보낸 두 가지 경고를 놓칠 것을 대비해 우주는 내게 밝은 노란색 픽업트럭을 보내 어떻게든 내가 죽을 거라고, 그것도 얼마 가지 못해 그렇게 될 거라고 확실히 알려주었다.

# 17

 

멍청한 10대 몇몇 때문에 내 휴가를 망칠 순 없었다. 적어
도 난 스스로에게 그렇게 말하며 다음 날 아침 비에케스의 중
심가인 이사벨 세군다로 차를 몰았다. 간밤에 푹 잤고 샤워도
충분히 즐겼지만 전날의 충격이 아직 가시지 않았다. 맛있는
커피와 빵을 먹고 색다른 풍경을 구경하면 신경을 누그러뜨
리는 데 도움이 될 거라 자신했다.

이사벨 세군다는 에스페란자보다 더 커서 다채로운 상점
과 정부 건물들로 가득 들어찼고, 한곳에서 그렇게 많은 교회
를 본 적은 처음이었다. 몇 블록을 걸어 다니다 구운 도넛과
설탕이라는 천국의 향기를 풍기는 쨍한 분홍색 카페 앞에 멈
췄다. 난 가게로 들어가 U자형 카운터에 놓인 스툴에 앉았다.

"이 맛있는 냄새는 뭐예요?"

카운터 뒤에 서 있던 여성에게 물었다.

"마요르카예요."

어떤 목소리가 말했다.

난 뒤돌아보지 않고 대답했다.

"그래요?"

"네, 진짜 그렇게 불러요."

실로가 내 옆 스툴에 걸터앉으며 말했다. 그도 마치 나처럼 막 샤워를 한 듯 머리가 젖었지만 티셔츠는 20년은 입은 것처럼 낡았고 카고 반바지는 그가 없어도 걸을 수 있을 만큼 불룩하게 늘어졌다.

"아니, 정말, 당신은 정말 다른 데 가서 커피를 마시면 안 되겠어요?"

난 그를 거들떠보지 않고 투덜댔다.

"바다로 날아간다거나 할 비행기가 있잖아요?"

그가 히죽거렸다.

"사실 난 미국연방항공청이 우리의 작은 사고에 대해 수사할 동안 휴가를 받았어요. 그러니 당분간은 당신의 목숨을 다시 살리려고 해변 옆에 비행기를 능숙하게 착륙시킬 일은 없을 것 같네요."

그는 직원에게 몸을 돌렸다.

"안녕, 세실리아. 마요르카 두 개 부탁해요. 커피 세 잔도요."

내가 마음을 단단히 먹는 동안 그가 스페인어로 주문했다.

"뭐라고 했어요?"

"당신 커피를 시켰어요. 커피는 마시죠?"

"당신과 펠리컨이 뗄 수 없는 사이인 것처럼 나한테 커피가 그래요."

난 이렇게 대꾸했다.

"난 당신이 그 마요 뭔가 하는 걸 시키기를 바라서…."

"마-요르-카. 당연히 시켰어요."

"좋아요. 당신의 강한 억양과 이 지역 빵에 대해서 잘 아는 걸 보니 여기 출신인가요?"

그가 씩 웃었다.

"난 여러 곳에 살아요. 회사에서 비행할 때마다 머물 숙소를 제공해줘요. 일정이 없을 때면 늘 산후안에 있는 내 집에 머물고요."

"방랑자 같은 삶이군요. 당신 나이에는 흔치 않은 선택인데."

"난 마흔둘이고 스물아홉에 혼자 여행을 다니는 여성한테 그런 비난을 듣기는 좀 그렇군요."

이번에는 내가 씩 웃었다.

"내 남자 보호자가 이번 달에는 좀 바빠서요."

"아닌 것 같은데. 그 톰이란 남자는 기꺼이 당신을 따라 이곳에 왔을 거라는 느낌이 드는데요."

그 소리에 내 미소가 사라졌다. 난 톰에 관해 생각하고 싶지 않고 예상보다 훨씬 많이 그랬다. 난 6500일 하고도 며칠을 그와 함께 보냈다(날짜를 쭉 세고 있던 것은 아니다). 내 생활

반경이 극도로 작다는 사실을 새롭게 알게 된 것만으로도 마음속에서 그를 날려버릴 수 있지 않을까?

"미안해요."

실로가 재빨리 말했다.

"주제넘은 말이었어요. 'ㅌ'으로 시작하는 남자 이야기는 그만두죠."

난 어쩌지 못하고 웃었다.

"고마워요."

다시 고개를 드니 그의 따뜻한 갈색 눈동자가 날 응시했고, 전혀 시선을 피하려고 하지 않았다. 갑자기 음탕하고 불안한 흥분이 밀려들었다. 직원이 슈거파우더를 뿌린 커다란 버터 번이 놓인 흰 접시를 우리에게 내밀었을 때 참으로 다행이라고 생각했다. 그녀는 작은 종이컵에 담긴 커피를 접시 사이에 놔주고 갔다.

"이렇게 작은 커피는 생전 처음 봐요. 내 몫으로 두 잔을 시켰다고 말해줘요."

"당신이 두 잔을 마셔도 괜찮지만 조심해요. 이 집은 섬에서 가장 진한 에스프레소로 유명하니까."

"당신이 그렇다면 그런 거죠."

그는 커피 한 잔을 들이키더니 다시 내 쪽으로 몸을 돌렸다.

"저기, 아직 물어보지 못한 것이 있어요. 비에케스에 온 이유가 뭐예요?"

"이유야 많죠."

난 두루뭉술하게 대답했다. 번을 베어 물었더니 혀 위에서 사르르 녹았다.

"나쁘지 않죠?"

그가 물었다.

난 고개를 끄덕이고 실로가 경고한 것처럼 아주 진한 커피를 한 모금 한 모금 들이켜 번으로 가득 찬 입을 씻어냈다.

"당신이 이곳에 있은 지가…."

그가 손가락으로 숫자를 셌다.

"이제 나흘째죠? 이슬라의 고등 튀김을 먹어봤어요?"

"고등 튀김이 뭔데요?"

"이런, 세상에. 한 번도 고등 튀김을 안 먹어봤어요? 그러면 같이 가봅시다. 오늘 밤에 약속 있어요?"

난 의심스러운 눈길로 그를 쳐다보았다.

"어쩌면요. 왜 나랑 저녁을 같이 먹으려는 거죠?"

그는 고개를 까닥였다.

"당신이 계속 지적하듯 나 때문에 당신이 죽을 뻔했어요. 그러니 이게 내가 보일 수 있는 최소한의 성의라는 생각이 들지 않아요?"

그래, 당신은 내가 암에 걸린 걸 아니까.

"좋아요."

난 승낙했지만 다른 할 일이 없어서 그랬을 뿐이다. (그게 내 핑계고, 쭉 이 핑계를 댈 거다.)

"내가 어디 사는지 알죠?"

그가 윙크했다.

"알아요."

그는 앞주머니에서 선글라스를 꺼내 쓰고 접시에서 번을 집고 커피도 한 잔 들었다.

"오늘 저녁에 봐요, 리비."

난 느긋하게 사라지는 그의 뒷모습을 지켜보았다. 딱 벌어진 어깨와 착 올라붙은 엉덩이. 난 재앙을 부르는 이상한 능력이 있고 현실과 상상 양쪽에서 최악의 파트너를 택한 전력이 있다.

그가 가고 난 뒤 우리가 약속 시간을 확실히 정하지 않았다는 것을 깨달았지만 그와 연락할 방법이 없었다. 사실 그의 성조차 모르고, 솔직히 난 이 짧은 시간 동안 평범한 사람처럼 행동할 처지도 아니다.

그건 아주 좋지 않은 생각이다.


7시가 막 지났을 때 해변 별장 바깥 자갈 위로 타이어 소리가 났다. 난 마지막으로 거울을 한 번 더 들여다보고 문을 열었고, 실로가 앞에 서 있었다.

"안녕."

그가 밝은 목소리로 말했다. 아침에 입었던 반바지 그대로

였지만 티셔츠 대신 산뜻한 노란색 버튼다운 셔츠로 갈아입었다. 데이트도 아닌데 너무 데이트 복장 같은 여름용 원피스를 선택한 내가 바보처럼 느껴졌다.

"안녕."

내가 문을 잠그며 말했다.

"당신이 차를 운전할래요, 아니면 내가 할까요?"

"거기가 어딘지 아는 쪽은 나니까 내가 할까요?"

"좋아요."

난 대답하고 그의 지프차 앞에 어색하게 섰다. 카페에서 서로 툭툭 던지던 농담은 오래전에 사라졌고, 난 그와 소통할 제대로 된 방법을 찾으려고 전전긍긍하다 한층 불편해졌다.

그가 차의 조수석 문을 열고 잡고 올라탈 수 있도록 팔을 뻗었다. 난 그 제안을 받아들였지만 얼마 가지 못해 이렇게 말했다.

"이러지 않아도 돼요."

"알아요."

실로가 대답하고 흥미로운 표정으로 차 문을 닫아주었다.

"시카고는."

차도로 나서며 그가 입을 열었다.

"20대 때 이후로 가보지 않았어요. 아직 추운가요?"

"북극 같죠."

그는 내 말이 우습다는 듯이 폭소를 터트렸고, 난 그가 이

168

러는 게 암에 걸린 내가 안쓰러워서라고 결론지었다. 그만두게 해야 한다.

"어쩌다 거기 살게 됐어요?"

난 곱슬머리를 만지작거리다가 쭈뼛거리는 건 그만두려고 손을 내렸다.

"음… 솔직히요? 전남편 때문이에요. 그의 절친이 이미 시카고에 정착해서 일적으로 경력을 쌓기에 좋은 곳이라고 생각했어요."

"당신은요? 당신은 어떻게 생각했어요?"

난 톰이 어디를 가든 그와 함께 있고 싶었다. 그러나 절대 그 점을 인정하고 싶지 않았다.

"나도 좋아할 거라고 생각했어요. 실제로 그랬고요. 불과 몇 주 전까지도요."

그가 더 자세히 물어보지 않아서 고마웠다.

우리는 언덕에 자리한 레스토랑 앞 도로 옆에 차를 세웠다. 안으로 들어갈 때 보니 난간과 어닝을 반짝이는 조명으로 꾸며 휴가철 분위기를 냈고 대부분의 테이블이 야외 정원에 나와 있었다.

"형, 잘 지내?"

바텐더가 실로를 불렀다.

"좋아. 리키, 좋아."

그가 스페인어로 대답했다. 그 순간 그는 날 죽일 뻔한 남자가 아니라 내 메인 코스가 되면 좋을 것 같은 남자로 바뀌었다. 그래, 카페에서 이미 그의 낭만적인 말본새를 보았지만 이번에는 달랐다. 그는 제대로 대화를 나누었고 태도도 완전히 달라졌다. 손이 사방으로 움직였고 웃음은 더 깊어졌다. 그는 자신감을 풍겼고 거기다 섹시하기까지 했다.

"미안해요, 리비."

직원이 야외의 한 부스로 우리를 안내할 때 실로가 말했다.

"저 친구가 말이 좀 많아서요."

"게다가 당신은 스페인어가 아주 유창하고요."

난 살짝 지탄하듯 말했다. 그가 두 개의 언어를 구사하는 건 놀라운 일이 아니다. 그냥 푸에르토리코에 온 뒤로 그의 억양 없는 영어에 익숙해져서 난 그가 다른 지방 출신일 거라고 생각했다.

"당신은 푸에르토리코인인가요?"

"네. 어머니는 푸에르토리코계 뉴욕인이고 조부모님은 여기 출신이세요. 하지만 아버지는 파하르도에서 나고 자라셨어요."

"당신도 이곳에서 자랐나요?"

"우리 부모님이 갈라서서 난 또래 아이들보다 좀 많이 돌아다닌 편이에요."

"아, 유감이에요."

"뭐, 어쩌겠어요? 아무튼 나이 많은 나한테는 아주 오래전

170

일이에요."

그가 미소를 지었고 나도 본능적으로 그 미소에 화답했다. 몸 안에서 날카롭게 윙윙거리는 소리가 울려 퍼졌다. 내가 느끼는 부적절한 짜릿함을 잘 알고 있기에 그의 시선을 피했다. 나에 대한 불쌍한 평가들(타이와 기타 등등)은 당연히 이번 주에 일어난 사건으로 더 심해졌다. 게다가 실로는 내가 곧 죽을 걸 알고 있으니 우리 사이에 관계가 생긴다면 그건 전부 동정으로 가득 차거나 더 끔찍하게는 날 매우 짧은 잠자리 파트너로 쉽게 보는 것뿐이다.

웨이터가 나타났을 때 난 안심했지만 우리가 다시 영어로 대화를 하게 되자 살짝 아쉬웠다.

"내 건 알아서 시켜도 될까요?"

내가 눈썹을 올리며 실로에게 물었다.

"뭔지 아는 걸 시킨다면야."

난 웨이터를 슬쩍 보았다.

"고등 튀김이랑 참치 스테이크로 하겠어요."

"술은 뭘로 하시겠습니까?"

웨이터가 물었다.

"강한 걸로 주세요."

"저도 같은 앙트레에 코로나로 부탁해요."

웨이터는 내게 구아버주스와 럼이 가득 든 잔을 가져왔고, 그건 밀라그로스가 만든 로켓 연료 같은 칵테일보다는 맛있

171

었다. 덕분에 난 좀 진정을 하고 튀김이 나오기 전까지 실로
와 사소한 이야기를 나눌 수 있었다. (공개적으로 하는 말인
데, 반죽을 입히고 튀긴 다른 튀김과 비슷한 정도로 먹을 만
했지만 세상이 깜짝 놀랄 만큼 특별히 맛있지는 않았다.) 막
참치 스테이크를 맛보는데 실로가 물었다.

"이 여행이 항암 치료를 받기 전 축하하는 목적인가요?"

난 놀라서 머리가 멍해졌고 혹시나 걱정돼서 포크부터 내
려놓았다.

"항암 치료를 받기 전 축하 자리냐고요? 음, 아니에요. 난
치료를 받지 않아요."

그는 놀란 것처럼 보였다.

"안 받는다고? 왜요?"

"스스로에게 그런 짓을 하기 싫으니까요."

"그 정도로 끔찍하진 않아요. 당연히 죽는 것보다는 훨씬
나을 겁니다."

"내가 이미 말했잖아요. 의사가 중요하지 않다고 했다고요.
난 끝났어요."

그의 눈동자에 전에 보지 못했던 화가 번뜩였다.

"빌어먹을 의사. 다른 의사한테 가봐요."

"이미 구글 의사한테 물어봤는데, 피부가 떨어져 나가는
동안 장기가 돌만 한 종양으로 변하는 걸 멈출 수 없다고 확
인해주더군요."

난 무미건조하게 말했다.

"당신은 확실히 모르잖아요."

그의 얼굴이 점점 붉어졌고 눈썹에 살짝 땀이 맺혔다. 난 혹시 그의 가까운 지인이 의학 자문을 잘못 받아서 숨졌는지 궁금했다.

난 대수롭지 않다는 듯 어깨를 으쓱였다.

"저기, 날 걱정해주는 건 고마워요. 그치만 난 암에 대해 심히 많은 경험이 있고 내 마지막을 가능하면 정말 즐겁게 보내고 싶어요. 당연히 그 범주에는 화학 치료도 방사선 치료도 속하지 않고요."

그는 맥주를 길게 들이켠 다음 내 눈을 쳐다보았다.

"당신이 믿는 종교가 뭐든 그쪽에서 당신이 죽길 바란다면 왜 당신이 지금 바다 밑바닥에 있지 않는 걸까요? 리비, 난 훌륭한 조종사지만 며칠 쉬면서 생각해보니 우리가 그렇게 불시착한 건 작은 기적과도 같아요."

"그러니까 임사 체험 같은 말은 다 헛소리라는 거죠?"

그의 불 같은 화는 곧바로 차가운 거리감으로 바뀌었고, 그는 한숨을 쉬더니 부스 뒤쪽 벽에 기댔다. 나 역시 짜증을 털어내려고 재빨리 몸을 움직였다.

"당신은 정말 짜증스럽군요."

그가 투덜거렸다.

"다행인 줄 알아요. 오늘 저녁 이후로 짜증스러운 날 볼 일이 없을 테니까."

내가 쏘아붙였다.

웨이터가 우리의 접시를 치우러 왔다.

"디저트를 드시겠어요? 아니면 술을 더 드릴까요?"

"둘 다 사양할게요."

실로와 내가 동시에 대답했다.

# 18

난 남은 휴가를 홀로 보냈다. 결국 난 사람과 소통하려고 했지만 크게 실패했다. 잠재적으로 짜증을 유발하거나 살인마 같은 사람들로부터 날 격리하는 거라고 스스로 합리화하는 것이, 남은 존엄성을 보호하고 얼마 남지 않은 시간을 즐기는 유일한 방법이었다.

톰의 계속된 전화가 내 계획을 무지하게 방해했다. (벨 소리를 꺼두었지만 반복되는 진동이나 한밤중에 반짝이는 화면을 끄는 걸로는 충분하지 않았다. 톰은 우리 결혼 생활의 여러 부분에서 기준 범위 안이지만 거기에 국한되지 않는, 한 번도 보여준 적 없는 집요한 방식으로 날 스토킹했다. 아파트에 잠입해 문제를 해결하려 한다거나 결혼 관계에서 이제는 불필요한 부분에서 말이다.) 일곱 통의 전화가 더 온 뒤에 난 그가 통화를 하기 전까지 날 내버려두지 않을 것을 깨닫고 실로와 외식을 한 날 저녁에 마침내 전화를 받았다.

"리비, 왜 계속 내 전화를 피하는 거야?"

"세상에! 나도 모르겠어, 톰."

"미안하다고 말해, 멍청아."

뒤에서 오레일리가 씩씩거리며 말했다.

"오레일리가 왜 우리의 대화를 듣고 있는 거야?"

당연히 이렇게 물었다.

"리…."

톰이 입을 열었다.

"잘 들어, 이 빌어먹을 인간아. 우리 결혼을 끝낼 배짱이 있었다면 좋지 못한 결과를 받아들일 배짱도 있어야지."

"그렇지만 말했잖아. 난 결혼 생활을 끝내고 싶지 않아."

"그는 당신을 사랑해요, 리비!"

오레일리가 소리쳤다.

"리비, 당신은 내 가장 가까운 친구야."

"난 내가 가장 가까운 친구라고 생각했는데!"

오레일리가 화가 나서 소리쳤다. 분명 톰은 오레일리가 봐주기에 마음 놓고 주정을 부리는 거다.

"아니, 톰. 난 당신의 가장 가까운 친구가 아니야. 제일 가까운 사이는 비밀을 공유하는 거라고."

난 갑자기 액체를 흘리는 내 눈동자를 무시하려고 애쓰며 말했다.

"정말 미안해, 리비. 난 결코 당신한테 상처를 줄 생각이 없었어."

"그는 정말 그러려고 한 게 아니에요, 리비!"

오레일리가 멀리서 소리쳤다.

"입 다물어요, 마이클."

제스가 말했다.

"당신이 미안하든 말든 상관없어, 톰. 미안한 걸로는 전혀 도움이 되지 않아. 마티 맥플라이(영화 '백 투 더 퓨처 시리즈'의 주인공)에게 타임머신을 빌려 과거로 돌아가서 우리의 관계를 완전히 없앨 수 있기 전까진, 부탁인데 나한테 전화하지 마. 그만 꺼지라고."

그렇게 난 전화를 끊었다.

난 생각을 떨쳐내려고 해변을 걸었다. 넌 그릇이 더 큰 사람이야, 넌 더 나은 사람이라고. 스스로에게 이렇게 말했지만 그럴수록 톰이 인턴에서 벗어나 정규직이 되고자 노력하면서 자기계발서를 산처럼 쌓아놓고 읽던 시절, 그가 계속 되뇌던 구절들만 생각날 뿐이었다. 지나고 보니 톰이 했던 긍정적인 자기 암시는 직장을 구하는 데 거의 도움이 되지 않은 것 같다.

그는 얼마나 오랫동안 스스로를 속여왔을까? 디데이 날 아침 그는 입맞춤으로 날 깨우고 내게 사랑한다고 했다. (그 생각만 해도 눈물이 또 나려 했다. 그는 곧 진실을 말하려고 생각했을까? 그의 사랑은 타인과 그렇게 많은 시간을 보낸 데서 오는 애정 사이에 낀 죄책감 같은 걸까?) 모든 것이 상당히 혼란스럽다.

어린 시절에 폴은 남자아이들이 전형적으로 그러는 것처럼 트럭과 총과 축구를 좋아했지만, 우리가 유치원에 들어간 첫 달에 곧바로 부모님에게 자신은 마이클 잭슨과 결혼할 거라고 말했다. 우리 가족은 일요일마다 교회에 가고 식사 전에 기도를 올리고 성경의 많은 부분을 함께 암송하는 등 신앙심이 깊었지만, 주위 사람들이 재빨리 동성애를 비난하고 나서도 부모님은 한 번도 폴에게 그가 느끼는 감정이 잘못이라고 확신시키려 하지 않았다. 그도 자신의 성향을 결코 감추려고 들지 않았다. 나중에 커밍아웃을 하는 건 텔레비전에서나 보는 일일 뿐이었다.

톰의 아버지는 자기주장이 강한 술주정뱅이였고, 간음에 대해 자신의 관점을 고수했다. 톰은 차분한 태도, 대도시의 삶과 아름다운 것을 사랑하는 마음, 술에 대한 혐오 등 여러 가지 분명한 방식으로 기꺼이 자신을 속였다. 그래서 난 톰이 진짜 자기 모습을 감추려 해왔다고 생각하지 못했다.

전화로 잔뜩 퍼부었지만 마음이 좋지 않았다. 확실히 우리에 대한 마음이 좋지 않았다. 우리가 건강하게 헤쳐나갈 수 있을 때 이런 일이 벌어졌으면 좋았을 것을. 그렇다면 난 톰의 성 정체성을 재교육할 기대를 하는 것보다 마치 DVR 영상처럼 우리 엄마가 유니콘을 타고 미시간 애비뉴로 내려오는 것이 더 빠르다는 걸 알기에 곧바로 그를 이성애자로 돌리려 하지 않았을 거다. 하지만 그를 미워하고 싶지 않다. 그의 아버지가 술에 취해 졸업 파티에 나타났을 때나 그가 3주간 미친 듯이 일을 한 뒤 첫 대학원 일자리에서 잘렸을 때 그랬던 것처럼 그를 달래주고 싶다.

정정한다. 그를 달래주고 싶으면 좋겠다고 생각했다.

어쩌면 이런 마음은 내 인생의 많은 부분에서 강력하게 영향력을 행사했던 과거 리비 유령의 것인지도 모른다.

✦

해변 산책을 마치고 돌아오는 길에 라지의 전화를 받았다.

"들어도 믿지 못할 거야!"

"말해봐."

"아파트를 사겠다는 사람이 셋이나 돼."

난 미소를 지었다. 우주가 내게 호의를 베풀어주었다.

"그게 누군데?"

"두 명은 연인이고 한 명은 싱글 맘이야."

"잘됐네. 싱글 맘 쪽으로 하자."

"얼마를 제시했는지는 상관없어? 싱글 맘 쪽이 제시한 금액이 가장 적은데."

"서류를 준비해줘."

"네 마음이니까."

라지는 이렇게 말했지만 난 그가 기뻐하지 않는 것을 알았다.

"너에게 수수료로 7퍼센트를 줄게."

라지가 툴툴거렸다.

"8퍼센트."

"좋아."


해변 별장으로 돌아와보니 밀라그로스가 문 앞에 쪽지를 붙여두었다.

"스페인어 공부, 저녁 6시?"

이렇게 적혀 있었다. 칵테일파티는 언제든 환영이고 혼자 지내겠다는 맹세를 하긴 했지만 난 스페인어를 배우고 싶었다. 적어도 밀라그로스는 자기가 모르는 병에 대해 훈계는 하지 않을 테니까.

전에 갔던 밀라그로스의 파티오로 향했다. 다시금 손님이 있었다. 이번에는 무릎 위에 작은 소녀를 앉혀둔 젊은 여자다.

"고마워요, 밀라그로스."

여자가 이렇게 말하고는 주머니에 손을 넣었다.

밀라그로스는 돈처럼 보이는 것을 건네주려고 하는 여자에게 손사래를 쳤다.

"괜찮아, 괜찮아."

그녀는 거절했고 여자는 밀라그로스를 포옹한 다음 어린

소녀를 데리고 자리를 떴다.

"방금 비키의 손금을 봐줬어."

밀라그로스가 설명했다. 그녀는 여자와 아이가 앉아 있던 자리를 손으로 두드렸다.

"자, 이리 와 앉아."

난 망설이다 그렇게 했다.

"손을 줘봐."

"우리 스페인어 공부는 어쩌고요?"

"해야지. 일단 볼까."

그녀가 내 팔을 잡고 나도 모르게 꽉 쥐고 있던 주먹을 폈다. 그녀는 내 손바닥을 잠시 들여다보더니 엄지에 가까이 있는 긴 선을 손가락으로 쭉 따라갔다.

"에스타 에스. '이것은'이라는 말이야."

"에스타 에스."

내가 따라 했다.

"잘했어!"

그녀가 열정적으로 소리쳤다.

"에스타 에스 투 리니아 드 라 비다. 당신의 생명선은, 자기."

"괜찮아요."

난 주저하며 말했다.

"비다."

그녀가 시켰다.

"따라 해봐."

"비–다."

"아아."

"아아."

내가 따라 했다.

"아니."

그녀가 웃었다.

"그건 내가 혼잣말한 거야. 난 자기가 아주 좋고 강한 생명
선을 가지고 있다고 말하려고 했어. 나처럼 말이지."

그녀가 손바닥을 들어 보여주었고, 난 그녀의 손바닥 지도
를 구성하는 주름 미로 속을 흐르는 깊은 선을 볼 수 있었다.

"저기, 그건 정확하지 않아요."

내가 손을 도로 가져오면서 말했다.

"왜? 나처럼 오래 살고 싶지 않아?"

"전 건강상의 문제가 있어요."

내가 웅얼거렸다.

"그게 뭐든 이겨낼 거라고 손금은 말하고 있어."

"당신이 그렇게 말하는 건 내 기분을 상하게 하고 싶지 않
아서겠죠."

"아니."

밀라그로스가 고개를 저었다. 그녀는 다시 내 손을 잡고 집
게손가락으로 생명선 중앙을 짚었다.

"지금 자긴 인생의 이 지점쯤에 와 있어. 여기 갈라진 부분이 보이지? 일반적으로 원이나 점은 질병을 뜻하지만 갈라지는 것은 심적 고통을 뜻해. 갈라진 선이 넓으니 그만큼 아프고 애정 선이 알려주는 것보다 더 고통스럽겠지."

그녀가 내 손 맨 위를 가로지르는 선을 가리키며 말했다.

"물론 애정 선이 자기도 나처럼 남자 보는 눈이 꽝이라고 말해주지만."

난 실로에 대해 생각했고 지난밤 날 데려다주던 그의 냉담한 모습을 떠올리면서도 살짝 웃었다.

"너무 슬퍼하지 마, 자기. 이걸 볼래?"

그녀가 내 새끼손가락 아래 잘 보이지 않는 선을 가리켰다.

"니뇨스가 보여. 아이 말이야. 행복한 미래지."

난 이야기가 이런 쪽으로 흘러가는 것이 마음에 들지 않았다.

"전 아이를 가질 수 없어요."

그녀는 폴이 그 표정이라고 부르는 것처럼 날 쳐다보았다.

"방법이 있어. 하지만 여기까지만 해. 네가 준비가 되었을 때 더 말해줄게."

그녀는 집 안으로 들어가더니 상그리아 두 잔을 가져왔고, 그걸 마시는 동안 내게 기본적인 인사말과 길 묻는 법을 스페인어로 가르쳐주었다. 한 시간 뒤, 며칠 후에 또 수업을 들으러 오겠다고 약속하고 자리를 떴다.

손금을 보는 건 그냥 미신일 뿐이고 일종의 주술 같은 거라 우리 주일학교 선생님은 그걸 보면 곧바로 악마의 품으로 들어갈 거라고 경고했다. 그러나 밀라그로스의 말이 절반이라도 맞는다면? 마음고생 부분은 확실히 정확했다. 내가 오래 살 팔자였는데 어떤 잔인한 업보 같은 것이 그 운을 가로채 갔다면, 혹은 내 쪽에서 좋지 않은 선택을 해서 그렇게 되었다면? 사무실에서 오래 일하면서 스트레스 호르몬이 내 몸을 마구 돌아다니다 큰 파괴를 가해 세포가 기하급수적으로 증가했다면? 땀 흘리는 활동을 피하고 샐러드 대신 튀김을 주문한 수많은 세월이 결국 내 발목을 잡았다면? 솔직해지자. 머릿속에서 계속 죄책감이 들었고 마치 노래 가사처럼 이건 다 네 잘못이야, 이건 다 네 잘못이야, 나나나나, 이건 다 네 잘못이야라고 소리쳤다.

난 집에서 저녁을 먹고 일찍 자기로 했다. 수술 부위가 엄청 아팠고, 오랫동안 고통을 견딜 수 있는 내 능력에 점차 의구심이 커졌다. 애드빌과 졸피뎀의 도움으로 남은 휴가를 잘 보낸다면 어쩌면 폴이 뉴욕에서 가장 힘든 시기에 날 도와줄 통증 전문가를 찾아줄지도 모른다. 요즘 의사들은 옥시콘틴 같은 마약성 진통제를 무슨 사탕 건네듯이 주지 않나?

침대로 들어가 잠이 오길 기다리면서 난 앞으로 3주간 아무 도움 없이 무엇이든 혼자 해나갈 수 있을지 의구심이 생겼다. 난 우리 엄마의 딸이지만 엄마의 높은 광대와 검은 머리도, 투지나 상황 대처 능력도 물려받지 못했다. 나쁜 일이 하나라도 더 생긴다면 난 감당할 수 없을 것이고 그저 죄책감과 수치심만 더 깊어질 터다. 지금 이 순간 더 끔찍한 상황을 겪고 있는 지구상의 모든 사람에 대해 생각해보니 더욱 그런 마음이 들었다.

난 이불을 꽉 당겨서 덮고 산모가 분만할 때처럼 숨을 내쉬며 고통을 흘려보내려고 노력했다. 엄마의 고통을 경험해보고 싶었고, 지금 그러고 있다. 이건 다른 누구도 아닌 나 자신을 탓해야 한다.

# 19

비에케스에서 8일을 보낸 뒤 카네이션처럼 발그레하게 탄 피부가 벗겨지며 '가장 연하게 탄' 것으로밖에 설명할 수 없는 색이 되었다. 난 다시금 일광욕을 해도 안전할 거라고 판단했다. 탱키니(탱크톱 형식의 비키니)를 걸치고 가볍게 점심을 먹은 다음 뒷문을 통해 해변으로 나갔다.

토요일이라 해변 양쪽 1.6킬로미터 반경이 해수욕을 하는 사람들로 북적였고, 한 남성이 바퀴 달린 아이스박스를 끌고 다니며 외쳤다.

"생수 있어요! 맥주 있어요!"

난 물과 가까운 탁 트인 곳에 자리를 잡고 모래사장 위로 등을 기대다가 곧바로 누웠다. 아주 화창하지만 햇살이 많이 뜨겁지 않아서 피부에 닿는 열기가 달콤하게 느껴졌다.

한 30분쯤 그렇게 누워 있는데 구름 하나가 나타나 빛을 가렸다. 난 인상을 찌푸리며 내가 몸을 뒤집어 등을 태우기 전에 폭풍이 몰려들지 않길 바랐다.

"안녕."

구름이 말했다.

난 놀라서 화들짝 눈을 떴다.

실로가 웃었다.

"미안해요! 당신을 놀라게 할 생각은 아니었어요."

"당연히 그랬겠죠. 내 해변에는 무슨 일이에요?"

그는 내 옆 모래사장에 앉았다. 언제나처럼 그늘 뒤에 있지만 난 그가 기분이 좋다는 것을 알 수 있었다.

"당신 해변이오? 음, 글쎄… 지루해서?"

난 히죽거렸다.

"내 집에 맘대로 들어와 겁을 주려다가 찾지 못해서 내가 보일 때까지 돌아다니기로 한 것 같은데요."

"그럴 수도 있죠. 진심으로, 지난밤 일은 미안했어요. 내가 꼬치꼬치 캐묻는 게 아니었어요."

아하. 불쌍해서 보러 온 거구나.

"날 안타깝게 여길 필요 없어요."

"내 말은 그런 뜻이 아니에요."

그가 방금 내게 했던 시시껄렁한 치근덕거림이 아주 신사적인 목소리로 바뀐 것이 느껴졌다.

"알았어요. 그렇다고 해도 날 살필 필요가 없다는 걸 알아 줬으면 좋겠군요. 난 괜찮으니까."

"누가 살핀다는 거예요? 난 앞으로 며칠간 더 비에케스에 있을 거고 어쨌든 해변에 가려고 했어요."

난 그를 빤히 쳐다보았다. 진심인 듯 보였지만 앞서 말했듯 난 사람 보는 눈이 없다.

"근데 왜 그랬어요? 내 말은, 캐묻는 거 말이에요."

그가 어깨를 으쓱였다.

"난 당신이 좋아요, 리비. 당신은 내가 바다로 데려다준 다른 여자들과는 달라요."

"하, 하."

난 담담한 척 말했지만 속에서 열네 살짜리 리비가 난리를 쳤다. 어머. 맙소사. 그가 날 좋아한다고 말했어!

"만회할 기회를 주지 않을래요? 당신에게 근사한 걸 보여주고 싶어요."

"내가 뭔지 맞춰보죠. 당신 바지 속에 들어 있는 걸 말하는 거겠죠."

그가 웃었다.

"세상에, 이봐요. 당신이 그동안 어떤 어린 녀석들이랑 놀았는지 모르겠지만 난 지저분한 행동을 하자고 당신을 꼬드기는 게 아니에요."

진짜? 그것 참 실망이다. 또한 우리의 마지막 데이트는 좋지 않게 끝났다. 거절할 이유를 찾는 동안 난 내가 그의 팔뚝을 뚫어져라 쳐다보고 있다는 사실을 알게 되었다. 팔뚝은 튼

튼했고 마찬가지로 튼튼한 손으로 연결되었고 손은 매력적으로 날렵해 보였다. 그에게 무슨 구세주 콤플렉스가 있는지 모르겠지만 한 번 더 기회를 줘도 좋을 거라고 판단했다.

그래서 승낙했다.

"좋아요, 난 뭘 입어야 하죠?"

"지금 입은 옷이면 딱 좋아요."

"당신은 변태군요!"

난 이렇게 소리치며 타월로 몸을 감쌌다. 농담이었지만 그와 나의 짜릿한 떨림 사이에 아주 얇은 천 하나만 있다는 것을 잘 알았다.

"우리는 보트를 타러 갈 거예요. 티셔츠와 반바지도 가져와요."

흥미로운데.

"몇 시에 만날까요?"

"음… 저녁 6시 30분으로 해요. 기대하고 있을게요."

그가 자리에서 일어서더니 반바지에 묻은 모래를 털고 도로 쪽으로 걸음을 옮겼다.

"저기요."

내가 그를 부르자, 실로가 휙 돌아보았다.

"왜 그래요?"

"난 아직 당신 성이 뭔지도 몰라요."

그는 짓궂은 미소를 지었다.

"그러네요. 벨라스케스예요."

"알았어요, 실로 벨라스케스. 저녁에 봐요."


몇 시간 뒤 우리는 차를 몰고 여러 시골길을 달렸다. 둘 다 말이 없었지만 침묵이 전처럼 어색하지 않았다.

"다 왔어요."

그의 말과 함께 우리는 차 몇 대가 드문드문 서 있는 모래 공터에 멈췄다.

지프차에서 나오니 작은 헛간 밖에 플라스틱으로 된 카약 몇 대가 보였다. 헛간 바로 너머로 수풀과 나무가 있었고, 그 중심부가 갈라져 60미터가 채 되지 않은 거리에 물이 있다는 걸 알려주었다.

"카약을 타는 건가요? 난 운동신경이 별로 좋지 못한데."

"잘됐어요. 나도 마찬가지니까. 사실 내가 잘하는 건 비행 뿐이죠."

"그건 논란의 여지가 좀 있죠."

내가 씩 웃었다.

"당신 주장이 그렇다면야."

그가 미소로 화답했다.

날이 점차 어두워졌고 실로는 해충 퇴치제가 든 캔을 챙기며 물가를 향해 고갯짓을 했다.

"이곳을 모스키토 베이라고 부르는 건 우연이 아니에요.

190

내가 뿌려줄게요."

그는 내 위아래로 퇴치제를 뿌렸다.

"아마 셔츠와 반바지를 벗고 싶어질 거예요."

난 얼굴을 붉혔고 어두워서 다행이라고 생각했다.

"좋아요."

난 옷을 벗고 탱키니만 걸쳤다. 그가 내 팔과 다리에 차가운 퇴치제를 뿌리자 닭살이 돋았다.

"나도 뿌려줄래요?"

그가 내게 해충 퇴치제를 건네며 물었다. 그도 셔츠를 벗었고, 그 순간 내 온몸이 벌겋게 달아올랐다. 남자가 반나체로 날렵한 구릿빛 몸을 드러낸 채 무언가를 해주길 기다리는 건 엄청나게 은밀한 분위기를 풍겼다. 그 무언가가 그에게 해충 퇴치제를 뿌리는 일이라고 해도 말이다.

"고마워요."

그는 내 입에 침이 고이는 것을 의식하지 못하고 말했다.

난 침을 삼키고 심드렁하게 대꾸하려고 애썼다.

"천만에요."

우리는 헛간으로 걸어갔고, 그가 내게는 붉은 카약을 건네고 자신은 노란색을 집었다. 노와 구명조끼도 챙겨주었다.

"그냥 이렇게 가져가도 돼요?"

"괜찮아요. 여길 운영하는 사람이 내 친구예요. 이미 다른 무리와 나가 있고 우리가 오는 걸 알아요."

실로와 나는 진흙탕처럼 보이는 작은 웅덩이를 향해 카약을 끌고갔다. 웅덩이는 어릴 적 우리 가족이 휴가를 보냈던 작은 호수와 비슷했다.

"여긴 어디예요?"

"바다와 연결되는 만인데 섬의 다른 물가와는 완전히 다른 생태계로 이루어져 있어요. 세상과도 다르고요. 곧 알게 될 거예요."

그는 내 카약도 물가로 밀어냈다.

아주 모호하게 들리겠지만, 난 예전의 리비를 깨워보기로 했다.

"좋았어!"

난 신나게 소리치며 노를 저었다.

물은 깨끗하고 고요했고 작은 플라스틱 카약이라 몰기도 편했다. 그러나 시간이 늦어서 우리가 만 중심부에 도착할 무렵에는 이미 해가 졌고 하늘에서 달이 어스름하게 빛났다.

"돌아오는 길을 찾을 수 있을까요?"

어깨 너머로 내가 물었다. 그때 실로 주위의 물이 반짝이는 것을 보았다. 게다가 우와, 내 주위도 그랬다.

"대체 무슨…?"

실로가 진심을 다해 웃었다.

"당신이 언제 알아차릴지 궁금했어요. 이건 생물 발광이에요. 이곳에는 와편모충류라고 부르는 작은 유기생물체가 잔뜩 있는데 그것들을 건드리면 빛을 내요. 사람 몸에 닿으면 더 잘 보이지만."

곧바로 난 아빠가 만에 대해 했던 이야기가 기억났고 당시에는 그 말이 살짝 이상하게 들렸다.

"물속에 들어가볼래요?"

"정말이오?"

그는 만의 반대쪽에 모여 보트에서 뛰어내리는 다른 무리를 향해 고갯짓을 했다.

"당신이 익사하지 않는다고 장담할 수는 없지만 최선을 다해 막겠다고 약속할게요."

난 조심스럽게 물속에 몸을 담갔다. 미지근하지만 밀도가 높아 끈적한 느낌이 들었고 내 몸은 구명조끼의 도움으로 둥둥 떴다. 실로가 노를 저어와 밧줄로 우리 카약을 하나로 묶었다. 그도 카약에서 나와 내 쪽으로 헤엄쳐왔고 그의 뒤로 푸른 초록빛이 따라왔다.

"스페인 탐험가들이 처음 비에케스에 왔을 때 만이 빛나는 것을 보고 악마의 소유라고 생각했고 이곳을 폐쇄하려고 했어요."

그가 만의 먼 끝 쪽에 자리한 좁은 통로를 가리키며 말했다.

"만에 늘어선 맹그로브 나뭇잎들이 저기 모이고, 그걸 와편모충류가 먹어요. 그래서 이 유기생물이 더 튼튼하고 밝게 자랐고 스페인 사람들은 이곳을 전혀 손대지 않고 남겨두었어요. 덕분에 오늘날까지 그 모습을 간직하는 거랍니다."

"진짜 근사하네요."

난 웅얼거리며 간간이 개헤엄을 칠 때 반짝이는 내 손을 바라보았다.

"당신이 이걸 놓치길 바라지 않았고 보름달이 뜨면 그 효과를 제대로 보지 못해요. 자, 이제."

그가 내게 더 가까이 왔다.

"누워서 하늘을 봐요."

몸을 눕히자 다리가 수면 위로 떴고, 마치 내 몸 전체가 이 마법 같은 물 위에 깃털처럼 떠 있는 것 같았다. 하늘이 눈에 들어오자 난 탄성을 질렀다. 검은 카펫 위에 내 평생 가장 희고 밝게 빛나는 보석 같은 별들이 박혀 있었다.

"여기는 빛 공해가 별로 없어요."

내가 신기해하자 그가 기뻐하는 목소리로 말했다.

"게다가 저 별들이 저기 없다는 걸 생각하면."

난 혼잣말처럼 중얼거렸다. 다수의 별은 우리가 보기 오래 전에 불타고 없어졌다는 걸 아빠가 처음 내게 알려주었다. 남은 건 창공을 가로지르는 그들의 빛뿐이다.

"어떻게 보느냐에 달렸죠."

"어째서요?"

"엄밀히 말해 우리가 태어나기도 전인 수십 억 년 전에 생긴 핵융합 덩어리를 지금 보고 있는 거니까요. 그러나 내가

194

알기론 지금 이 순간 저것들을 보고 있으니 저 별들은 현재에 존재하는 겁니다. 그들은 과거에 있었으나 지금도 여전히 있어요."

"음."

난 하늘을 올려다보며 우주와 시간과 내 과거이자 현재이며 지금 저기 어딘가에서 반짝이고 있을 우리 엄마를 생각했다.

실로가 내게 별이 왜 반짝이는지 아냐고 물었다. 난 모른다고 대답했다.

"별은 자체 중력으로 뭉쳐진 커다란 플라스마 덩어리로 속에서 계속 충돌하기 때문이에요. 자기 파괴로 마찰이 생겨나죠. 그것이 우리에게 빛으로 보이는 거예요."

"당신이 과학에 조예가 깊은 줄 몰랐어요."

"난 뉴턴의 운동 법칙을 실험해보면서 먹고살고 있으니까요."

"내가 졌어요."

"아무튼 난 천문학이 좋아요. 인간의 조건에 대해 많은 걸 말해주거든요."

그가 무슨 말을 하려는지 확신할 수 없지만 내 암에 대해 뭔가를 말하고 싶어 하는 거라고 예상했다. 하지만 난 이 순간을 내가 듣기 싫어하는 이야기로 망치고 싶지 않아서 계속 배영을 하면서 이내 다 잊어버렸다.

잊는 건 엄청나게 쉬웠다. 내 피부가 반짝였고 위에 있는 하늘은 과거의 잔해로 반짝였으니까. 엄마가 여기 있었다는 생각을 했다. 엄마가 바로 이 물에서 수영을 하고 이 하늘을 본 거야! 이렇게 직접 경험할 때까지 살아 있는 것이 엄청나게 감사한 일이라고 느꼈다.

"날 이곳으로 데려와줘서 고마워요."

내가 조용히 실로에게 말했다.

"천만에요."

그가 대답하고 내 손을 잡으려고 움직였고, 난 기꺼이 내주었다.

그가 몇 분 뒤 손을 놓고 돌아가자고 했을 때 난 살짝 실망했다. 내키지 않는 마음을 숨기며 그러자고 했다. 우리는 노를 저어 해안으로 돌아와서 몸의 물기를 닦은 뒤 이런 순간을 즐긴 적이 없었다는 듯 지프차에 올라탔다. (그가 상황을 어떻게 보는지 정확하게 알려주는 게 이거야. 난 스스로에게 말했다.)

"다시금 고마워요."

그가 해변 별장 앞에 차를 세웠을 때 내가 말했다.

"별말씀을. 나와 같이 와줘서 고마워요."

그가 날 쳐다보았고 다시 운전대로 시선을 돌렸다.

"좋아요. 또 봐요."

난 그가 차문을 열어주기 전에 얼른 내렸다.

"그래요."

그가 뒤에서 말했다.

내가 현관문을 열 때 그의 지프차가 진입로에서 천천히 움직이는 소리를 들었지만 난 몸을 돌려 잘 가라고 손을 흔들지 않았다. 난 강인하니까! 난 관통할 수 없는 두꺼운 셸락 속에 든 다이아몬드니까! 섣부르게 반해버린 마흔두 살짜리 남자를 내 다정한 애인으로 만들 필요가 없으니까. 젠장, 말도 안된다.

이렇게 단언해도 텅 빈 집 안으로 들어오며 흐르는 눈물을 막을 수 없었다. 실로가 문제가 아니다. 만에서 평생에 한 번 있을까 말까 한 경험을 했기 때문이다. 자신이 날 버렸다는 사실조차 인정하지 못하는 남편에게 버려진 외로움이 아팠다. 내 인생의 마지막이 점점 더 가까이 다가오고 있다.

난 현관으로 걸었고 샌들이 내가 혼자라는 걸 알려주기라도 하듯 타일 위로 딱딱거렸다. 난 불을 켤 생각도 하지 않았다. 그대로 고리버들로 만든 소파에 몸을 던지고 유리창 너머 파도를 쳐다보았다.

난 빅토리아시대 소설 속 여주인공처럼 이마에 팔을 올리고 흐느꼈다.

울고 또 울었다. 그 흐름이 지나간 뒤에 좀 더 울었다. 소금기와 슬픔으로 얼굴이 부풀어 오르는 것이 느껴졌지만 눈물을 멈추는 것보다 별을 따는 것이 더 빠를 것 같았다.

그러다 유리창을 두드리는 소리를 들었고 난 놀라서 아주 살짝 오줌을 지렸다.

눈물을 닦고 문을 열었다.

"젠장, 실로."

목소리가 잠긴 것을 들키지 않으려고 애쓰며 내가 말했다.

"리비."

그는 굳은살이 박힌 손 사이로 내 부푼 얼굴을 가져간 다음 한 번도 경험하지 못한 방식으로 내게 키스했다. 거칠었다. 부드러웠다. 여자를 진심으로 좋아하지 않는 남자라면 할 수 없는 그런 키스였다.

지금 난 알고 있다. 잤던 남자들과 비교하는 건 공평하지 않다는 걸. 게다가 그 남자 중 한 명이 내 성별을 마음에 들어하지 않는다는 사실까지 밝혀지지 않았나.

실로가 날 들어 올려 소파로 데려갔다. 내가 그를 위해 내 옷을 거의 다 찢어버릴 때까지 계속 키스했고, 그런 다음 날 침실로 데려가 우리 둘 다 옷을 벗었다. 그가 내 안에 들어와 원시적인 쾌락으로 비명을 지르게 만들 때 난 놓치고 있던 것이 무엇인지 분명하게 깨달았다.

그리고 생각했다. 고마워, 톰.

끔찍하고, 형편없고, 가슴 아픈 타이밍을 맞춰줘서 그에게 고맙다. 아니었다면 난 결코 비에케스에 오지 못했을 거고 이곳에서 마침내, 세상에 하느님, 마침내 너무 늦기 전에 제대로 섹스를 했다.

# 20

실로는 내 옆에 대 자로 뻗었고 눈꺼풀이 반쯤 감긴 채 손가락으로 내 팔을 이리저리 쓸었다.

"리비?"

"으응?"

하룻밤 사이에 세 번(내 평생 최고 기록)이나 죽을 뻔한 나는 이미 황홀함에 취해 정신이 없었고 무의식으로 빠르게 들어서는 중이었다.

"당신한테 할 말이 있어요."

갑자기 정신이 확 들었다.

"제발 당신이 헤르페스에 걸렸다고 말하지 말아요."

난 이렇게 말했지만 성병은 내 인생의 마지막 걱정거리 목록에서 유리 파편과 주차 위반 딱지 사이 어딘가에 속하는 사소한 거였다. 그가 이성애자라는 것은 확실하지만 이상한 페티시가 있다거나 전과가 있다거나 혹은….

"암에 걸렸었어요. 거의 죽을 뻔했어요."

이건 내가 기대한 폭탄이 아니지만 이 정도로 충분히 그날 밤 저녁을 먹을 때 그가 왜 그렇게 화를 냈는지 납득이 갔다.

"세상에, 유감이에요. 어떤 암이었어요? 언제 걸렸어요?"

"백혈병이었죠. 16년 전에."

"맙소사. 당신이 어릴 때군요. 백혈병은 치료가 가능한 거죠?"

"지금 당신 옆에 누워 있잖아요. 안 그래요?"

실로가 살짝 미소를 지었다.

"일반적으로는 맞아요. 난 상태가 꽤 좋지 않았지만. 림프절, 뼈, 사타구니까지 다 퍼졌어요."

그가 하체 쪽을 가리켰다.

"아무도 입 밖으로 꺼내지 않았지만 기본적으로 의사들, 가족, 아내 모두 최악의 상황을 예상했어요."

아내라니? 약지에는 아무것도 없는데. 난 그가 계속 이야기하게 놔두었다.

"그래서 어떻게 됐어요?"

그가 내 어깨에 입을 맞췄다.

"난 살았어요. 지금까지 그 이유를 모르지만 그랬어요. 내말은 난 20대였고 정말로, 정말로 죽고 싶지 않았는데 암에 걸린 사람들은 대부분이 다 그렇지 않나요?"

난 고개를 끄덕였고 그가 그렇게 말해주어서 고마웠다. 날 정말 화나게 하는 몇 가지 중 하나가 병에 걸린 사람이 '투사'라서 혹은 '죽기에는 너무 착해서'라는 이유로 분명 암을 극복할 것이라고 이러쿵저러쿵 말하는 거다. 승리하는 성격이 저울의 눈금을 생존 쪽으로 넘길 수 있다고 생각하고 싶은 건 이해하지만 여전히 그런 말을 들으면 피가 끓었다.

그렇다면 우리 엄마는? 엄마는 내가 만난 사람 중 최고의 투사였다. 엄마는 살아서 나와 폴이 자라는 모습을 볼 수 있다면 손발이라도 잘랐을 거다. 엄마는 노력하지 않아서 죽은 게 아니다. 암이 무시무시한 살인자라서 죽고 만 거지.

"지금은 괜찮아요?"

내가 실로에게 물었다.

"음, 괜찮은 것 같아요. 항암 치료를 끝내기도 전에 결혼이 박살났지만 난 살아 있어요. 비록."

그가 과장되게 얼굴을 찌푸렸다.

"고환을 잃어버렸지만요."

난 이불 아래로 슬쩍 살폈다.

"분명 두 개가 보이는데."

"오른쪽 건 가짜예요."

그 소리에 웃음이 났다.

"그럼 뉴티클 두 개를 넣은 거예요?"

"뉴티클, 하나죠."

그가 날 간지럽히며 말했다.

"몇 분 전까진 불평하지 않았잖아요."

"그러면 불임인가요?"

"내가 알기론 왼쪽은 제대로 기능해요. 당신이 궁금해할까 봐 알려주는데, 난 숨겨둔 자식은 없어요."

"그것 참 다행이군요."

난 베개에 머리를 대고 누웠다.

"그래서 저번에 당신이 나한테 그렇게 화를 냈군요."

"그런 것 같아요. 난 당신한테 이래라저래라 하는 게 아니에요, 리비. 우리가 평생 알고 지낸 사이였다고 해도 난 그런 방식을 취하지 않아요. 그러나 당신이 최선을 다해 살아보려고 하는 모습을 보고 싶은 사람이 나뿐만은 아닐 것 같군요. 비행기 건에 대해 내가 했던 말은 진심이에요. 보통은 난 운명이니 뭐니 하는 그런 걸 크게 믿지 않아요. 하지만 모르겠어요. 그냥…."

그가 말끝을 흐렸다. 그러고는 다시 이불을 들추더니 내 복부를 가리켰다.

"그건 그렇고 이건 감염된 것이 분명해요."

난 재빨리 이불을 잡아당겨 복부를 가렸다. 상처를 보이지 않으려고 애썼는데 분명 제대로 하지 못한 거다.

"아니, 진짜 심해지기 시작하면 저런 모습이에요."

"진짜?"

"맞아요."

난 그의 말이 맞을지도 모른다는 의구심이 들었지만 확고하게 말했다.

"지금 우리가 서로 정보를 교환하는 중이니 나도 당신한테 할 말이 있어요."

그가 인상을 찌푸렸다.

"톰에 대해서요?"

"맞아요."

난 포크로 그를 찌른 것부터 자산 정리와 톰이 내가 아픈 걸 모른다는 사실까지 털어놓았다. 내 이야기를 다 듣고 실로는 생각이 많아 보였지만 화가 난 건 아니었다.

"난 유부녀와 잠자리를 한 적이 한 번도 없지만 이번이 시작하기 좋은 때인 것 같군요."

"미안해요."

난 일곱 번째 그 소리를 했다.

"리비, 미안하지 않아도 돼요. 그런데 당신은 괜찮아요? 내 말은 당신이 치료를 받지 않겠다고 정한 데는 톰이 상당 부분 영향을 미친 것 같지 않나요?"

난 주방을 배경으로 톰의 흐릿한 얼굴에 초점을 맞추고 그와 나에게 완전히 새로운 서사가 진행되기까지 단 1분도 지체하지 않았다는 것을 떠올리며 고개를 저었다.

"그가 내게 고백하기 전에 이미 결정했어요."

"그래요. 하지만 치료를 받지 않겠다고 말한 사람은 당신 말고도 분명 있을 거예요. 그들과 당신이 다른 점은 당신은 그 의견을 고수하고 있다는 거죠. 아무튼 남편의 커밍아웃에 암까지, 그건 한 사람이 감당할 수 있는 스트레스의 정도를 넘어선 거죠. 해변에서 당신이 왜 그렇게 겁에 질렸는지 이해가 가요."

"난 겁에 질린 게 아니에요."

내가 속상해하며 말했다.

그가 가볍게 내게 입을 맞췄다.

"알았어요, 이쁜이. 다만 이 게임에서 너무 일찍 결정을 내리지 말아요. 생각을 더 해봐요. 알겠죠?"

이쁜이라니. '립스'를 빼면 톰이 날 부르는 애칭 같은 건 없었다. 난 마음에 들었다. 그러나 실로가 점잖게 내세우는 의견이 그의 마음 깊은 곳에서 날 단순한 애인이 아니라 자선을 베풀 대상으로 여기는 게 아닌가 하는 의문이 들게 했다.

난 한숨을 쉬고 그의 품속으로 파고들었다.

"봐서요."


다음 날 아침 난 실로가 누워 있던 푹 꺼진 자리에서 깼다. 주방에서 들리는 달그락거리는 소리에 미소가 절로 나왔다. 이런 분위기도 좋지만 그의 따뜻한 체온이 훨씬 좋다.

그는 내가 아직 사용법을 익히지 못한 에스프레스 머신 앞에 서 있었다.

"좋은 아침. 당신에게 줄 커피를 내리고 있어요."

"고마워요."

난 그 자리에 잠시 서서 티셔츠에 속옷 차림으로 여기 나오기 전에 브라라도 걸칠 걸 후회하다가 식탁 앞에 앉았다. 그가 내게 작은 잔을 건네고 맞은편에 서서 자기 커피를 마셨다.

"좀 있다 난 가야 해요. 할 일이 있어서 산후안에 가요."

"그러세요."

"그게 다예요? 그러세요?"

"내가 다른 대답을 해주길 기대했어요?"

"아닌 것 같군요."

그가 날 의아하게 쳐다보았다. 식탁을 가로질러 내게 입을 맞추고 열정적으로 몸을 어루만졌다.

"당신과 함께 보내는 시간이 정말 좋아요, 리비."

우리가 잠시 호흡을 고를 때 그가 말했다.

난 미소를 지었다.

"나도 정말 좋아요. 금방 또 이렇게 해요."

그는 손으로 머리를 넘긴 뒤 날 향해 웃어 보였다.

"당연하죠."

그의 지프차가 진입로를 벗어나는 소리가 들리자 내 미소는 사라졌다. 난 침대로 가서 셔츠를 들어 올리고 거울 앞에 섰다. 상처는 실로와 저녁 모험을 나갔을 때보다 더 심각해졌다. 피부 아래로 아주 화가 많이 난 오징어가 지나가면서 내 창자의 벽까지 무너뜨리려고 하는 것 같았다. 난 찬장에 넣어 둔 애드빌을 찾아 세 알을 입에 털어넣었다. 예방용 자가 치료를 시작해야 하지만 가까운 시일 내에 다시 실로와 잠을 잘 가능성이 농후하니 이 곪은 상처가 내 앞길을 막아서지 못하게 해야 한다.

그날 저녁에는 실로를 보지 못해서 난 잘된 일이라고 스스로를 달랬지만 머릿속에서 미친 듯이 욕정이 밀려들었다. 섬에 있을 시간이 고작 19일 남았고, 상처에서 나는 진물로 보아 그 모든 날을 성행위로 구원받을 수 있을 것 같지 않았다.

"영원한 건 없어."

폴은 자주 이런 말을 했다. 그의 지혜는 로버트 프로스트에게서 훔친 것이지만 대부분 그의 말이 맞았다. 난 이 점을 간파했고 그에게 전화를 걸었다.

"오, 마침내 날 기억해줬구나."

폴이 날 반기며 말했다.

"삐지지 마. 기쁜 소식이 있으니까."

"말해봐."

"내가 섹스를 했어!"

"잠시만."

그는 수화기 너머로 토하는 소리를 냈다.

"덕분에 900칼로리어치의 부리토를 게워냈어. 내 다이어트에 박차를 가해줘서 고맙네."

"뭐래. 우선 넌 30그램만큼도 살이 빠지지 않았어. 둘째, 나더러 수발들 남자를 찾으라고 한 건 너 아냐? 날 위해 기뻐해줘."

"난 기뻐하고 있어. 네 잠자리 부분에 그리 흥미가 있지 않지만 말이야. 대체 어떤 남자고 어디서 만났어?"

난 카리브해의 얕은 물가로 추락한 일을 회상했고, 다시 자체 편집을 하는 것이 좋다고 판단했다.

"말하자면 길어. 하지만 그는 여기서 조종사로 일하고 푸에르토리코 사람이야."

"저런! 립스, 진심으로 말하는데 조심해. 알레한드로 출신 남자에 대해 넌 아는 게 없잖아."

"그의 이름은 실로고 난 그를 알아. 항상 조심하고 있어."

"법적 공동 명의자에게 말도 없이 아파트를 매물로 내놓고 짐을 챙겨 사랑하는 형제도 모르게 오지에 있는 섬으로 가버린 여자가 하는 말이잖아."

"으음. 그건 미안하다고 했잖아."

"아끼는 형제여, 모든 걸 용서해줄게. 다만 네 뒤를 흘끔거리는 남자들을 조심해."

난 실로가 샤워실에서 날 타일 쪽으로 밀어붙이며 우리 둘다 각자의 예상보다 더 열정적임을 증명한 걸 떠올리고 얼굴을 붉혔다.

"내 뒤태는 더할 나위 없이 좋아."

난 폴에게 큰 소리를 쳤다.

"장담해."


"안녕, 자기."

내가 마당으로 들어설 때 밀라그로스가 말했다.

"오늘은 몹시 예쁘네. 사랑이 찾아온 거야?"

"사랑이오? 누가 사랑에 대해 말했나요?"

"우린 진입로를 같이 쓰잖아. 오늘 아침 일찍 남자 손님이 나가는 걸 봤어."

난 인상을 찌푸렸다.

"어머, 화내지 마. 날 자체 보안 시스템이라고 생각해. 게다가 난 창문을 통해 들여다보거나 찾아가지도 않아. 그냥 자기가 괜찮은지만 확인하는 거지."

"알았어요."

난 이렇게 해야 폴이 만족할 것을 알기에 수긍했다.

"감사해요."

길 아래 편의점에서 산 럼주를 밀라그로스에게 건넸다.

"당신에게 하느님의 은총이. 지금 좀 마셔볼까."

그녀는 주방으로 들어갔다. 작은 잔 두 개를 들고 와서는 호박색 액체를 넉넉하게 부었다.

"건배."

내가 외치고 한 모금 들이켰다. 난 기침을 했지만 술이 가
슴과 복부로 열기를 전해주었고 곧바로 배의 통증이 멈췄다.
진통제는 잊어버리자. 이제 밤낮으로 술을 마실 거다.

"그건 그렇고."

내가 밀라그로스에게 말했다.

"알지도 못하는 사람하고 사랑에 빠질 수는 없잖아요."

난 실로의 성이 뭔지 알고 그가 암을 극복했다는 것도 알고
소금물로 채워진 고환 하나를 자랑스럽게 가지고 있다는 것
도 안다. 그러나 그의 인생의 일상 속 시시콜콜한 것들에 대
해서는 전혀 모른다. 이를테면 산후안에 있는 그의 집의 모습
은? 그에게 형제자매가 있을까? 아내와는 어떻게 정리를 했
을까?

"자기. 그런 식이 아니야. 그를 존경해?"

"네."

난 순순히 인정했다.

"그가 없을 때 보고 싶어?"

"그런 것 같아요."

"그렇다면 사랑이야. 물론 제대로 결정을 내리려면 일주일
이상이 필요하지만."

일주일이란 시간이 그리 끔찍하게 들리지 않았다. 샌더스
박사의 진료실에 들어간 후로 내가 내린 결정의 대부분이 한

시간 안에 이루어졌고, 몇 초 만에 결정된 것도 많았다.

밀라그로스가 말을 이었다.

"내가 하고 싶은 말은 새로운 것이라고 무조건 배제하지 말라는 거야. 난 마지막 남편 루이스와 겨우 두 달 만나고 결혼했고, 그가 낚시를 가서 배에 머리를 처박고 바다에 떨어지지 않았더라면 우리 둘이 영원히 잘 살았을 거라고 확신해."

"유감이에요, 밀라그로스."

그녀가 내 동정을 뿌리쳤다.

"아주 오래전 일인걸. 당신을 보러 오는 남자는 괜찮아 보이고 당신은 좋은 대접을 받을 자격이 있어. 그가 잘해주지?"

"네."

내가 대답했다. 적어도 더 이상 내가 불쌍해서 잠자리를 해준다는 걱정은 들지 않았다.

"그런데…."

"뭐가 그런데야? 나머지는 시간이 말해줄 거야."

난 잔을 들었다.

"당신이 그렇다면 그런 거죠, 밀라그로스."

# 21

다음 날 아침, 침대에서 뒹굴거리고 있는데 실로가 들렀다.

문을 여니 햇살이 얼굴로 쏟아져서 난 두더지처럼 실눈을 뜨고 그를 쳐다보았다.

"일찍 왔군요."

그가 몸을 굽혀 내게 입을 맞췄다.

"안녕. 오늘 특별한 계획 있어요?"

"어디 보자."

난 머리를 긁적였다.

"음, 없는 것 같아요."

"잘됐군요. 산후안으로 가서 밤을 보내고 오는 건 어때요?"

"거길 어떻게 가느냐에 달렸어요. 만약 당신이 '비행기'라는 말을 꺼낸다면…."

내 말에 그가 웃었다.

"난 지금 비행을 하지 못해요. 기억 안 나요?"

"그렇다고 당신한테 우리가 죽을 운명이라는 걸 확인시켜 줄 조종사 친구가 없는 건 아니잖아요."

"배를 타고 갈 겁니다. 어때요?"

그가 애원하듯 애교를 부리며 말했다.

난 그를 위아래로 살폈다. 또 낡은 티셔츠 차림이지만 얇은 면이라 가슴 근육이 정말 매력적으로 드러났다. 아주 슬쩍 비누 냄새가 나긴 했지만 그의 페로몬이 매우 강력한지 쿵쿵거리는 나 자신을 진정시켜야 했다. 난 그의 허리에 팔을 둘렀다.

"좋아요. 대신 날 죽이기 없기예요."

✦

여객선은 실로가 말했던 것처럼 심하게 흔들렸다. 파하르도에 도착했을 때 난 아침으로 먹은 토스트와 커피를 토해내지 않은 것이 놀랍다고 생각했다. 파하르도는 산후안에서 45분 거리였고, 한 도시에서 다른 도시로 택시를 타고 이동하면서 내 속도 좀 진정되었다. 운전사는 능숙하게 차를 몰았지만 주변의 차들이 시카고의 교통 정체를 떠올리게 했다.

파하르도에서 벗어나자 주변 풍경이 파릇한 산에서 갓 세운 도로와 막다른 골목에 조밀하게 자리한 공공주택들로 바뀌었다. 빨랫줄에는 빨래들이 널려 있고 아이들이 현관 계단에 모여 있는 모습이 보였다. 한 시간 뒤 택시 운전사가 우리를 바다에서 엎어지면 코 닿을 거리에 있는 번화가에 내려주었다.

"여긴 LA 외곽의 해안 도시를 연상시켜요."

카페 앞을 지나갈 때 내가 실로에게 말했다.

그가 고개를 끄덕였다.

"이 동네는 콘다도예요. 여기가."

그가 대문을 열며 말했다.

"내가 비에케스에 없을 때 지내는 곳이에요."

대문 너머로 커다란 야자수 그늘이 드리운 잘 가꾸어진 정원이 보였고, 그 뒤쪽으로 층마다 캐노피 테라스가 있는 벽토를 바른 건물이 자리했다.

"근사해요."

"내 아파트를 보기 전에 그렇게 말하지 말아요."

그는 날 데리고 위층으로 올라갔다.

우리는 두꺼운 나무 문 앞에 멈췄고 실로가 문을 열었다.

"별로 크지 않아요."

안으로 들어가면서 그가 말해주었다.

"하지만 내 소유랍니다."

난 너무 마음에 들었다. 커다란 창을 통해 들어온 햇살이 테라코타 타일 바닥을 환하게 밝혔고 하늘색 벽에는 액자에 넣은 음악 페스티벌 포스터와 푸에르토리코의 민속 작품이 걸려 있었다.

그는 한 귀퉁이에 기타처럼 생겼지만 어딘가 복잡하고 신기한 악기를 세워두었다.

"당신이 연주도 해요?"

"콰트로를? 희망 사항이죠. 그건 우리 할아버지 거예요."

"아름다워요."

모기장이 쳐진 티크 목재로 만든 침대가 침실의 상당 부분을 차지했다.

"에어컨이 없어서요."

그가 모기장에 대해 설명했다.

"바다에 이렇게 가까이 있으니 살 필요는 없지만."

난 고개를 끄덕이고 폭이 좁은 서랍장 위에 올려둔 사진을 쳐다보지 않으려고 애썼다. 실로가 매력적인 여성을 팔로 감싸고 찍은 사진이었다.

그는 내가 무슨 생각을 하는지 안다는 표정으로 쳐다보았다.

"라켈, 내 여동생이에요. 전 아내는 칼라고 그녀의 사진은 이곳에 없어요. 다른 어디에도."

"여동생도 푸에르토리코에 살아요?"

"아니, 그 애는 애리조나에 있어요. 여동생이랑 조카들을 자주 보지 못하지만 거의 매년 여동생 가족이 크리스마스에 이곳에 와요."

"당신 부모님은요?"

"아버지는 아직 이곳에 사세요. 어머니는 뉴욕에 있고요. 난 자주 찾아가 보려고 해요."

"세상에, 내 쌍둥이도 뉴욕에 살아요."

"당신이 쌍둥이였어요? 왜 쌍둥이 자매가 있다고 말 안 했어요? 그녀는 어떤 사람인가요?"

"여자가 아니라 남자예요. 폴이죠. 뉴욕에서 남자 친구 찰리와 살고 있어요. 쌍둥이 아들들이 있고요."

"당신은 정말 놀라운 게 많은 사람이군요."

"맞아요."

난 수줍게 대답했다.

그가 날 자기 침대 쪽으로 자상하게 당겼다.

"더 말해봐요."

난 남은 생을 이 모기장 아래서 그와 뒹굴며 보내고 싶었지만 실로는 자기가 세운 계획에 신이 난 것 같았고, 그가 샤워를 하는 동안 난 원피스를 입고 샌들을 신었다. 그는 흰 리넨 셔츠와 리넨 바지, 로퍼 차림으로 나왔다.

"깔끔하니 예쁘네요."

"가끔은 나도 노력해요."

그는 어깨에 묻은 머리카락을 떼어준 다음 내 등으로 손을 내렸고 그 손길에 척추 전체로 전율이 흘렀다.

"괜찮겠어요?"

그는 앞서 내가 움찔하는 걸 보았다. 난 좀 더 신중할 필요

215

가 있다.

"괜찮아요. 장담해요."

"몸 상태가 안 좋으면 나한테 말해요. 알겠죠?"

"물론이죠."

난 하복부에서 잔잔하지만 지속적으로 느껴지는 욱신거림을 무시한 채 밝은 목소리로 말했다.


산후안 구 시가지는 다채로운 색상의 식민지 양식 건물들이 좁은 거리와 청색 자갈길을 따라 늘어선, 엽서에나 나올 법한 근사한 모습이었다. 바다가 내려다보이는 길을 따라 걷다가 우리는 옆길로 들어섰고, 실로가 나를 작은 바로 데리고 갔다. 회반죽을 바른 벽에는 유명 인사들의 사진과 바의 소유주로 보이는 가족의 사진도 보였다.

"전설에 따르면 여기가 피나콜라다가 처음 생겨난 곳이라고 해요."

"정말이에요?"

"난 모르죠. 하지만 여기 바텐더 호세는 칵테일 하나는 끝내주게 잘 만들어요."

그가 알려주고는 바텐더와 악수를 하려고 다가갔다.

"당신은 푸에르토리코에 사는 모든 사람을 다 아는군요."

실로가 내 허벅지를 살짝 꼬집었다.

"아니, 그냥 당신을 내가 좋아하는 곳에 데려왔을 뿐예요."

이 말이 위안이 되었다. 그에게 다른 여자가 있다면 날 시내로 데려오지 않았을 거다. 게다가 자기가 사는 집도 보여주었다. 그게 중요한 게 아니라고 난 스스로에게 당부했다. 앞으로 한두 주 더 연인 놀이를 하고 나면 끝이니까.

호세가 서리 낀 높은 잔 두 개를 우리 쪽으로 내밀었고, 그 속에는 거의 흰색처럼 보이는 연노란색 음료가 얼음과 함께 담겨 있었다. 달지만 심하게 달지 않아 그 칵테일이 내 몸 구석구석으로 즐거움을 전달해주었다.

"난 사랑에 빠진 것 같아요."

잔에 얼굴을 드리운 채로 내가 그에게 말했다.

실로가 웃었다.

"나도 당신이 좋아요."

난 테이블 아래로 그를 걷어찼다.

"서둘지 말아요, 터프가이. 난 아직도 당신의 근사한 몸과 살인마적인 성향을 받아들이려고 노력하는 중이니까."

그가 몸을 굽혀 내게 귓속말을 했다.

"당신이 비행기 사고를 잊게 만들려면 얼마나 더 많이 오늘 오후처럼 해야 되겠어요?"

난 환하게 미소를 지은 다음 그에게 키스해 스스로도 놀랐다. 난 즉흥적으로 혹은 공공장소에서 애정을 드러내는 타입이 아니다. 아직 법적으로 유부녀인 상태에서 잘 모르는 남자와 잠자리를 가지는 사람도 아니다.

피나콜라다를 마신 뒤 실로와 나는 몇 블록을 더 걸어 밴드 연주를 하는 외관이 화려한 레스토랑으로 갔다. 우리는 자리에 앉아 와인과 파에야를 시켰다. 웨이트리스가 가고 난 뒤 실로가 댄스 플로어를 향해 손짓했다.

"같이 나가요."

"안 돼요."

지난번 수업 때 밀라그로스의 목소리를 흉내 내며 내가 스페인어로 말했다.

"아니, 당신은 할 수 있어요."

그가 날 의자 밖으로 끌었다. 그러다 행동을 멈추고 내 배를 슬쩍 쳐다보았다.

"잠깐, 당신 괜찮아요? 몸이 안 좋은 거라면."

"반심리학을 이용하다니 아주 똑똑하군요, 벨라스케스 박사님."

"농담 아니에요, 리비. 우리는 오늘 벌써 많은 걸 했잖아요. 몸이 안 좋으면 사양해도 돼요."

이번만은 암 덩어리가 있는 복부가 문제가 아니었다. 문제는 아무리 우아하게 움직여도 얼떨결에 절벽 아래로 고꾸라지는 버펄로 꼴이 될 거라는 점이다.

"난 춤을 못 춰요."

고백할 수밖에 없었다.

"왼발이 네 개인 사람처럼 몸치예요."

"당신은 운이 좋아요. 왜냐면 푸에르토리코인은 오른발, 왼발, 유연한 엉덩이까지 가지고 태어나니까. 난 걸음마를 떼기도 전에 살사를 췄어요. 내가 가르쳐줄게요."

그는 내 앞에서 과장되게 턴을 돌았고, 그 모습에 난 웃었다.

"좋아요, 하지만 당신이 리드해야 해요."

"걱정 말아요."

그가 한 손을 내 등에 살짝 올리고 다른 손으로 내 오른손을 잡았다.

"잠시 내 발을 봐요. 그런 다음 고개를 들면 내가 몸으로 당신을 리드해줄게요."

그가 앞뒤로 밀고 당길 때 난 부끄러워서 얼굴을 붉혔고, 그렇게 반복하다 후하게 쳐서 춤이라고 봐줄 수 있을 정도로 팔다리를 움직이게 되었다.

"꽤 잘하는걸요."

실로가 음악 소리 위로 외쳤다.

"미국 여자치고는 그렇겠죠!"

아직 그의 발가락을 아작 내지 않은 걸 기뻐하면서 내가 대꾸했다.

"맞아요."

그가 웃더니 날 한 바퀴 돌렸다.

템포가 느려지자 그가 날 가까이 끌어당겼다.

"이제 어떡할 거예요, 리비?"

그의 뺨이 거의 내 뺨에 닿을 정도로 가까이 온 상태로 그가 조용히 물었다.

모른 척하는 게 최고야. 난 생각했다.

"저녁을 먹고 나서요? 일찍 집에 들어가도 되고요."

그가 웃음을 터트렸다.

"그래요. 하지만 내 말은 푸에르토리코를 떠나서 말이에요."

그는 내 알몸을 보았고 밝은 아침 햇살 아래 그 모든 팬 곳과 상처들도 다 봤다. 그는 불시착했을 때 내가 충격을 받아서 무너져버린 것도, 현관에 놓인 자루처럼 서럽게 우는 것도 다 봤다. 그러나 내 인생의 마지막 몇 달을 어떻게 보낼지에 관한 계획을 그와 나누는 것은 과하다 싶어서 그만 가까운 테이블 아래로 숨고 싶은 충동이 들었다.

"뉴욕에 있는 쌍둥이 동생을 보러 갈 거예요."

난 애매하게 말했다.

"우리 자리로 돌아가면 안 될까요? 목이 좀 마른데."

"그래요."

그가 날 데리고 플로어를 가로질렀다. 우리는 자리에 앉았고 난 물 한 컵을 다 마시고 고개를 들었다. 그러자 그가 미소를 지으며 말했다.

"그러니까 뉴욕에 간다고요? 거기에 꽤 좋은 병원이 있다고 들었어요."

"그 소리를 들어본 것 같아요."

내가 냅킨으로 입 가장자리를 닦으며 말했다.

"나도 그렇게 들었어요."

그가 말하고는 자기 와인 잔을 향해 손을 뻗었다.

웨이터가 우리가 시킨 파에야를 가져다주었고 실로와 나는 그걸 먹는 데 몰두하는 척하면서 내가 홍합을 좋아하는지, 쌀이 푹 익었는지와 같이 의미 있는 주제들을 논의할 때만 간간이 먹는 것을 멈췄다.

그랬는데.

그의 아파트로 돌아와서 옷을 벗고 썩은 고기를 향해 달려드는 코요테처럼 서로를 탐닉한 뒤 우리는 누워서 헐떡였다. 그가 내 위로 올라오더니 말했다.

"어쩌면 아직 당신의 때가 아니라는 생각이 들지 않아요?"

난 방금 끝낸 섹스의 여운이 남아 머리가 멍한 상태로 실눈을 뜨고 그를 쳐다보았다.

"운명과 죽음에 대해 당신이 느끼는 감정이 어떤지 들었으니 난 당신이 그걸 정말로 믿지 않는다는 걸 알아요."

"아니."

그가 고백했다.

"우리는 그걸 알 길이 없다고 난 믿어요. 하지만 완전히 죽을 준비가 되기 전까지 산다고 믿는 것이 좋을 것 같아요. 당신은 아직 준비가 되지 않았어요. 준비가 되었다고 내게 확신

221

시킬 수 없잖아요, 리비."

난 이불을 당겨 알몸을 감싸고 아무 말도 하지 않았다.

어두운 침실에서 그의 눈동자가 아주 검게 보였다.

"젠장, 리비. 당신의 목숨을 위해 싸워요."

그가 낮은 목소리로 말했다.

"적어도, 다른 의사의 소견도 들어보고요."

주먹을 겨드랑이 쪽으로 말면서 난 얇은 면 이불을 꽉 잡았다.

"그게 문제가 아니에요. 문제는 존엄성이에요. 얼마 남지 않은 시간을 항암 치료를 하면서 낭비하는 대신 자연의 순리대로 흐를 수 있도록 내 권리를 위해 싸우는 중이라고요."

"당신은 엉뚱한 사람한테 그 이야기를 하는군요. 항암 치료가 얼마나 힘든지 나도 잘 알아요. 화학요법과 방사능 치료를 하면서 난 고환 양쪽을 다 잃을 뻔했고 내 결혼 생활도 끝장났어요. 경련이 날 때면 난 생각해요. 다시 발병했구나. 16년 전에 벌어진 일이 내 남은 생을 결정짓지 않도록 하기 위해 날마다 노력해요. 하지만 그거 알아요? 그렇게 할 충분한 가치가 있어요. 난 지금 살아 있고, 그래야 한다면 내일도 다시 할 수 있어요."

"당신한테 일어난 일은 참 유감이에요."

난 평정심을 유지하려고 코를 훌쩍였다.

"하지만 이건 달라요. 당신은 내 마음을 바꿀 수 없고 혹시 그러려고 한다면 우린 더 이상 만나지 않는 편이 좋겠어요."

그는 길게 한숨을 쉰 다음, 날 포옹하고는 아래로 끌어당겨 내 등에 자기 배를 바짝 붙였다.

"그런 말 하지 말아요, 리비."

내가 품속으로 편안하게 파고들 때 그가 속삭였다.

"우린 즐거웠잖아요?"

즐겁다니? 난 거기서 그와 다툴 수 없었다. 다시 사랑을 나눈 뒤 실로가 옆에서 잠이 들자 난 모기장을 올려다보며 그가 가볍게 코 고는 소리를 들었다. 언쟁은 있었지만 이상하게 만족스러웠다. 날 이리 끌고온 도발적인 사건은 마음에 들지 않았지만 내가 새로 발견한 이 평등한 세상이 마음에 들었다. 여기서는 일, 돈, 내 동성애자 남편 같은 사소한 문제는 무시할 수 있고, 햇살에 마음껏 날 내버려두고 마음대로 먹고 자고 34년 동안 놓쳤던 육체적인 쾌락을 만회할 수 있다.

내 인생의 마지막에 대한 다짐이 만조의 해안선처럼 침식되는 것만 빼면. 내가 어떻게 해야 할까? 치료를 포기한 결정이 전혀 용감하지 않고 오히려 충동적이고 어쩌면 실로가 말한 것처럼 이기적일까?

그 생각을 하는데 엄마의 목소리를 들었고, 혹은 내가 엄마의 목소리라고 상상한 것을 들었다. 아빠는 엄마가 죽기 전에 비디오카메라를 사야겠다는 생각도 못했고, 돈도 마련하지 못했다. 폴과 내게는 다른 친척의 파티에서 먼 친척이 찍어준

2분짜리 영상이 전부였고, 그 영상이 빛을 다시 가져다주고 엄마의 목소리를 기억하는 데 도움을 주었다.

"엄만 네 걱정은 하지 않는단다, 리비."

엄마가 내 손을 잡으며 말했다. 엄마는 호스피스 병동에서 얇은 플라스틱 관을 다리 사이와 팔에 꽂은 채 침대에 누워 있었다. 마지막 일주일 전이었고 엄마가 나랑 둘이만 있게 해 달라고 말했다.

"넌 괜찮을 거야. 엄마는 알 수 있어. 하지만 폴을 돌봐주지 않겠니? 엄마를 위해 그렇게 해주렴."

"당연히 그럴게요, 엄마."

난 완전 얼어붙은 채 말했고, 울지도 못하고 그렇다고 엄마의 고통을 더 키울까 봐 두려워서 손가락조차 잡지 못했다.

"넌 엄마 인생의 기쁨이란다, 리비 루."

엄마는 목구멍 밖으로 말을 꺼내고 혀를 움직이려고 갖은 애를 쓰는 사람처럼 힘들게 한마디 한마디를 뱉었다.

"사랑해."

"나도 사랑해요, 엄마."

난 엄마에게 말해주고 엄마가 눈을 감을 때까지 계속 쳐다보았다.

회상하고 싶지 않은 기억이지만 그럼에도 자주 머릿속에 나타났다. 왜냐하면 이때 마침내 알게 되었기 때문이다. 그 몇 분 안 되는 시간에 엄마가 죽을 거라는 사실을 말이다. 우리 목사님, 아빠, 폴 모두가 내게 알려주려고 했다. 난 항상 긍정적인 아이였고 혹은 그렇다는 이야기를 들었다. 그러나 엄마와 아빠가 우리를 앉혀놓고 엄마가 암에 걸렸다고 했을 때 내 속의 경고 스위치가 켜졌다. 좋은 쪽으로 생각하는 것 따위는 잊어버렸다. 내 잠재의식에 어두운 부분이 있다는 점을 인식하지 않으면 인생의 부정적인 일 같은 건 사라진다고 판단했다. 사람들이 엄마는 오래 살지 못할 거라고 설명하면 난 고개를 끄덕이고 머릿속으로 그 일을 외계인 탐색과 선사시대 포유류가 평영을 하며 네스호를 건널 가능성 사이 어딘가에 집어넣었다.

전부 떠올려보니 엄마가 부탁한 일을 실제로는 내가 별로 신경 쓰지 못했다는 걸 깨달았다. 흔들림 없고 나보다 더 나은 폴이 날 포함해 모든 것과 모두를 챙기는 쪽이었고, 난 엄마의 부탁을 들어주지 못했다. 그렇지만 이것이 마지막 실패는 아닐 거라고 난 실로 쪽으로 몸을 웅크리며 스스로에게 말했다. 피부가 뼈와 피 위로 라이스페이퍼처럼 퍼지고, 연구 결과 이미 효과가 없다는 것이 확인되었음에도 약물을 써서 몸이 무참히 망가진 꼴을 폴에게 보여주지 않을 거다.

엄마의 죽음과 같은 봉변을 다시 겪지 않도록 내가 할 수 있는 가장 의미 있고 지속 가능한 방식으로 폴을 보살필 거다.

아니면 내가 깊고 꿈 없는 잠 속에 표류하며 스스로에게 이렇게 말했던지.

# 22

"오늘 오후에는 사무실에 가야 해요."

다음 날 아침 실로가 말했다. 그의 아파트에서 커피와 크루아상을 먹고 해변을 간단히 산책하고 돌아왔다. 우리 둘 중 어느 쪽도 삶과 죽음에 대한 이야기를 꺼내지 않았다.

"여객선을 타도 괜찮겠어요?"

"물론이죠."

난 진심이었지만 그가 좀 일찍 말해줬으면 좋았을 거라고 생각했다. 뭐 그렇다고 해도 분명 구토 여객선을 타고 비에케스로 홀로 돌아가는 건 변함이 없지만. 그렇지 않아도 몇 주 뒤면 두고 떠나야 하는 남자에게 너무 정을 많이 주는 게 아닌가 몹시 불안하던 참이었다. 이런 내 심정을 알면 밀라그로스는 자기가 우울해질 때까지 사랑에 대해 잔소리를 해댈 거다. 중요한 건 내가 사랑에 빠지길 원하지 않는 데 있다. 혼자 다니는 것보다 섹스를 즐기고 미래에 대한 생각에 혼란이 온 것만 빼면. 이게 다 암 때문이다. 확실하다. 암이 내 머리를 이상하게 만들었을 뿐 아니라 절대, 결코 오래갈 수 없는 실로와 나 사이에 관계를 구축했다.

실로가 비에케스로 데려다줄 여객선 앞에 내려주었을 때 난 작별 입맞춤을 하고 언제 다시 볼 수 있는지, 내가 그에게 물을까 봐 쏜살같이 부두로 뛰었다. 얼마 남지 않은 미래에 더이상 그의 인생의 일부가 될 수 없고 그건 그도 마찬가지다. 우리 두 사람 다 곧바로 이 관계를 조절하는 편이 최선이다.

✦

여객선이 해안가에 근접하자 난 집에 돌아왔을 때 사람이 느끼는 그런 안도감이 들었다. 해변 별장에서 낮잠을 자고 일어나니 날이 저물었다. 하루를 낭비했지만 난 녹초가 되었고 열이 좀 나서 쉬어야 했다. 시리얼을 한 그릇 먹고 책을 좀 읽은 뒤에 침대로 돌아왔다.

다음 날 아침에는 실로가 전화를 하지 않았다. 난 이 정도의 거리감이 좋다고 생각하면서도 이것이 날 나로부터 구하려고 했던 그의 시도를 거절한 대가인지 궁금하지 않을 수 없었다.

설령 그럴지라도 지금은 녹슨 칼이 천천히 장기를 자르는 것 같은 고통 때문에 정신이 없었다. 셔츠가 완전히 땀에 젖었고 이마에 손을 올려보니 불덩이였다. 애드빌을 세 알 먹은 뒤 열을 내리게 해주는 럼을 구해두지 않은 스스로를 원망했다.

그전까지 난 죽는다는 게 그 자체로 어떤 느낌인지 정말 몰 랐지만 이제 죽음은 아주 현실적으로 다가왔다. 허리를 구부 리고 헛구역질이 나오려는 것을 참으면서 난 낡은 집 창문으 로 열기가 새 나가듯 생명이 나에게서 빠져나간다고 상상했 다. 아직 최악의 상황까진 몇 달이 더 남았다! 엄마는 죽기 직 전까지 모르핀 투약을 거부했다. 종양이 난소를 파괴하며 창 자와 방광으로 퍼질 때도 계속 웃는 얼굴이었다. 어떻게 그랬 을까? 난 소파에서 일어나는 것조차 버거운데 엄마는 어떻게 두 아이의 부모와 아내 역할을 하고 친구들까지 만날 기력이 있었을까?

엄마가 계속 노력했던 것처럼 나도 그래야 한다. 난 이를 악물고 수영복을 입은 뒤 가운을 걸치고 해를 가릴 챙 모자를 쓰고 해변으로 나갔다. 일광욕을 할 기분은 아니었지만 밀라 그로스가 우리 해변에서 800미터 떨어진 곳에 죽이는 칵테 일을 만드는 호텔이 새로 생겼다고 했고, 오전 11시긴 하지 만 가도 괜찮을 것 같았다.

호텔은 모래사장 끝에 반짝이는 석회석으로 만든 신기루 같았다.

"식사를 하러 오셨습니까?"

내가 다가가자 웨이터가 물었다.

"술만 마실 거예요."

난 해변에 가지런히 놓인 캔버스 라운지체어를 가리켰다.

"저기 앉아도 가져다주나요?"

"저희 호텔 투숙객이신가요?"

"아뇨, 그치만 전 암으로 죽어가고 있어요."

웨이터는 내 말을 농담처럼 여겼지만 난 살아 있는 선인장을 출산하는 사람처럼 옆구리를 꽉 잡았고, 그는 파티오에서 브런치를 즐기는 열두어 명의 손님으로부터 날 떨어뜨려놓는 것이 좋을 거라 판단했다.

"메뉴를 그리 가져다드릴게요."

그는 원하는 의자를 골라 앉아도 된다고 알려주었다.

주문한 피나콜라다가 고통을 좀 무디게 해주는 것 같아서 첫 잔을 다 마시기도 전에 한 잔 더 주문했다. 정오가 다 되었고 주위의 사람들이 하나둘 과일 칵테일을 홀짝거렸다. 웨이터가 계산서를 가져다줄까 물었을 때, 한 잔 더 마시고 가져다달라고 대답하면서도 난 그리 기분이 나쁘지 않았다.

"의료용 마리화나는 듣지 않아서요."

그가 놀란 눈치라서 난 설명해주었다.

"술이 그다음으로 효과가 좋거든요."

사실 난 아직 대마초를 피워보려는 시도도, 생각도 하지 않았고 술로 알딸딸한 머리를 굴려보니 최악은 아닐 것 같았다. 어쩌면 폴이 그 부분에서도 도움을 줄지 모른다.

갈매기들이 원을 그리며 머리 위를 나는 게 웨이터가 가져다준 땅콩 안주 때문인지 타르타르소스를 묻힌 내 살점 때문인지 모르겠다. 계속 들리는 파도 소리가 갈매기의 높은 울음소리를 거의 다 잡아먹었고, 그 둘 사이에서 난 울리는 전화를 놓칠 뻔했다.

톰이었다. 난 피나콜라다의 힘을 빌려 전화를 받았다.

"리비?"

언제나처럼 그는 속상한 목소리였다.

"당신이 왜 푸에르토리코에 가 있어?"

난 그에게 어떻게 알았냐고 물으려다가 우리가 같이 쓰는 신용카드 중 한 개로 비행기표를 예약했고, 서둘러 그를 계정에서 삭제했지만 비밀번호를 바꾸는 걸 까먹었다는 점을 기억해냈다. 그 문제는 빨리 해결을 봐야 한다. 그사이에 난 톰에게 그냥 날 내버려두라고 말했다.

"당신 주치의가 있는 병원에서 전화가 왔어."

난 가슴이 철렁했다.

"본인 동의 없이 의료 정보를 공유하는 건 불법인 거 알지?"

"그들은 아무것도 공유해주지 않았어. 그냥 당신이랑 연락이 되는지 묻더라고."

"잘됐네."

난 대답하고 막대기 같은 갈색 벌레가 내 의자로 다가오는 것을 지켜보았다. 벌레가 가까이 왔을 때 난 발을 들었지만 밟아 죽이려다가 마음을 바꿨다. 샌들 끝부분으로 벌레를 밀어내고 반대쪽으로 잽싸게 사라지는 것을 지켜보았다.

"병원에 연락해줄 거지, 리비?"

그는 이제 더 이상 자기 인생의 일부가 아닌 사람에게 너무 친절하고 걱정스러운 목소리로 물었다.

"별일 없는 거야?"

"당연하지."

난 그렇게 말했고 거의 사실이었다. 결국 아프다는 게 무슨 의미일까? 건강하다는 건? 난 잠시 눈을 꼭 감았다 뜨고 강물처럼 힘차게 요동치는 내 팔뚝의 혈관에 시선을 고정했다. 혈관 왼쪽에 검은 주근깨가 있고 오른쪽에 작은 흰색 반점이 있는데, 두 개 다 강한 햇살 아래 베이비오일을 듬뿍 발라서 생겼다. 시선이 아래로 향했고 가운 속에 가려진 화농성 살점을 지나 살짝 굴곡진 종아리 근육과 날렵한 발목까지 내려갔다. 나의 불완전한 몸은 종국에는 나빠질 테니 지금이 최고다. 얼마 지나지 않아 난 아무것도 아니게 될 거다. 하지만 마음 정리가 전혀 되지 않았다.

"병원에서 다시 당신에게 연락하면 우린 더 이상 부부가 아니라고 말하고 내 번호를 알려줘."

난 톰에게 말했다.

그는 망설였다.

"알았어."

잠시 뒤에 그가 대답했다.

"당신이 나한테 화난 거 알지만 도움이 필요할 때 내가 여기 있다는 걸 알아줬으면 좋겠어."

화라니. 화라니! 3200킬로미터를 날아서 여기 온 이유가 내가 아침에 먹으려고 남겨둔 와플을 그가 먹어서인 것처럼 말하다니.

"난 괜찮아, 톰."

내가 날카롭게 말했다.

"부탁인데 전화 좀 하지 마."

"리…."

그가 말을 다 마치기도 전에 난 전화를 끊었고, 그건 그와 상대하고 싶지 않아서 그런 것만은 아니다. 비행기 사고가 났을 때와 같은 느낌이 들어서다.

"부인? 부인? 괜찮으세요?"

내가 헐떡이며 목을 꽉 움켜잡는 것을 보고 웨이터가 물었다.

난 그의 방향 쪽으로 몸을 돌리고 꺽꺽거렸다.

"아니요."

이런 말 하긴 미안하지만, 난 기절해버렸다.

정신이 들었을 때 아주 작은 티팬티를 입은 늙은 남자가 내 위에 몸을 웅크리고 있었다. 내 얼굴이 그의 가슴 털과 불과 몇 센티미터 떨어져 있는 것을 눈치채고 난 소리를 질렀다.

그가 땀에 찌든 몸을 뒤로 젖혔다.

"난 의사예요. 이 호텔에 휴가를 왔고요."

그는 어디 출신인지 알 수 없는 딱 부러지는 억양으로 말했다.

"당신이 기절했을 때 직원이 날 불렀어요. 괜찮아요?"

난 괜찮지 않았지만 정신이 들었고 아주 부끄러웠다. 자리에서 일어나 몸을 털었고 의사 뒤에서 분주하게 움직이며 내가 엄청나게 비싼 술값을 지불하기 전에 죽을까 봐 걱정하는 웨이터와 시선을 마주치지 않으려고 애썼다.

"전 괜찮아요."

내가 의사에게 말했다.

"공황 발작이 와서 그래요. 확실히 전 발작에 취약하네요."

"의식을 잃었다면 최대한 빨리 병원에 가보라고 말씀드리고 싶군요. 누굴 불러드릴까요?"

"제가 알아서 할게요."

난 이렇게 말했지만 그 말의 일부만 사실이다.

"제가 택시를 불러드릴게요."

웨이터가 말했다.

"됐어요."

내가 대꾸했다.

"괜찮아요, 그렇게 하세요."

그가 요구했다.

난 이를 악물었다.

"부탁인데 그러지 마세요. 계산서나 가져다주세요."

의사의 의구심 어린 눈빛을 무시한 채 난 술값을 내고 집으로 돌아가는 해변을 따라 절뚝거리며 걸었다.

고통이라는 건 사라지고 나면 정확히 기억할 수 없으니 참 우습지 않나? 절개 부위가 많이 아프지 않을 때는 씁쓸한 결말로 가는 고통을 견딜 수 있을 거라 쉽게 믿었다. 하지만 지금 다시 새롭게 절개를 한 것 같고, 한 시간 혹은 하루도 견딜 수 있을지 확실하지 않았다.

난 시리얼을 한 그릇 담았지만 먹으려고 생각하니 속이 메스거려 그냥 식탁 위에 올려두고 침실 거울 앞으로 갔다. 나로 보이는 잿빛의 지친 여성이 경계심이 가득 담긴 표정으로 서 있었다. 몸을 돌리자 날카로운 고통이 사타구니를 타고 다리로 번져서 암이 퍼지는 게 아닌지 궁금해졌다. 의사를 만나야 한다.

난 절뚝거리며 밀라그로스의 집으로 갔다.

"계세요?"

그녀의 방충망 덧문 앞에서 소리쳤다.

"누구 없어요?"

그녀가 문을 열고 나왔다.

"세상에!"

그녀가 날 보고 소리쳤다.

"그러게요. 몸이 아주 안 좋아요."

"퉁퉁 부은 황새치 같아, 자기."

"재밌네요. 지금 제 배 속이 그런 느낌이거든요. 괜찮은 의사를 아세요?"

"나더러 의사를 아냐고! 나더러 의사를 아냐고!"

그녀는 소리를 지르며 방방 뛰었다.

"섬에 있는 의사 세 명을 전부 알고 내가 제일 좋아하는 의사한테 데려다줄 수도 있어. 내가 태워다줄게."

"제가 운전할 수 있어요."

그녀가 날 향해 손가락을 흔들었다.

"그건 안 될 말이야. 내가 사랑하는 사람들이 여기 살고 있는데 자기한테 그들 중 한 명을 치게 할 기회를 줄 수 없어."

언쟁은 해서 뭐 할까? 난 그녀의 낡은 쉐보레 픽업트럭에 올라탔고 그녀가 날 병원으로 데려다주었다. 밀라그로스는 내가 계단을 올라 안으로 들어가게 도와주었다. 내가 할 수 있는 거라고는 그녀가 진료실 안으로 따라 들어와 내 손을 계속 잡고 있지 않도록 밖에서 기다리게 하는 것뿐이었다.

난 혼자 들어갔다. 검은 곱슬머리에 주름 하나 없는 여성이 자신을 에르난데스 박사라고 소개했다.

"전, 어, 그러니까 종양을 제거했는데 그 부위가 많이 아파요."

내가 셔츠를 들어 올리며 말했다.

"돌아가면 주치의에게 갈 거예요."

난 작은 거짓말을 했다.

"그렇지만 그 전에 고통을 줄일 수 있는 걸 좀 주셨으면 해요."

의사가 내 절개 부위를 살핀 다음 손가락으로 눌러보았고, 난 이를 악물며 머릿속으로 그녀를 걷어차지 말라고 되뇌었다.

"감염이 돼서 아픈 겁니다. 적어도 일주일 전에는 실밥을 풀었어야 해요."

"녹는 실밥인 줄 알았어요."

"이건 다른 겁니다. 고통을 줄일 부분 마취제를 사용할 거예요. 마취를 할 동안은 아프겠지만 하고 나면 훨씬 좋아질 거예요."

의사가 커다란 주사기를 내 배에 꽂고 이리저리 밀어넣자 피부 안으로 차가운 액체가 흘러들었다.

"그래도 여전히 아파요."

의사가 바늘을 뽑을 때 내가 헉하고 숨을 내쉬며 말했다.

의사는 다 쓴 주사기를 의료용 쓰레기통에 던져넣은 뒤 내게 미소를 지었다.

"하지만 이젠 아프지 않죠?"

고통이 사라지면서 찌릿한 자극이 오자 난 살짝 인상을 썼다. 어쩌면 부분 마취제가 이후 몇 달간 내가 헤쳐나갈 수 있게 도와줄지 모른다. 하지만 우선 샌더스 박사가 아닌 다른 내과의, 명시적 접근이 아닌 임시변통으로 치료를 해줄 그럴 사람을 찾아야 한다. 아마도 찾기 힘들 거다.

에르난데스 박사는 집게로 내 피부에서 피가 묻은 실밥을 떼어내고는 상처를 소독하고 일주일간 연고를 바르고 새 반창고를 붙이라고 알려주었다. 그녀가 항생제 처방전을 건넸다.

"이걸로 감염은 뿌리 뽑을 수 있어요. 하루 이틀 지나면 괜찮아질 거지만 마지막 한 알까지 빠짐없이 복용하세요. 조심하지 않으면 절개 부위가 더 나빠질 수 있어요. 환자가 약을 먹지 않아서 패혈증 쇼크가 온 경우도 봤습니다."

난 이처럼 희망적인 정보를 준 것에 감사한 다음 대기실로 나왔다.

"다 끝났어요."

내가 밀라그로스에게 말했다.

그녀가 고개를 끄덕이더니 내게 팔짱을 꼈다. 난 나이 지긋한 여성에게 기댔고, 그녀가 마치 어린아이를 다루듯 조심스럽게 날 부축하며 우리는 병원을 나왔다. 내가 쉐보레 트럭에 올라 타는 걸 밀라그로스가 도와주는데 눈물이 났다. 부드럽고 다정하고 온화한 보살핌 때문이다. 내가 받아본 적이 없는 대우를 떠올리게 하지만 동시에 위로가 되어주었다. 그 순간 내가 간절히 바란 것은 남편이 커밍아웃을 하기 전의 내 삶도, 샌더스 박사의 진료실에 들어서기 전의 인생도 아니었다.

이 세상에서 날 가장 사랑해주는 두 사람, 폴과 아빠도 아니었다. 바로 엄마였다.

밀라그로스는 내가 아파서 우는 것이 아니라는 점을 이해한 듯 보였다.

"괜찮아, 자기. 그게 뭐든 다 잘될 거야. 당신은 여기 있어. 여기 살아 있다고."

"그게 문제예요."

난 손바닥으로 얼굴을 가린 채 말했다.

"전 살아서는 안 돼요."

난 비행기 사고와 하이킹을 갔을 때 트럭에 치일 뻔한 일을 떠올렸다. 암을 제외하고 이것들이 내가 짧고 특별하지 않은 삶을 살 팔자라는 걸 보여주는 증거가 아닐까?

"누가 그래?"

밀라그로스가 화내지 않고 물었다.

"다 끝나서 더는 당신이 없을 때까지는 제대로 살아 있는 거야. 왕자든 거지든, 우린 전부 똑같아."

이 말이 사실이라면 난 왜 비포장도로를 달려 카리브해 한가운데의 작은 섬으로 왔을까? 왜 엄마처럼 나도 급속도로 엄청나게 피폐해지며 죽어야 할까?

창밖을 보며 야생마를 찾아보았지만 어떤 숨은 징조도, 답도 보이지 않았다. 나무와 덤불과 포도덩굴이 끝없이 펼쳐진 하나의 푸른 선으로 뭉뚱그려졌다.

# 23

엄마는 집에서 세 시간 거리인 디트로이트 외곽 교외의 한 묘지에 조부모님과 엄마의 친척들 근처에 묻혔다.

그건 우즈베키스탄에 묻힌 것과도 같다.

묘지까지의 물리적 거리가 엄마와의 소통을 의미하는 것은 아니지만 난 아직도 화가 가시지 않았다. 엄마가 내게서 한 번 더 멀어진 것 같아서다.

어쩌면 그런 이유로 엄마가 죽고 난 뒤로 몇 달간(아니 우리 가족이 죽고 난 뒤라고 하는 게 더 맞는데, 정말로 우리도 엄마 옆에서 죽은 거나 다름없었다) 아빠는 우리가 원할 때면 최대한 자주 나와 폴을 묘지로 데려갔다. 그렇게 몇 달간 지친 주말 여정을 한 뒤 아빠는 이제 안 된다고 말했다.

"아빠 지치는구나. 우리가 너무 오래 머물러서 아빠의 사촌들에게 미움을 사고 있어."

우리가 엄마를 찾아갈 때면 늘 묵는 친척 집을 말하는 거였다.

"좀 있다 다시 가자. 그러니 지금은 가지 않아도 되겠지?"

난 괜찮지 않았지만 그렇다고 말하지 않고 가위로 내 머리카락을 자르는 걸로 화를 달래려고 했다. 폴은 커져가는 재앙을 감지하고 내가 머리를 반쯤 자르고 있을 때 화장실로 들어왔다. 그는 말없이 가위를 달라고 손을 뻗었다.

"아빠가 우릴 엄마에게 데려다주지 않아서 그랬다고 말하면 안 돼."

폴이 내게 당부하더니 최선을 다해 내가 환풍기에 머리카락이 걸려서 엉망이 된 것처럼 보이지 않게 하려고 애썼다.

"알았어."

"리비, 부탁이야."

폴이 가위질을 하면서 말했다.

"그러지 마. 아빠는 이미 속이 많이 상했어. 머리카락에 껌이 붙은 척해. 곱슬머리를 묶는 게 너무 힘들다고 말해. 그냥. 이건 묘지에 가지 못한 것과 상관없는 거야. 알겠지?"

난 대답하지 않았지만 저녁에 아빠를 봤을 때 젊은 빌리 크리스탈(영화〈해리가 샐리를 만났을 때〉의 남자 주인공)처럼 활짝 웃으려고 노력했다. 그러자 아빠도 웃어 보였고, 난 폴이 우리 세 사람을 쓸데없는 불구자가 되지 않도록 구했다는 것을 깨달았다.

그게 폴이다. 상황을 수습하고 날 구해주는 사람. 난 그가 필요하고, 어쩌면 더 중요한 건 상당히 의구심이 커진 톰이 내가 감추고 있는 끔찍한 소식을 폴에게 발설하지 않도록 만드는 거다.

밀라그로스가 날 데려다주고 항생제와 이부프로펜을 한 움큼 건네고 돌아갔을 때 어쩔 수 없이 폴에게 전화를 했다. 하지만 그가 전화를 받았을 때 말이 나오지 않았다. 난 침대 끄트머리에 앉아 전화기 너머로 울었다.

"괜찮아. 털어놔."

폴이 다정하게 말했다.

"솔직히 네가 우는 소리를 들어서 안심이 돼. 이 일이 너한테 얼마나 끔찍한지 난 알아. 계속 참고 있는다고 해결되는 건 아니거든."

"으흐흐흐흑!"

난 서럽게 울었고, 폴이 톰 이야기를 해서가 아니라 내가 끔찍한 일을 겪고 있다고 말해주니 안심이 되어서다. 그랬다. 배에 난 상처가 아픈 만큼 가슴도 아팠다. 종양처럼 내 속에 남은 일말의 희망이 찢겨나가고 그 자리에 입을 크게 벌린 구덩이와 말할 수 없는 욱신거림만 남았다.

그러나 그 사실을 입 밖으로 꺼내 인정하지 않았다. 매번 폴에게 무슨 일이 있었는지 말하려고 할 때면 그에게 숨기고 싶다는 부끄러움이 점점 더 깊어졌다. 난 침대 이불 아래서 몸을 웅크리고 울었고, 폴은 내 울음소리를 들으며 간간이 위로가 되는 말을 건넸다.

"아직 비에케스에 있어?"

가장 처절한 울부짖음이 잦아들자 폴이 물었다.

"응."

내가 코를 훌쩍이며 대답했다.

"그렇구나. 곧 떠날 거야?"

"모르겠어. 뭘 해야 할지 모르겠어. 지금은 아주 엉망이야."

"쉬잇, 넌 엉망이 아니야. 괜찮아. 거기 있어. 우리가 어떻게 할지 알아보자. 우린 항상 그래왔잖아. 안 그래?"

"고마워."

내가 속삭였다. 전화기에 콧물이 묻었고, 부끄럽든 그렇지 않든 폴에게 내 병을 알릴 때는 이렇게 하지 않아야 한다는 점이 분명해졌다.

"나중에 전화해도 돼?"

"물론이지. 갑자기 연락도 없이 다른 나라로 휙 떠나지 않겠다는 약속 한 가지만 해."

"푸에르토리코는 미국령이야."

내 나라도 아닌 곳을 방어하는 기분을 느끼며 난 말했다.

"네가 그렇다면야. 아무튼 내가 많이 사랑하는 거 알지."

"내가 더 사랑해."

난 이렇게 대꾸했고, 그건 사실이다.

항생제가 마법처럼 작용하기 시작했다. 다음 날 아침 일어나 보니 밥을 먹을 수 있었다. 심지어 샤워도 하고 아파서 움찔거리는 일도 없이 옷을 입었다. 난 한동안 해변을 걸은 다음 차를 몰고 시내로 가서 처음 혼자 식사를 했던 카페에서 이른 점심을 먹었다.

조용한 평일이었고 사람들을 구경하려고 해도 별로 없어서 난 가방에서 소설책을 꺼냈다. 잠시나마 잘못된 운명으로 엮인 연인의 불운에 빠져 있다가 그 연인이 외설물에나 나올 법하게 문학적으로 격렬하게 섹스를 시작하면서 난 실로에 대한 생각에서 벗어났다. 다른 우주, 내가 결혼을 하지 않고 속에 시한폭탄을 품고 있지 않은 그런 행복한 상황에서 그를 만났더라면 좋았을 것을. 그러나 난 우리가 다른 상황에서도 함께하지 못할 것을 알았다.

가방에서 휴대전화를 꺼내 그에게 걸었다. 그는 졸린 목소리였다.

"리비, 잘 지내요?"

"음, 괜찮아요."

"괜찮다고?"

"그게… 어제 좀 실신을 해서 결국 병원에 갔었어요. 지금은 많이 좋아졌으니 걱정 말아요."

실로가 낮게 한탄했다.

"그럴 줄 알았어요."

"뭘 알았다는 거죠?"

"점점 나빠지고 있잖아요."

그래, 점점 나빠지고 있지. 난 속으로 생각했다. 난 죽어가고 있으니까.

"전혀 그렇지 않아요."

난 쾌활하게 들리길 바라며 말했다.

"의사 말이 절개 부위가 감염이 됐대요."

"맞죠? 본토로 돌아가요, 리비. 이제 치료를 해야 할 때가 되었어요."

"아무것도 안 할 거예요. 이제 비에케스에 2주일 정도밖에 더 있지 못하니 즐길 거예요. 아니, 아예 여기 눌러앉을지도 모르고."

그런 생각은 해보지 않았지만 일리가 있었다. 비에케스는 내 천국의 문이고 여기에 오래 있을수록 다른 곳은 더 가고 싶지 않았다. 이곳이 모든 걸 끝내기에 이상적인 장소다.

"아니."

실로가 단호하게 말했다.

"당신은 떠나야 해요. 두려워할까 봐 두려워서 좋지 않은 결정을 내리지 말아요."

난 발가락을 모래 속에 파묻었다.

"참 터무니없는 소리를 하는군요."

난 속이 상했다. 대체 무슨 의미로 그런 말을 한 걸까?

244

"그래요? 내 말이 터무니없다고요? 당신은 이미 고통을 견디고 있으니 고통이 무서워서 그러는 게 아니잖아요."

난 냉장고 속에 들어 있는 커다란 약병을 생각했다.

"난 고통을 느꼈지만 훨씬 좋아졌어요. 항생제가 제대로 치료를 해줬어요."

"듣던 중 반가운 소리네요. 하지만 고통이 줄었다고 해서 암이 사라진 건 아니에요. 약해지는 것이 싫어서 당신은 치료를 미루는 것 같아요. 당신이 두려워하는 건 화학 치료나 방사선 요법이 아니라 다음에 닥칠 일이 무엇인지 모르는 두려움을 스스로 느끼게 하는 걸 꺼리는 거예요. 부디 그 감정을 피하려고 최악의 시나리오를 선택하지 말아요. 당신이 헤쳐 나가는 걸 봐줄 사람이 있잖아요. 나도 그들 중 한 명이고."

내 눈에 눈물이 고였다.

"그렇게 놀랍게 부정확한 분석을 해줘서 정말 고맙군요, 프로이트 씨."

"그러지 말아요, 리비."

"뭐 난 그리 좋은 사람은 아니니까요."

"난 그 말 믿지 않아요."

"믿어, 이 남자야."

"리비."

실로가 천천히 말했다.

"이 대화가 더 안 좋게 흘러가기 전에 그만 끊어야겠어요.

부탁이니 내가 한 말을 잘 생각해봐요."

"알았어요."

"고마워요. 금방 연락할게요, 괜찮죠? 잘 지내요."

그는 날 보러 비에케스로 오겠다는 말을 하지 않았고, 그 말을 듣고 싶었던 난 대꾸하지 않았다. 그는 침묵을 메우는 대신 조용히 작별 인사를 하고 전화를 끊었다.

난 휴대전화를 뚫어져라 쳐다보았다. 몇 초가 흐르고 몇 분이 지났다. 눈물을 흘리거나 전화기를 모래사장으로 집어던지지 않고 가만히 그 자리에 앉아 있었다. 무감각하게.

사랑이 용기를 주지만 그건 부질없어지고 남은 부스러기는 독수리가 채 가버린다. 난 알고 있었다. 그 점을 톰이 내게 알려준 지 불과 몇 주밖에 지나지 않았으니까.

내가 어떻게 할 수 있을까? 또다시 탈피를 한다고 해도 빈 껍데기만 남은 혼자라는 사실만 더 명백해질 뿐이다.

# 24

"밀라그로스? 계세요?"

방충망을 통해 소리쳤지만 내 목소리에 반응하는 사람은 없었다. 실로와 통화를 한 후 긴 이틀이 지났고 스페인어 수업을 하면 그와 주고받은 날 선 대화를 마음속에서 잊어버리는 데 도움이 될 거라고 생각했다. 다른 사람에게는 인정하지 않았지만 솔직히 조금 지루했다.

섬에 있는 대부분의 레스토랑에 가봤고 조개껍데기도 충분히 모았고 거리가 멀어서가 아니라 내 느낌에 다리가 아파 더는 걷지 못할 때까지 해변을 걸었다. 내가 정말로 정해지지 않은 기간 동안 같은 일상을 반복할 수 있을까? 게다가 그걸 혼자 해야 한다면? 난 고독한 임무를 위해 비에케스로 왔다가 실로를 알게 되었고, 그가 없으니 모든 게 잘못된 것 같은 기분이 들었다.

이상하게도 난 일이 그리워졌다. 당연히 일 자체나 상사인 재키가 아니라 일상의 체계 말이다. 목적 말이다. 밀라그로스의 집에서 돌아오는 길에 내 목표가 무엇이었는지 의구심이 생겼고 지금 난 실직한 상태고 유통 기한은 현저하게 줄어들었다. 어쩌면 난 드디어 요리를 배우거나 아니면….

배에서 날카로운 고통이 퍼져나가며 내 유일한 삶의 목표에 대해 알려주었다. 바로 생존이다.

아니, 아니, 아니야. 생존이라는 말이 마음속에 떠오를 때 스스로와 실랑이를 벌였다. 이건 옳지 않아. 놀고 싶어 하는 생물학적 욕구나 기능하지 않는 자궁을 가지고 자식을 낳으려고 하는 욕구와 같은 게 목표지. 생존이란 없어. 생존하지 않는다는 용어만 있지.

그 생각만 해도 지쳐서 난 집 안으로 들어가 곧바로 침대에 누운 뒤 눈을 감았다. 재빨리 깊은 수면에 빠졌고, 2시간 뒤에는 정신이 혼미하고 배가 고파 죽을 지경이 되었다. 스파게티 오 통조림 한 통을 그릇에 붓고(극심한 절망의 순간에 작은 슈퍼마켓에서 이 즉석 스파게티를 네 캔 샀다) 그걸 들고 뒤편 현관 소파로 가서 배 위에 그릇을 올리고 아무렇게나 입안으로 떠 넣었다. 유리문을 통해 카이트 보더가 물살을 이리저리 가르는 모습을 지켜보았다.

내 주변 시야로 무언가가 쏜살같이 지나갔고, 아마도 도마뱀이거나 다른 카이트 보더겠지만 난 방어용 무기로 쓸 만한 큰 물건이 주변에 없는지 두리번거렸다. 그러다 유리 너머로 어떤 빌어먹을 범죄자가 숨어 있는지 보려고 몸을 돌렸는데,

날 빤히 쳐다보는 폴이 눈에 들어왔다.

맙소사, 난 너무 놀라 소파 아래로 떨어졌다. 폴이 파티오 문을 잡아당겼지만 잠겨 있었다. 내가 바닥에서 몸을 추스를 동안 그는 어리벙벙한 표정으로 서 있어서 곧바로 난 그가 암에 대해 전혀 알지 못한다는 사실을 깨달았다.

그는 여전히 내가 여기 온 것이 톰 때문이라고 생각한다! 잘됐다. 내 사연은 준비가 되었을 때 말하면 된다. 난 몸을 일으켜 세우며 하복부를 찌르는 통증이 없는 것처럼 굴었다. 찡그린 표정을 억지로 미소로 바꾸며 난 파티오 문을 열었다.

"정말 너야?"

포옹을 해주기에는 복부 통증이 심해서 가볍게 그의 팔을 잡으며 물었다.

"네가 진짜 푸에르토리코로 날아온 거야?"

폴은 아주 중요한 고객이 아스펜으로 초대를 했을 때도, 투자자들이 유럽이나 홍콩으로 오라고 요구했을 때도, 찰리가 일 때문에 로스앤젤레스에 머물렀을 때도 비행기를 타지 않았다. 아빠가 뉴잉글랜드로 이사를 한 건 폴이 차로 갈 수 있는 거리였던 이유도 있었다. 그런 폴이 날 위해 비행기를 탔다니. 감격해야 할지 걱정해야 할지 모르겠다. (내 목소리가 그렇게 끔찍했나? 아마도 그랬나 보다고 난 결론지었다.) 그렇지만 엄청 안심이 되었다. 내 쌍둥이 형제가 이 재앙에서 날 도와주려고 이곳에 왔다. 불행히도 아직 내 재앙을 모르지만.

"당연히 나지."

그는 포옹하면 내가 얼마나 아픈지 모르는 채로 두 팔로 날 감쌌다.

"그래, 맞아. 내가 널 위해서 그 커다란 죽음의 덫 안에 발을 들였어."

내 얼굴을 살피더니 폴의 미소가 사라졌다.

"리비, 출혈이 있어?"

난 입 아래 피부를 만져보고 잠시 내 손가락을 쳐다본 다음 입에 묻은 주황색 붉은 얼룩을 알아차렸다.

"아니, 이건 토마토소스야."

그러자 폴이 목이 사라지는 재주를 선보였다.

"너무 섬세했군. 넌 내가 생각했던 것보다 더 상태가 엉망이야."

"난 괜찮아."

내가 발끈했고, 이 말을 하고 조금 지나 실로가 파티오 입구에 나타났다.

난 살짝 놀랐다. 그가 돌아왔다! 마침 내 동생이 있을 때! 난 그에게 들어오라고 손짓했다.

"폴, 이쪽은 실로야."

그가 일광욕실로 들어올 때 내가 말했다.

"실로, 폴이에요."

"사실 우린 만난 적이 있어요."

"두 사람이, 뭐라고요?"

난 폴을 쳐다보았고 그는 어쩔 줄 몰라 했다.

"뭐 어때서? 난 너한테 묻지 않고 네가 어디에 있는지 알아내야만 했어. 오지 못하게 할 게 뻔하니까. 사실 푸에르토리코에 실로라는 이름의 조종사가 그리 많지 않았어. 그를 찾는데 3분이면 됐지. 그와 부두에서 만났고 날 여기까지 데려다 줬어."

내가 이글거리는 눈초리로 쳐다보자 실로는 옅게 미소를 지었다.

"잘됐네."

난 차갑게 말했다.

"그를 잠시만 빌려도 될까?"

난 실로의 팔을 잡고 침실로 끌고갔다.

"이쁜이, 진정해요."

우리 둘만 있게 되자 실로가 속삭였다.

"폴한테 말했어요?"

"사람을 좀 믿어요. 내가 할 일이 아니잖아요."

난 한숨을 쉬었다.

실로가 문을 쳐다보더니 다시 내게로 시선을 돌렸다.

"그에게 말해야 해요."

"알아요."

"농담 아니에요, 리비."

"말해서 치료를 받으라고 같이 설득하게요?"

그가 내 눈을 똑바로 보았다.

"그게 최악의 결과는 아니니까요."

"최악의 결과가 뭔지 우리는 이미 알고 있고, 그 끝을 향해 내 몸이 초고속으로 돌진하고 있어요."

"그건 모르는 일이에요."

"하지만 의사 말이…."

"의사가 뭐라고 했는지는 나도 알아요. 하지만 당신은 추가로 촬영을 하지 않았잖아요? 그들이 당신의 림프절을 확인했나요? DNA 테스트를 했어요?"

"이란-콘트라 사건이 있었던 옛날에 투병한 사람치곤 상당히 많이 알고 있군요."

"비꼬는 말은 그만둬요, 리비."

그가 아주 침착하게 말했다.

"거실에서 쌍둥이 남동생이 기다리는데 우리가 여기 오래 있을수록 그는 대체 뭘 하는지 더 궁금해할 거예요."

난 실로를 한 대 칠 뻔했다. 그럴 뻔했다. 하지만 그러지 않았고 아랫입술이 떨리고 슬픔의 안개가 가슴과 머리에서 뿜어져 나와 눈물이 되었다.

"지금 나더러 어쩌란 말이에요?"

내가 속삭였다.

"이 방에서 나가 폴과 시간을 보내요."

실로가 대답하며 내 등에 부드럽게 손을 올렸다.

"공식적으로 그는 당신이 이별 때문에 힘들어서 여기 와 있다고 생각해요. 그렇지만 이쁜이…."

내 애칭이 다시 돌아왔다. 적어도 지금은 우리 사이가 괜찮은 거다.

"네?"

그는 엄지손가락으로 내 눈물을 닦아주고는 이마에 가볍게 입을 맞췄다.

"그에게 말해요. 지금 당장."

✦

"너무 말이 없네."

주방 아일랜드 맞은편에서 폴이 날 살피며 말했다. 실로는 침실에서 나온 뒤 섬 반대쪽에서 친구와 만나기로 했다며 곧바로 자리를 떴다.

"내가 온다는 말을 안 해서 아직 화난 거야?"

"아니, 아니야. 그냥 배가 고파서 그래."

난 방금 막 파스타 한 통을 해치우지 않은 사람처럼 머리를 냉장고에 처박은 채로 말했다.

"배고플 때 내가 어떤지 알잖아."

얇게 썬 파파야가 든 용기와 요구르트를 지나 파인애플주스 병을 꺼냈다. 찬장에서 하루 전에 사둔 럼도 가져왔다.

식탁 위로 술을 내려놓는 나를 폴이 가만히 지켜보았다.

"럼이야? 열두 살 때부터 너한테 마시게 하려고 노력했는데. 열대 섬에 떨어뜨려놓으니 이렇게 쉽게 마실 줄 알았으면 수년 전에 그렇게 했을 거야."

"섬과 실패한 결혼 덕분이야."

난 이렇게 대꾸하고 잔 두 개에 럼을 따르고 그 위로 파인 애플주스를 부었다. 그의 시선을 피하며 한 잔을 앞으로 밀었다.

폴은 얌전하게 한 모금 마시고 살짝 뱉더니 술을 다시 식탁 위에 내려놓았다.

"술이 밥은 아니라는 거 알지? 아직 말 안했는데, 네 허벅지가 말라서 사이가 붙지 않는 것도 걱정이야. 마른 건 좋지 않아, 리버스."

난 다리를 슬쩍 내려다보았고, 초등학교 4학년 이후 처음으로 다리 사이에 틈이 생긴 것을 눈치챘다.

"네가 그렇다면야. 그건 그렇고 일은 어때?"

"일은 일이지. 일이 내 삶을 잡아먹고, 매 순간 은근 즐기고 또 싫어하니 뭐 늘 똑같아. 그보다 더 중요한 게 있어. 넌 어떤데?"

난 크게 한 잔을 들이키며 그의 질문을 무시했다.

"찰리랑 조카들도 데려오지 그랬어? 다 같이 얼굴도 보고 좋았을 텐데."

"찰리는 촬영 중이야. 찰리 없이 혼자 토비와 맥스를 돌볼 수 없어. 특히나 비행기에선. 게다가 난 조용히 우리 둘이서 시간을 좀 가지면 좋을 거라고 생각했어."

"내가 망가질까 봐 걱정이 돼서 그랬겠지."

얼굴이 달아올랐고 맥박이 빠르게 요동쳤다.

"널 사랑해서 그랬어, 멍청아. 날 보고도 왜 기뻐하지 않는 거야?"

"기뻐."

"그런데….."

폴이 덧붙였다. 내가 아무 말이 없자 그는 아일랜드 식탁 맞은편에서 나와 나란히 해변을 보려는 것처럼 내 옆에 와서 섰다.

"립스, 왜 그래? 톰이 벌써 다른 사람이랑 자기라도 했어? 그 빌어먹을 놈이 이혼하자고 소송을 걸었어? 아니면 실로가 무슨 이상한 종교 집단에 널 가입시키기라도 한 거야?"

난 살짝 웃음을 터트렸다.

"아니, 전혀 그런 거 아니야."

"그럼 뭔데? 말해봐. 이 결별로 우울해하는 건 확실히 알겠는데, 그거 말고 다른 뭔가가 있는 게 느껴져."

뒤늦은 깨달음이라는 것이 있다. 엄마의 자궁에서 나와 같이 수정란을 거쳐 인간이 된 바로 그 사람에게 진실을 감출 수 있을 거라 생각한 내가 멍청했다. 그렇지만 폴이 내 앞에 있고 개가 두려움의 냄새를 감지하듯 그가 내 속임수를 알아차린 상태에서 난 진짜로 그에게 말해야 할지 고민했다. 내 끔찍한 상태를 계속 숨길 거라면 그를 최우선으로 보호해야 하는 게 아닐까?

"음, 그게 그러니까…."

"젠장, 립스. 날 속이려는 거야?"

폴이 자기 엉덩이 위에 손을 올리고 인상을 찌푸렸다. 내가 그의 미니언 중 한 명이었다면 그는 벌써 날 집 밖으로 내던졌을 거다.

그렇지만 여전히 입이 떨어지지 않았다.

"해변으로 나가자."

난 폴에게 이렇게 말했다.

손에 잔을 든 채 우리는 물가로 걸었다. 늦은 오후라 구름 아래로 햇살이 줄어들었다. 해변은 거의 비었고 우리는 물가에 서서 발로 밀려드는 파도를 맞았다.

"네 말이 맞아. 톰 때문이 아니야. 난 아파, 폴."

그 소리에 그가 돌아보았지만 난 눈을 똑바로 쳐다보지 못했다.

"이를테면 머릿속이?"

"농담 아니야."

"리비, 지금 네가 하려는 말이 내가 생각하는 것이 아니라

256

고 말해줘."

"알았어. 난 암이 아니야."

폴이 숨을 들이마셨다.

"당연히 아니지."

난 모래를 걷어찼다.

"거의 확실히 그렇다고 말해서 미안해."

"언제 나한테 말하려고 했어?"

"알잖아. 내가 죽은 직후에."

그는 술이 가득 든 잔을 바다로 집어던졌다.

"젠장, 리비. 젠장. 그래서 요즘 그렇게 위태위태했구나."

"미안해."

난 소심하게 말했다.

폴은 2분 정도 아무 말도 하지 않았다. 폴이 마침내 다시 날 쳐다봤을 때 그 고통스러운 표정을 보니 내가 암이 아니라 빠르게 움직이며 살을 파먹는 박테리아에 감염되어 그 자리에서 곧바로 잡아먹히는 게 나았다는 생각이 들 정도였다.

"어떤 암이야?"

"넌 한 번도 들어보지 못한 거야."

그는 주머니에서 휴대전화를 꺼냈다.

"검색해볼게."

"지금 찾아보지 마."

난 내가 인터넷에서 본 이미지들을 떠올리며 부탁했다. 어쨌든 그에게 병명을 말해주고 볼이 벌겋게 상기된 채로 가만히 서 있었다. 그는 손안의 작은 화면을 뚫어져라 쳐다보았다.

폴이 한숨을 쉬고는 휴대전화를 다시 바지 주머니에 넣었다.

"알았어. 우리가 해결하는 거야. 마운트 시나이 병원에 근무하는 고객이 있는데 그가 뉴욕에서 가장 권위 있는 종양학자를 알 거야. 아니면 메이오클리닉이나 시애틀에 있는 프레드 허친슨에 가도 되고. 우리가…"

"싫어."

"싫다니, 무슨 말이야?"

"말 그대로야…. 싫어."

폴은 날 붙잡고 흔들고 싶다는 표정을 지었다.

"유감이지만, 리비. 이건 네가 선택할 수 있는 문제가 아니야."

"아니, 할 수 있어. 내 인생이야."

"지금 무슨 말을 하는지 알고는 있는 거야? 미친 사람이 하는 소리처럼 들려."

"너한테 말하는 게 아니었어."

"넌 제정신이 아니고 이건 톰의 잘못이야."

그는 나와 자신에게 말했다.

"넌 그냥 하나의 큰 트라우마를 겪은 거야."

"두 개의 트라우마지."

내가 정정해주었다.

"이건 톰의 잘못이 아니야. 그가 내게 호의를 베풀어준 거지. 그러지 않았다면 난 진실을 알지 못한 채로 죽었을 거야."

난 이렇게 말했지만 정반대가 사실이었으면 좋겠다고 바라는 내 마음을 알았다. 그래, 내게는 폴이 있다. 하지만 내가 그를 사랑하고 의지하는 것만큼 가장 필요로 할 때 내 옆에 있어주는 인생의 동반자인 남편과는 같지 않다. 톰이 날 들뜨게 해주었다. 정말로 그는 내가 그 세월 동안 긍정적으로 살 수 있게 해준 유일한 사람일 거다. 그의 사랑은 끊임없이 이런 메시지를 잠재의식 중에 내보내는 것 같았다.

"봤지, 리비? 너희 어머니는 돌아가셨지만 널 위해 일이 순리대로 풀리고 있잖아."

그런데 지금 내 인생이란 뗏목은 날 물 밖으로 던져버리고 엉뚱한 방향으로 가고 있다. 폴에게는 그렇게 말했지만 톰이 동성애자라는 사실을 알지 못하고 세상을 떠나는 편이 한층 편했을 것이다.

내가 울음을 터트리자 곧바로 폴이 내 옆으로 와서 달래주었다.

"우린 헤쳐나갈 수 있어, 립스. 우리는 반드시 극복할 거야."

난 한동안 울었다. 눈물을 닦고 그를 쳐다보았다.

"농담 아니야, 폴. 난 치료를 받지 않을 거야."

그는 한 걸음 물러서서 사납게 날 노려보았다.

"뭔 헛소리야, 립스! 어쩌면 그렇게 이기적일 수가 있어?"

"나도 조금이나마 이기적이면 안 돼?"

"잠시면 그래도 좋아! 하지만 영원히? 그건 말도 안 돼! 몰라서 그래?"

폴은 이제 울고 있었다.

"제발 그만해."

짭짤한 눈물이 입속으로 스며들었다.

"난 울 거야! 내버려둬!"

폴이 소리를 질렀다. 그리고 주변을 살폈다.

"뭘 하는 거야?"

그가 나갈 길을 찾는 것을 모르는 척하며 내가 물었다.

"갈 거야."

폴이 웅얼거렸다.

"간다고? 무슨 말이야? 여기서 네가 갈 곳은 아무 데도 없잖아."

폴은 이미 걷고 있었다.

"호텔이 있거든."

그가 어깨 너머로 말했다.

"호텔은 어떻게 갈 건데?"

내가 엉덩이에 손을 얹고 물었다.

"두 발로 걸어서!"

하지만 폴은 그냥 가버린 적이 없어. 난 이렇게 생각하면서 반대편으로 서둘러 걷는 동생을 지켜보았다.

"폴!"

내가 소리쳤다.

"그러지 마! … 돌아와!"

그가 멈춰 서서 몸을 돌렸고, 그 찰나에 난 폴이 마음을 바꿨다고 생각했다. 하지만 그는 이렇게 소리쳤다.

"네 계획이 얼마나 어리석은지 생각할 시간을 하루 줄게. 그다음 나랑 같이 비행기를 타고 뉴욕으로 가는 거야."

난 고개를 저었다.

"난 아무 데도 안 가."

"맘대로 해."

폴이 몸을 돌리고 도로 쪽으로 걷기 시작했다.

"폴! 폴!"

내가 소리쳐 불렀지만 그는 벌써 가고 없었다.

# 25

실로에게 전화를 걸까 하다가 치료에 대한 내 입장을 이해하지 못하는 또 다른 사람과 대화를 나눌 생각을 하니 우울했다. 항생제 한 알을 먹고 남은 럼도 거의 다 마셨다. 아무리 술을 들이켜도 가슴속 고통이 사그라지지 않는다는 점이 분명해지자 수면제 한 알을 삼키고 옷도 벗지 않은 채로 잠자리에 들었다.

문을 두드리는 소리에 잠에서 깼다. 밖은 어두웠고 자명종의 붉은 숫자가 오전 5시 43분이라고 알려주었다.

폴이다.

난 침대 밖으로 나왔다.

그는 어제 입었던 얇은 울 바지에 지금은 주름이 진 버튼다운 셔츠 차림으로 문 앞에 서 있었다. 눈이 충혈되었고 검은 곱슬머리가 사방으로 뻗쳤다.

"지금 내 기분처럼 뜨거운 몰골이네."

그는 날 지나쳐 주방으로 들어간 뒤 불을 켰다.

"장담하는데 네 기분이 좋지 않은 만큼 형제의 암을 알게 된 사람으로서 내 기분이 더 엿같다는 걸 알려줄게."

"우리 둘 중 죽는 사람은 한 명이야."

그가 있는 주방으로 들어서며 내가 말했다.

폴이 아일랜드 식탁 맞은편에서 날 노려보았다.

"그건 정확하지 않아."

"어째서 그렇지?"

"넌 죽지 않아, 리비. 넌 내게 남은 전부야."

"그건 사실이 아니야. 찰리는 어쩌고? 애들은?"

폴이 몸을 구부려 팔꿈치를 식탁 위에 올린 다음 눈을 비볐다. 그가 날 쳐다보았다.

"넌 엄마가 내게 남긴 전부야. 아빠도 있다는 말은 하지도 마. 그건 다른 문제라는 걸 너도 알잖아."

"아."

"우리가 한 몸과 같다는 걸 이제 너도 아니까 다시 물어볼게. 왜 이러는 거야?"

난 뭐라고 대답해야 할지 몰라서 폴에게 같이 침실로 가자고 했다. 〈이 투 마마〉를 꺼낸 뒤 서랍장에서 노트북을 가져와 침대에 올라가서 폴에게 내 옆에 앉으라고 말했다. 우리 사이에 노트북을 놓고 CD를 컴퓨터에 밀어넣었다.

"봤지?"

영화를 다 본 뒤 내가 물었다.

"이제 이해가 가?"

폴이 몸을 일으켜 세우고는 방향을 틀어 우리는 서로 마주 보았다.

"난 위기에 처한 여성이 실제 삶을 스페인 영화와 혼동하게 되었다고 이해했어. 그러니까 시카고를 떠나고 싶은 너의 충동은 알겠어. 암 진단을 받은 사람이 첫 한두 주 동안은 자기가 아닌 것 같은 비현실적인 상태가 된다는 소리를 들었거든. 하지만 넌 루이자가 아니야, 리비."

"그래."

내가 수긍했다.

"난 루이자가 아니야. 그치만 나도 이러는 이유가 있어."

"그게 뭔데?"

폴이 코웃음을 쳤다.

"엄마가 죽기 전에 나한테 널 돌보라고 부탁했어."

난 폴에게 알려주었다.

폴과 나는 엄마의 황당한 요구에 둘 다 미소를 지었다.

"엄마가 그랬어?"

"알아, 터무니없지. 엄마가 죽어가는 모습은 내 인생에서 벌어진 유일하게 끔찍한 순간이야. 그로부터 많은 세월이 흘렀지만 난 아직 내 속에 커다란 구멍이 나 있는 걸 느껴. 의사한테 내가 이 끔찍한 암에 걸렸다는 소리를 들었을 때 어떻게 하면 너와 아빠가 다시 이런 일을 겪지 않게 할 수 있을까 하는 생각밖에 들지 않았어. 내 병을 입 밖으로 꺼내 네가 필요 이상으로 고통받게 만들고 싶지 않았어."

"세상에, 립스. 미안해."

난 마치 내 손인 것처럼 동생의 손을 잡았고, 그건 우리 둘이 똑같이 하는 몇 안 되는 버릇 중 하나다. 난 폴의 길고 각진 손가락을 살핀 다음 손을 뒤집었다. 폴 역시 손바닥 위로 긴 생명선이 흘렀다.

"아니야, 내가 미안해. 너한테 숨기지 말았어야 했어. 하지만 요즘 네가 행복해 보여서 그 기분을 망치고 싶지 않았어."

"요즘 난 행복해. 찰리와 아이들과 함께하는 일상이 생각보다 훨씬 즐겁거든. 하지만 네 고통을 내게서 숨긴다는 건 날 돌보는 것과는 거리가 멀어."

그가 입술을 굳게 다물었다.

"내 말은 지금 완전히 잘못하고 있다고 나 말고 누가 너한테 알려주겠어? 그런 사람이 있다면 말해줘도 좋아. 하지만 넌 지금 암이 몇 기인지도 모르고 있잖아."

난 샌더스 박사가 내게 한 말과 인터넷에서 읽은 것들을 곰곰이 생각해보았다.

"난 지금 암 2기고 죽어가는 게 확실해."

"하지만 그걸 백 프로 장담하는 건 아니잖아."

"그건 그래."

"내 말이. 그러니까 어서 알아보자고."

"뭘 알아보자는 거야?"

난 이렇게 말하면서 셔츠를 들어 올려 복부에서 벌어지는 전투를 그에게 보여주었다.

폴이 몇 초간 상처를 살피더니 내 셔츠를 내리고 날 쳐다보았다.

"넌 괜찮을 거야."

난 코웃음을 쳤다.

"폴 로스, 인간 MRI가 따로 없네."

폴은 내 의심을 떨쳐버렸다.

"지금은 네가 죽을 때가 아니야. 간단히 말해서 그래."

"네게 불편한 시기에 내 질병이 찾아와서 유감이야."

"불편하다고 말하지 않았어. 믿기 어려운 거지."

"이제 어느 쪽이 지나친 낙관주의자지?"

"그만해, 립스. 그냥 내가 묻고 싶은 건 날 위해 해줄 수 있냐는 거야, 괜찮지?"

"치료 말이야?"

"응. 어디든 말해. 뉴욕, 시카고, 푸에르토리코. 다 상관없어. 원하는 의사나 병원을 말해도 좋아. 보험이 안 되는 부분은 내가 다 지원해줄게."

좋지 않게 퇴사한 뒤로 난 더 이상 의료보험이 없을 거라고 생각했고, 그래서 비에케스에서 병원에 갔을 때 직불카드로 결제했다. 당분간은 폴에게 이 사정은 얘기하지 않는 편이 좋 겠다고 생각했다.

"너도 실로처럼 말하는구나."

"그는 괜찮은 사람이던데."

난 잠시 생각하고 말을 이었다.

"난 여기 한 달 있을 예정으로 왔고 그 계획을 지키고 싶어. 아직 아파트 파는 문제도 남았고 그걸 해결한 다음 의사를 만 나고 어떤 방법이 있는지 다시 생각해볼게. 괜찮지?"

폴은 살짝 미소를 지어 보였다.

"찰리와 아이들, 나와 시간을 보낼 거야?"

"내가 병원에 있지 않는 한 그러려고 생각하고 있어."

"좋아."

폴이 날 껴안았다.

"미리 말해둘 게 있어!"

"그게 뭔데?"

내가 조심스럽게 물었다.

"전부 잘될 거야, 리비."

그는 다시 날 포옹했다.

"난 알아."

"맞아. 괜찮을 거야."

난 다시는 폴에게 거짓말을 하고 싶지 않았지만 내 낡은 무 지개를 타고 노는 그에게 내리라고 할 수 없었다.

폴은 '적당히'를 모르는 사람이다. 매주 인터넷뱅킹 암호를 바꾸고, 화장실을 나설 때 지퍼를 올렸는지 세 번씩 확인하고, 이에 씌운 크라운이 벗겨질까 봐 고기를 구울 때도 질겨지지 않도록 조심한다. 만약을 위해서. 내가 어떻게 할지 생각해본다고 말했음에도 계속 내 병에 대해 압박을 가하는 그를 보고도 놀랍지 않았다.

"아빠한테 말해야 하는 거 알지."

그가 소리쳤다. 우리는 실로가 전세 낸 반짝이는 흰색 보트의 뱃머리에 앉아 비행기를 타고 오면서 봤던 작은 섬들 중한 곳인 쿨레브라로 일일 투어를 갔다.

"알아."

내가 소리쳤다. 바람이 거세고 바닷물이 얼굴로 튀어서 대화를 이어가기 어려웠다. 그렇다고 폴이 포기하지는 않았지만.

"빨리 말해야 해!"

폴이 소리쳤다.

"직접 찾아가서."

"알아."

이번에는 목소리를 높이지 않고 내가 대답했다.

보트가 커다란 파도를 맞았고 난 구명조끼를 몸에 더 밀착하며 그 명칭만큼 목숨을 구할 능력을 발휘할지 궁금해했다. 보트가 다시 파도와 부딪혔고 난 중심을 잡으려고 금속 안전

난간을 붙잡은 다음 내가 얼마나 바보 같았는지 깨닫고는 손을 놔버렸다. 암에 걸려 죽으나 상어에 물려 죽으나 무슨 상관일까? 죽는 건 매한가지다.

물론, 그렇지 않다. 선장과 활기차게 대화를 나누는 실로를 보며 난 인정했다. 농담처럼 말하긴 했지만 갑작스럽고 놀라운 결말은 피하고 싶고, 심판의 순간이 내게 가까이 왔을 때 겉으로나마 침착한 모습을 보였으면 한다. 그러나 암 진단을 받은 날이 더 깊은 과거가 될수록 난 점차 우아한 출구에서 멀어지고 비틀거리며 다시 입구로 들어가려는 형국이 되었다.

폴은 생각에 잠겼다. 우리가 쿨레브라의 얕은 해안가에 도착하자마자 그의 질문 공세가 다시 시작되었다.

"치료를 받고 난 뒤에 뭘 할지 생각해봤어?"

앉아서 쉬며 점심 먹을 그늘을 찾는 실로를 뒤따라 반짝이는 모래를 헤치며 걸을 때 폴이 물었다.

난 선글라스 너머로 실눈을 뜨고 쳐다보았다.

"무슨 말이야?"

"다시 시작할 기회가 생겼잖아. 너더러 뉴욕으로 오라고 말하는 게 아니야. 물론 그 편이 현명하다고 생각하지만. 아무튼 어느 쪽이든 넌 새로운 뭔가를 할 수 있어. 재키한테 추천서를 받지 않아도 이미 괜찮은 이력을 가졌고 넌 똑똑하다고 생각해. 네가 업계를 고르면 내가 연락하고, 그럼 넌 다음 날부터 출근하면 되는 거야. 괜찮은 프로듀서나 이벤트 기획자를 해도 좋아. 아, 내킨다면 고양이 행동 상담가를 해도 돼. 네가 하고 싶은 건 다 할 수 있어. 뭐든! 생각만 해도 근사하지 않아?"

대략적으로는 근사하다고 생각한다. 다만 실제로 그렇게 한다고 생각하니 맨눈으로 보며 작살로 물고기를 잡는 것처럼 막연하게 느껴졌다.

"그럴지도."

"리비, 좀 도와줄래요?"

실로가 나무 아래 얇은 면 담요를 깔려고 하면서 날 불렀다.

난 그에게 고맙다는 표정을 지은 다음, 담요 끄트머리를 잡아 고르게 폈다. 폴이 내 손을 잡았다.

"이리 줘. 내가 할게."

폴이 말했다.

"내가 거동이 불편한 건 아니잖아."

난 이렇게 대꾸하며 샌들 한 짝을 담요 끄트머리에 놓아 고정했다.

폴이 눈썹을 들썩였다.

"난 네가 거동이 불편하다고 말하지 않았어. 그냥 편히 쉬길 바란 거야."

난 담요 위에 앉아 실로가 가져온 피크닉 바구니에서 탄산수 한 병을 꺼냈다.

"난 지금 카리브해 한가운데서 가장 아끼는 이들과 함께고 지금 당장 처리해야 하는 일도 없어. 이게 편히 쉬는 게 아니라면 대체 그게 뭔지 모르겠어."

폴이 압박을 가했다.

"자연히 모든 것은 네가 어디로 치료를 받으러 가느냐에 달렸어. 내가 어젯밤에 조금 찾아봤어."

"당연히 그랬겠지."

폴은 나보다 더 땀을 많이 흘렸고, 폴로셔츠를 벗은 다음 꼼꼼하게 접어 자기가 가져온 캔버스 토트백 안에 넣었다.

"우리의 상황이 반대였다면 너라면 가만히 앉아서 아무것도 안 할 수 있겠어?"

"아니."

"딩동댕! 우리는 신경이 연결되어 있는 거야!"

난 피크닉 바구니에 든 플라스틱 칼을 잽싸게 챙겼다.

"내가 이걸 너한테 써도 될까?"

폴은 내 말을 무시했다.

"메이오클리닉에서 정말 유망한 2기 임상 실험을 하고 있어. 콜롬비아의 한 의사가 T세포림프종에 관해 수 편의 논문을 냈어."

"한 번에 하나씩만 하죠."

실로가 내게 팔을 두르며 말했다.

폴이 그를 향해 인상을 찌푸렸고, 이 낯선 남자가 자기 여자 형제를 보호하는 것이 무슨 의미인지 머리를 굴리는 것을 알 수 있었다.

잠시 뒤 폴이 이렇게 말한 걸로 봐서 분명 실로의 의견이 괜찮다고 생각했나 보다.

"당신 말이 맞아요. 한 번에 하나씩만 하죠."

점심을 먹고 우리 셋은 카약을 탔다. 바다는 잠잠했고 실로와 폴은 수월하게 몇백 미터를 나갔지만 난 계속 물가에 있었다. 치료를 받기로 했지만 상상이 가지 않았다. 내가 파스텔톤의 인조가죽 의자에 앉아 있고 링거액이 계속 혈관에 들어가는 것을 떠올려보려고 하면 내 얼굴이 아닌 엄마의 얼굴이 나타나 날 쳐다보았다.

난 고개를 저은 다음 바다를 내다보며 비에케스 이후의 내 실존에 대한 긍정적인 측면을 마음의 눈으로 살펴려고 했지만, 풀처럼 새파란 물은 아무런 영감도 주지 않았다. 이른바 내 인생의 다음 단계를 떠올릴 수 없었고, 그건 폴이 제시한 여러 가지가 희망 사항이라는 것을 더욱 입증하는 듯 느껴졌다.

내가 얼마나 그렇게 멍하게 있었는지 모르겠지만 폴이 한 바퀴를 돌고 돌아왔다.

"톰이랑 네 건강 문제에 대해 이야기 해봤어?"

그의 카약 앞부분이 내 카약의 옆면에 살짝 부딪칠 때 폴이 물었다.

"아니."

난 우리 사이를 지나 더 깊은 물속으로 사라지는 은빛 피라미 떼를 쳐다보았다.

"얘기할 거야?"

"아니. 하지만 그를 내 장례식에 초대하고 싶다면 그렇게 해. 대신 뒷좌석에 앉혔으면 좋겠어."

폴이 인상을 썼다.

"그런 식으로 말하지 좀 마."

"미안해."

폴의 카약이 뒤쪽으로 움직였고, 그는 노를 내 카약 옆에 걸쳐 우리를 하나로 묶었다.

"그가 보고 싶어?"

난 고개를 저었다.

"전혀."

보고 싶지 않아. 난 스스로에게 말했지만 그건 사실과 달랐다. 밤에 그가 날 끌어당기는 방식, 러시아 인형 마트료시카처럼 곡선을 따라 차곡차곡 포개지던 우리의 몸이 그리웠다. 톰이 이야기를 하면서 내 귀 뒤쪽으로 삐져나온 머리카락을 당기던 행동도 그리웠다. 그에게 소속된 느낌과 그 역시 내게 소속된 느낌이 그리웠다.

"다시 사랑을 찾게 될 거야."

"그럴 수도 있고."

난 대답하며 멀리서 노를 젓고 있는 실로를 어깨너머로 살폈다.

"이상하지 않아? 그렇게 빨리 다른 사람과 함께한다는 게? 그게 나쁘다는 건 아니지만, 그래도… 너랑 저 사람은 지나치게 편안해 보여. 그로 인해 네가 더 힘들어지지 않길 바랄 뿐이야."

"안 그래."

폴이 날 노려보았다.

"왜?"

"조심해, 립스."

폴이 다시 실로를 쳐다보며 말했다.

"난 저 사람이 좋지만 네 인생을 걸 가치는 없어."

"그가 네 말에 제일 먼저 동의할 사람이야. '한 번에 하나씩' 유머를 던졌지만 그는 계속 나한테 여기서 그만 나가서 전문의를 만나보라고 말하고 있어."

"흥."

폴은 믿지 못하겠다는 듯 말했다.

"아무튼 실로 이야기는 그 정도면 됐어. 지금 우리가 집중해야 하는 유일한 사람은 립스, 바로 너야."


보트를 타고 다시 돌아오는 길에 실로가 내 허리에 가볍게

274

팔을 둘렀고 난 그의 어깨에 머리를 기댄 채로 비에케스의 항구로 들어갈 때까지 그렇게 있었다. 어쩌면 실로가 내 시야를 흐리고 있는지도 몰라. 난 생각했다. 그와 저녁을 먹으러 가지 말았어야 했나 보다. 그러면 그에게 반하지 않았을 거고 폴이 날 찾으려고 그에게 연락할 일도 없었을 거고 난 아무런 간섭도 받지 않고 마지막 날들에 대해 계획을 세울 더 많은 시간이 생겼을 거다. 이 모두가 가능할 법하지만 보트가 부두에 도착해 실로에게서 떨어질 때 난 그렇게 되지 않은 것에 이상하게 감사함을 느꼈다.

# 26

"노래를 불러주렴, 리비 루."

"무슨 노래를 부를까, 엄마?"

"우리 노래 있잖아, 리비."

엄마는 자신이 자주 부르던 노래를 말하며 미소를 지으려고 애썼다. 딱 한 곡뿐이다. 그러나 폴과 나는 항상 그게 뭐냐고 물었고, 그날도 언제나처럼 엄마가 대답했다.

"유 아 마이 선샤인."

엄마는 일주일 정도밖에 시간이 남지 않았지만 그때 난 몰랐다. 엄마는 며칠간 의식이 있다 없다를 반복했다. 깨어 있을 때는 주로 이상한 소리를 중얼거렸다. 그러나 의식이 또렷할 때 난 엄마가 다 털고 일어날 거라고 장담하며 시키는 대로 하면서 억지로 희망을 가지려고 했다. 시간이 얼마 없고 끝이 기다린다는 것을 알지만 엄마의 손을 잡고 노래를 불렀다.

엄마가 내 햇살이에요. 난 연한 라벤더빛 눈두덩이 아래로 깜박이는 엄마의 눈을 바라보며 생각했다. 기억하기론 폴과 내가 자기 전에 엄마가 이 노래를 불러주었다. 암이 엄마의 기력을 다 앗아가버려 더 이상 집에 있을 수 없고 밤에 우리 침실 문 앞에서 노래도 불러줄 수 없게 되자, 폴과 나는 엄마 대신 우리의 버전으로 노래를 불렀다. "내 햇살을 앗아가지 마세요"가 "날마다 더 많이 주세요"로 바뀌었다. 잠에서 깨보니 사랑하는 사람이 가버리고 없다는 구절은 완전히 빼버렸다. 조금 더 밝게 노래를 부르려고 했던 우리의 미미한 시도를 엄마가 눈치챘다고 해도 엄마는 아무 말도 하지 않았다. 그저 한 번 더 불러달라고 했다.

엄마가 돌아가신 뒤 난 다시는 그 노래를 부르지 않겠다고 맹세했다. 그건 계략이다. 죽음과 불행한 운명이 자장가 속에 들어 있다. 성인이 되어 내 사촌의 아기 방에 들어간 적이 있는데 거기서 그 노래가 나오는 곰 인형을 보았다. 일부 완구 제조사에서 구슬 눈이 달린 곰돌이 인형 속에 뮤직 박스를 넣었고, 그 곰을 선물받는 아이는 언젠가 자기 곰 인형이 들려주던 자장가가 평생 가장 사랑한 사람을 잃게 된다는 내용이라는 점을 배운다.

폴이 뉴욕으로 돌아가던 날 아침, 내 머릿속에 제일 먼저 빌어먹을 그 노래가 떠올랐다. 난 몇 소절을 흥얼거리다 눈치채고 라디오를 틀어 내 속에 든 멜로디를 밝고 강렬한 리듬의

살사로 덮어버렸다.

하지만 소용없었다. 그 노래가 여전히 귀를 울리는 상태로 난 폴의 호텔로 차를 몰았다. 그는 로비에 서서 한 손에는 휴대전화를, 다른 손에는 여행 가방을 들고 있었다. 날 보더니 곧바로 그것들을 놔두고 포옹했다.

폴은 날 안아주고 또 안아주었다.

"벌써 약을 먹은 거야?"

내가 웃으며 물었다.

"조금. 근데 약 때문이 아니라 그냥 널 놔두고 가기 싫어서 그래. 정말로 지금 나랑 같이 가지 않을래?"

"지금 가지 못한다는 거 알잖아."

내가 몸을 뒤로 빼면서 말했다.

"하지만 우린 곧 만날 거야."

"아직 제대로 계획도 세우지 못했잖아."

우리가 지프차에 오를 때 폴이 말했다.

"제대로는 아니지만 중요한 건 내가 비행기를 타고 뉴욕으로 간다는 거 아니겠어?"

"넌, 뭐랄까, 비행기표 사는 데 6일은 걸리겠지? 그렇게 닥쳐서 할 거잖아."

"내가 표를 안 샀다고 누가 그래?"

폴이 놀라 눈썹을 들썩였고 난 웃었다.

"알았어. 어쩌면 내가 이 모든 일에 대해 미리 생각하지 않았을 수도 있지만 오늘 오후에 비행기표를 살 거야. 늦어도 내일까진 끝낼게."

"가만히 있으면 내가 알아서 할게. 5분이면 내 비서가 다 해줄 거야. 말이 나와서 말인데 일단 뉴욕으로 먼저 온 다음 나머지를 해결하는 건 어떨까?"

"겨울이 지난 뉴욕에 얼른 가고 싶어 죽겠어."

"죽는다는 소리 좀 그만해."

"너무 많이 했나?"

"항상 그랬어."

난 지프차를 여객터미널 주차장에 세웠다.

"표는 내가 알아서 할게. 걱정 마."

"꼭 그래야 해."

폴은 부두에 막 정박한 여객선을 슬쩍 쳐다본 다음 다시 내 게로 몸을 돌렸다.

"찰리와 아이들이 보고 싶어 몸이 근질근질하지만 그만큼 여기 머물고 싶은 마음도 커."

"알아."

내가 차 문을 열며 말했다.

"하지만 배를 놓치고 싶지 않잖아. 이번에 놓치면 다섯 시 간을 기다려야 해."

폴이 한숨을 쉬었다.

"그럼 가야지."

우리는 여든두 번 정도 작별 인사를 하고 매번 점점 더 많이 눈물을 쏟았다. 폴이 여객선에 오른 뒤 난간에 몸을 기대고 서서 말했다.

"리비!"

그가 소리쳤다.

"내가 많이 사랑해!"

난 동생에게 손 키스를 날린 뒤 배가 지평선 위의 점으로 바뀔 때까지 손을 흔들었다. 그러는 동안 그 빌어먹을 노래가 계속 내 머릿속에 떠다녔다.

제발 내 햇살을 앗아가지 마세요.


집으로 돌아오니 실로가 현관 계단에서 날 기다리고 있었다. 그는 전날 전화를 걸어 회사의 숙소가 아닌 우리 집에서 며칠 머물러도 되냐고 물었고 난 흔쾌히 승낙했다.

시멘트 계단에 놓인 그의 커다란 여행 가방으로 눈길이 갔다.

"당신한테 옷이 저렇게 많았는지 몰랐어요."

그가 윙크했다.

"속옷을 넉넉하게 챙겼어요."

"어머, 그럴 필요는 없는데."

"다 당신을 위해서죠. 내 망원경도 가져왔어요."

"옆집을 감시하려고요?"

"그런 거라면 산후안이 더 좋아요. 하지만 별을 보기에는 여기가 더 낫고, 달도 다시 작아지기 시작했어요."

우리는 가방을 집 안에 놔두고 그가 내게 알려준 작은 공원이 있는 섬의 서쪽으로 향했다. 공원에서 우리는 풀을 뜯던 10여 마리의 말과 마주쳤다. 멀쑥하고 근육과 갈비가 멋진 말들이 풀을 찾아 무리 지어 한곳에서 다른 곳으로 이동했다. 해변에서 내가 공황 발작을 일으켰을 때 말들이 그걸 없애준 것처럼 난 말을 좋은 징조로 여겼다. 이번에는 그것이 어떤 좋은 징조인지 알 수는 없지만 말이다.

그런 다음 우리는 집으로 돌아와 저녁을 먹었다. 실로가 타코에 넣을 생선과 양파를 구우며 자기의 어린 시절 이야기를 들려주었다. 그의 아버지는 푸에르토리코에서 미국으로 가족과 이사를 갔지만 항상 1~2년 안에 다시 이곳으로 돌아왔다. 그건 재앙과 같았고, 그래서 그의 어머니가 이혼을 요구했다. 실로는 계속 이사를 다니는 것이 마음에 들지 않았지만 비행기를 타는 것은 좋았다. 그는 처음 비행기를 탔을 때 매혹되었고, 그때부터 조종사가 아닌 다른 직업은 생각해보지 않았다고 말했다.

"우리가 함께 비행할 때 당신이 세상에서 벗어나 있는 것이 좋다고 말한 거 기억나요?"

그가 물었다. 난 고개를 끄덕였다.

"하늘에 있으면 난 완전한 자유를 느껴요. 평범한 사람은 이류를 싫어하죠. 하지만 난 그 몇 분을 위해 사는데, 구름을 뚫고 올라가면 모든 고민이 다 아래로 떨어져버린 것 같거든요."

그는 음식을 다 만들고 저녁 식사를 하는 내내 이야기를 했고, 난 그런 그에게서 눈을 떼지 못하고 들으면서 간간이 질문을 하며 끼어들었다. 공항에서 얼마나 쉽게 그를 가치 없는 사람으로 인식했던가. 얼마나 쉽게 난 그저 순수한 쾌락만을 추구할 거라고 확신했었나. 그런 내 앞에 이렇게 괜찮은 남자가 있다니. 그가 다른 사람에 대해 좋지 않게 말하는 걸 들어본 적이 없다. 자기 아버지가 가족을 돌보지 않는 무능력한 사람이었다고 사람 자체를 비난하기보다는 그럴 수밖에 없는 상황에 대해 설명했다. 난 이런 사람을 좋아하지만 실제로 만나는 경우는 극히 드물었다.

해가 지기 시작할 때 우리는 밖으로 나가 망원경을 설치했다.

실로가 정원에 삼각대를 세우면서 우리 엄마에 대해 물었다. 보통은 엄마 이야기를 하기 싫어한다. 사람들이 안타까워하는 것이 싫어서다. 가엾은 리비, 열 살에 엄마를 잃었구나. 가장 소중한 사람을 잃은 것을 제대로 설명할 수 있는 말이 없다는 게 큰 문제다. 수십 년간 그 생각을 했지만 아직도 이해가 가지 않는다. 어떻게 옆에 있던 사람이 끔찍한 한순간이 지난 뒤에 그냥 사라질 수가 있지? 그것도 영원히? 톰의 대답은 늘

한결같았다.

"장모님은 사라진 것이 아니야. 리비, 언젠가 다시 만날 거야."

그 말이 진짜로 믿음을 주지 않는 것을 욕하면서도 난 굳게 믿었다. 물론 남편한테서도 그 소리를 듣기 싫었다. 하느님이 계획이 있다는 이야기나 모든 일에는 이유가 있다거나 얇은 창유리로 조약돌을 던지는 것처럼 내 마음을 가격하는 그 밖의 전형적인 감상문도 듣기 싫었다.

난 실로에게 다 말했다. 폴이나 아빠가 아닌 다른 사람에게 엄마에 대해 몇 마디 이상을 한 건 수년 만이었고, 내 고독을 어떻게 설명할지 몰라 머뭇거리며 말을 이었다.

"바보처럼 들릴 거 알아요."

말을 마칠 때 내가 이렇게 말했다.

그는 가볍게 내게 입을 맞췄다.

"나한텐 안 그래요. 나랑 산후안에서 같이 자란 조니는 10대 후반에 목숨을 잃었어요. 무서웠어요. 그 애는 전혀 알지 못한 심장 질환이 있었고 축구 경기를 하던 중에 쓰러졌어요. 부모님을 잃는 것과는 다른 문제라는 거 나도 잘 알아요. 그렇지만 지금까지도 난 앞으로 그와 다시는 이야기를 하지 못한다는 사실을 받아들이는 데 어려움을 겪어요. 우리는 같이 자랐고 내가 계속 이사를 다니는 와중에도 친구로 지냈어요. 그는 어른이 된 내 모습을 결코 볼 수가 없어요. 난 그가 어떤 어른이 되었는지 알 수 없게 되었고요."

난 고개를 끄덕였다. 다른 감정적 고통과 비통함을 구분 짓는 건 영구성이다. 불가하다는 이치가 사람을 아주 견디기 힘들게 만든다. 폴이 옳았을까? 무슨 수를 써서도 그를 위해 최선을 다해 머뭇거리지 말아야 할까?

실로가 망원경 다이얼을 조절한 다음, 나더러 와서 뷰 파인더를 들여다보라고 손짓했다.

"보여요?"

천천히 우리 머리 위의 흐릿한 구름 덩어리들이 수많은 작은 빛들로 바뀌기 시작했다.

"와, 보여요."

"좋았어."

"당신은 가끔 애처럼 말하는군요."

내가 놀렸다.

"난 애가 맞아요, 이쁜이. 머리 틈 사이로 해변 모래가 들어가지 않고선 여기서 자랄 수 없어요. 그건 그렇고 보이는 별자리가 있나요?"

난 실눈을 떴다.

"소북두칠성도 치나요?"

"물론이죠. 하지만 더 잘할 수 있잖아요."

그는 내게서 망원경을 가져가 다시 다이얼을 돌렸다.

"이제 들여다봐요. 가운데를 똑바로 보면 카시오페이아가

보일 거예요. 이때가 아니면 보기 어렵지만 11월 내내 밝게 빛나고 있어요. 대각선으로 연결된 두 개의 L을 찾아봐요. 카시오페이아 주변으로 은하계에서 가장 어린 별들이 있으니까요. 정말 근사하죠?"

"아하!"

내가 탄성을 질렀다. 그러나 별자리를 발견한 즉시 먼 왼쪽에 붉게 반짝이는 빛이 내 시선을 끌었다.

"붉게 보이는 건 행성이나 뭐 그런 건가요?"

"아니, 그것들도 별이에요. 아마도 적색 거성을 본 걸 거예요. 나이가 많고 생이 거의 끝나가는 별들이라 뜨겁게 불타지 않아서 색이 바뀐 거죠."

"별은 죽을 때가 되면 더 아름다워지는군요."

그가 웃었다.

"당신이 붉은색을 좋아한다면요. 당신 관점에서는 시간이 많은 것을 더 매력적으로 보이게 해준다고 할 수 있겠군요."

"톰은 안 그렇지만요."

"어쩌면 아직 좋아 보이지 않는 것일 수도 있어요. 당신이 얼마나 잘하고 있는지 봐요. 스스로에게 시간을 줘요, 리비."

시간은 내가 갖지 못한 호사다. 난 망원경 아래 머리를 들이밀고 반짝이는 별을 보며 생각했다. 바로 이 순간 별이 자연 발화할 수도 있고, 어쩌면 수백 년 전에 이미 폭발했고 그 증거가 아직 지구상에 도달하지 않은 것일 수도 있다. 렌즈에 눈을 댄 상태로 난 실로에게 사후 세계를 믿는지 물었다.

"난 기독교 문화에서 자랐으니 아마 그렇다고 대답해야겠죠. 하지만 사후 세계에 대해 걱정하는 것은 부질없다고 생각해요."

"당신은 천국을 믿지 않는 거군요."

"그렇다고 말하지는 않았어요. 내 말은 물론 애매하게 들리겠지만 누가 알겠어요? 대부분의 사람은 천국에 대해 신경 쓰지 않아요. 그들은 살아 있는 다른 사람과 관계를 맺는 것을 더 걱정하죠. 심지어는 죽어서도 말이에요. 하지만 언젠가는 그 조건에 부합하는 사람이 한 명도 남지 않겠죠. 언젠가 이 행성이 폭발하면 우리 모두는 별 같은 걸로 바뀔 거예요. 클레오파트라? 에이브러햄 링컨? 아담과 이브? 모두 상관없어지겠죠."

"참 긍정적이군요."

"뭐, 그런 거죠. 알지 못하는 것을 두고 안절부절못하지 말고 현재에 집중해요. 어쨌든 중요한 건 그쪽이니까."

"현재가 엉망이라면 어떡해요? 미래가 어떤 모습인지 상상이 가지 않고 거기에 희망을 걸 수 없으면요?"

그의 숨소리가 뜨겁게 내 목을 데웠다.

"그래요? 당신은 좋지 않은 일을 겪고 있어요, 리비. 그렇지만 지금 이 순간이 엉망인가요?"

난 몸을 앞으로 숙였고 그의 입술이 내 살에 닿자 기대감에 피부가 바짝 긴장했다.

"아뇨."

내가 속삭였다.

"그럼 즐겨요."

그도 속삭임으로 대답했다.

# 27

내 아파트. 난 거의 잊어버리고 있었다. 수천 달러의 중개료가 걸린 일이니 라지는 마음이 편할 리가 없었다.

"이제 공식화해야지, 리비. 시카고로 돌아올 생각이야?"

난 집 옆 정원에 앉았다. 발치에서 멀지 않은 곳에서 칠흑처럼 어두운 새 두 마리가 내가 흘린 바게트 부스러기를 두고 싸움을 벌였다.

"아주 좋은 질문이야, 라지."

난 입안 가득 빵을 베어 문 상태로 말했다. 폴과 약속했지만 아직 뉴욕으로 가는 비행기표를 사지 않았다. 하지만 비에케스에서 보낼 날들이 며칠 남지 않았으니 이제 움직일 시간이다. 빵을 마저 씹어 먹고 말했다.

"우선은 안 간다고 할게."

"계획을 바꿀 수 있어? 네 담보대출 계약에 따르면 너나 톰 중 누가 와서 이 건을 마무리해야 해."

그렇게 내 뉴욕행 비행기표가 날아갔다. 난 벤치에서 일어나 새들을 반대쪽으로 쫓아 보냈다.

"알았어."

"그가 지금 죽지 않는 한, 톰의 서명이 사방에 필요해. 너희 둘이 법적으로 공동소유자니까. 어디서 톰을 만날 수 있는지 알려주면 내가 그에게 직접 서류를 보낼게."

난 한숨을 쉬었다. 톰에게 직접 연락을 할 필요는 없다.

"문제없어, 라지."


한편으로는 잠결에도 간단히 할 수 있는 톰의 서명을 위조하는 쪽이 남은 생을 한층 더 편하게 해줄 거라는 생각이 들었다. 그러나 다른 한편으로는… 집을 파는 문제를 두고 톰을 속여 내 업보를 더 무겁게 만들고 싶지 않았다. 난 밀라그로스에게 자문을 구하기로 했다.

"복수가 있다고 생각해요?"

그녀에게 물었다.

우리는 길가를 걸었다. 노란 픽업트럭에 치일 뻔한 경험이 있어서 좁은 아스팔트 도로 옆 풀밭 위를 걷는 것이 내키지 않았지만 밀라그로스는 해변과 관련된 단어에는 이골이 나서 내가 떠나기 전에 새로운 것을 가르쳐줄 때가 되었다고 말했다.

"라 벤간자(복수)? 되갚아주는 거?"

난 요즘 좋아하는 스페인어로 대답했다.

"마소 메노스(대체로)."

"이를테면 당신 남편이 바람을 피웠을 때 계속 함께하고 싶지 않았죠?"

그녀가 인상을 쓰며 날 쳐다보았다.

"다른 년이랑 붙어 있는데 내가 그 옆에 어떻게 있어?"

그 소리에 난 킥킥거리며 웃었다.

"잘 들어. 우주가 알아서 할 거야. 내 남편을 봐. 불쌍한 인간이 물에 빠져 죽었잖아."

난 그녀의 진정한 사랑이 물에 빠져 죽었다고 생각했는데, 어쩌면 그 사람과 바람피운 남편이 동일인일지도 모르겠다. 아무튼 밀라그로스의 과거가 우화라는 것을 알았다. 그녀의 이야기를 말 그대로 해석하면 중요한 부분을 놓치는 것이다.

"라 벤간자니 어쩌고 하면서 괜히 열불 내지 마. 특히 우리가 네 남편 이야기를 하는 거라면 말이야."

"전남편이에요."

"내 말이 그 말이야."

그녀가 웃었다.

난 그녀에게 아파트 건에 대해 말했다. 톰이 서류에 서명을 하지 않을까 봐 걱정하는 것과 그의 서명을 위조할까 생각 중이라고 말이다.

"왜? 다른 문제가 있구나."

난 그녀에게 말해야 했다. 몇 주 전에 했어야 했다.

"전 암에 걸렸어요."

난 많은 질문이 쏟아질 거라 생각하면서 스스로 껴안으며 조용히 말했다.

밀라그로스는 고개만 끄덕였다.

"네 전남편은 모르는 거지."

"몰라요."

"어허."

그녀가 아랫입술을 깨물며 계속 걸었다.

"건강이 좋지 않다니 유감이야, 자기."

그녀가 잠시 뒤에 입을 열었다.

"하지만 집 문제는 남편이 올바른 선택을 할 수 있도록 기회를 줘."

수년 전 톰과 집을 보러 다녔던 날들을 떠올려보았다. 난 로건 광장에 있는 석회암 빌딩 속 단차가 있는 아파트를 사고 싶었다. 톰은 주방이 작고 모퉁이에 빌트인 옷장이 달린 침실하며 1층으로 이어지는 좁은 계단실 등이 유행이 지난 구조라 나중에 되팔기 힘들다고 말했다. 게다가 시내에서 많이 멀었다. 그 말은 전부 사실일지 모르나 난 그곳이 집처럼 느껴졌고 마음에 들었다.

그런 뒤 벅타운과 위커파크 경계에 자리한 지금의 우리 아파트를 보았다. 채광이 좋고 레이아웃이 훌륭하다는 점은 부인할 수 없었지만 너무 황량하게 느껴졌다. 톰은 건물을 새로 지어서 그런 거라고 우겼다. 게다가 제스와 오레일리가 사는 곳과 몇 블록 떨어지지 않고 급격하게 값이 오르고 있으며 지나치게 고급화되어 주변에 거의 모든 편의시설이 다 있었다. 이런 점들이 내게 매력적인 요소는 아니었지만 톰이 너무 마음에 들어 하고 난 그를 사랑했기에 행복하게 해주고 싶었다. 그가 그 행복을 기꺼이 무너뜨리려고 하지 않을 가능성이 꽤 크다.

"그에게 선택할 기회를 줘서 제가 좋지 않은 상황에 처할지라도 그래야 할까요?"

"그래. 안 그러면 당신도 그만큼 나쁜 사람이니까. 우리 어디까지 했더라?"

"저한테 가르쳐주던 단어가 바로…."

사륜 구동차가 빠르게 지나갔고 난 놀라서 밀라그로스를 내 쪽으로 당겼다. 그녀가 비틀거리더니 내게 기댔고, 우리 둘 다 바닥으로 넘어졌다.

"자동차예요."

난 복부에서 타는 고통을 느끼며 말했다.

밀라그로스가 내게서 떨어져 자리에서 일어났다.

"새 문장을 알려줄게. 쿠이다도 콘 엘 카로. 차 조심해!"

"죄송해요, 밀라그로스. 차에 치이는 것보다 조심하는 편이 낫잖아요?"

난 멋쩍어하면서 자리에서 일어섰다.

"내 엉덩이에 대고 말해."

그녀는 내가 뻗은 손을 잡았다.

"자, 힘을 내. 아직 가르쳐줄 게 많아."


집으로 돌아온 직후 난 톰에게 전화를 걸었다.

"당신에게 올바른 선택을 할 기회를 주고 싶어."

"음, 안녕. 당신이 전화를 해와서 놀랐어."

"놀랄 필요 없어. 내가 연락한 건 집을 팔겠다는 제안을 수락했기 때문이야. 서류에 서명을 좀 해줘야겠어."

"당신 진심 아니잖아."

난 아일랜드 식탁에서 내려와 냉장고 문을 열었다. 달걀과 구아버주스만으로 목숨을 부지하길 원하는 것이 아니라면 이제 장을 볼 때가 되었다.

"내가 그렇다는 걸 단호히 알려줄게. 톰, 진짜야."

"리비, 내 말 오해하지 말고 들어. 난 정말 당신이 누굴 좀 만났으면 좋겠어. 내 상담 주치의가 그러는데 나만큼 당신도 힘들 거라고 했어. 어쩌면 더 힘들지도 모른다고."

"그 남자가 그래? 참 흥미롭네."

난 냉장고 문을 닫았다.

"남자가 아니라 여자야."

그가 정정해주었다.

"그렇다면 그녀가 옳아. 난 힘들어. 지금 많은 일이 벌어지고 있고 그걸 당신한테 설명할 기분이 아니야."

"이를테면 당신이 실직한 거 말이야? 재키가 한 달이나 휴가를 줄 리 없다고 생각해."

난 찬장으로 갔고, 그 안도 냉장고와 별반 다르지 않았다.

"난 실직한 게 아니야, 톰. 관둔 거지."

"왜 그래?"

"난 진지해."

그는 잠시 말이 없었다.

"당신은 돈이 필요해서 아파트를 팔려는 거야?"

"사실 난 아파트 판 돈을 자선단체에 기부할 생각이야."

내가 진짜 치료를 받는다면 곧 나만의 자선기금이 필요할 거다. 하지만 지금은 그걸 알려줄 때가 아니다.

"뭐라고?"

그는 당황한 듯했다.

"전부 다?"

난 먹을거리를 사러 나가야 한다는 것을 깨닫고 샌들을 신었다.

"계약금은 당신 게 아니야. 내 것도 아니고. 우리 엄마 돈이지. 대출금의 대부분을 내가 갚았다는 거 당신도 알잖아."

"그게 사실이지만 세상에, 리비. 그 집이 내 집이기도 하다는 점은 배제하고 계획을 세웠어? 내가 당신에게 상처 준 거 알고 그러지 않길 하느님께 기도했어. 하지만 당신은 우리가 같이 보낸 18년의 세월이 무색하게 행동하고 있어."

난 대답하지 않았다.

"최소한 당신이 카리브해를 싸돌아다닐 동안 날 아파트에서 지내게 해줬어야지."

톰이 덧붙였다.

싸돌아다니다니. 그는 어쩜 저렇게 속이 좁은지.

"톰, 내 말 믿지 못하겠지만 유감이라고 생각해. 시카고에서 벗어나는 게 유일한 방법이었어. 그렇지만 당신은 똑똑한 사람이야. 돈벌이가 있잖아. 그러니 알아서 일어설 거라 믿어."

난 문 옆 고리에 걸린 열쇠를 집어 들었다.

"내가 그럴 수 있을까?"

그는 비꼬는 투가 아니었다.

"우리는 항상 모든 것을 같이했잖아. 난 당신이 그리워."

어쩌면 그래서 톰이 우리 결혼 생활을 유지하고 싶다는 그런 터무니없는 소리를 해왔을 수도 있다. 우리는 정말로 모든 것을 같이했고, 그는 내가 없이 무언가를 하는 법을 몰랐다. 그를 돕고 싶은 마음도 들었지만 그저 습관적인 생각일 뿐이다.

"톰, 난 내 가슴을 아프게 하지 않은 '당신'이 그리워."

난 이렇게 말하며 현관문을 잠갔다.

"오레일리네로 서류를 보낼게. 그걸 잘 봐줘."

"난 서명하지 않을 거야. 당신이 성급한 결정을 내렸다고 생각하고 그건 나 때문이지. 당신이 쇼크 상태에 있는 동안 그렇게 하도록 내버려둘 수 없어."

그가 내 처지를 알면 좋을 텐데…. 난 이런 생각을 하며 지프차에 올라탔다.

"당신이 '내버려둔다'는 말을 할 처지가 아니야, 톰. 내가 알아서 하는 거지. 제스에게 안부 전해주고 난 잘 있다고 해."

그는 전화를 끊지 않았고 나도 마찬가지였다.

"다시 당신을 볼 수 있을까?"

톰이 한참 뒤에 물었다.

"나도 모르겠어."

아파트를 파는 것과 달리 법적 이혼은 아마 톰과 직접 대면해야 할 거다. 그의 배신이 가져다준 아픔은 가셨지만 우리가 다시 한 공간에 있게 되기 전에 그를 완전히 용서하는 방법을 내 속에서 찾아야 한다.

"미안해, 리비. 네 인생을 망칠 생각은 없었어."

지프차는 바다를 향해 서 있었다. 자동차 전면 유리를 통해 흰 포말이 인 파도가 얇은 모래 위로 덮치는 모습을 지켜보았다.

"톰, 당연히 당신은 믿지 못할 거고 내 말이 무슨 뜻인지 이해하지 못하겠지만, 당신이 내 인생을 망친 게 아니야."

난 엔진에 시동을 켰다.

"사실 당신이 내 인생을 찾아줬어."

# 28

　난 편도 비행기표 두 장을 샀다. 한 장은 산후안에서 시카고행으로 아파트 처분을 위해 일주일간 머물 예정이고, 다른 한 장은 시카고에서 뉴욕으로 가는 비행기인데 폴의 계획대로 순조롭게 진행된다면 난 인간 기니피그가 되어 곧바로 치료를 받을 것이다.

　"이러고 싶지 않아요."

　난 인터넷이 되는 작은 카페에서 옆에 앉아 있던 실로에게 말했다.

　"'이러고'란 치료를 말하는 거예요? 아니면 푸에르토리코를 떠나는 걸 말하는 겁니까?"

　"둘 다죠."

　난 이렇게 대답하고 맨 위에 뜬 요금으로 '구매하기'를 클릭했다.

　"당신이 잃을 게 뭐가 있어요?"

창문 너머로 산들바람에 야자수들이 춤을 추는 것이 보였다.

"천국을 잃겠죠."

어느 순간 하게 될 약물 치료, 주변의 시선, 동정을 생각하며 덧붙였다.

"자제력도요."

실로가 에스프레소 잔을 비웠다.

"자제력이란 허상일 뿐이에요. 당신도 알다시피."

"내가 안다고요?"

춥고 사람들로 넘쳐나는 도시 두 곳으로 날 데려다줄 '지금 결제' 버튼을 쳐다보며 물었다. 버튼을 클릭한 다음 컴퓨터 화면에서 몸을 돌렸다.

"내 말은 세계평화사절단 역할을 하겠다는 게 아니라 짧고 새로운 사건들로 가득 찬 내 인생에 대해 그 정도 할 말은 할 수 있다는 뜻이에요."

"당신이 그렇게 말한다면 할 수 없죠, 이쁜이."

그는 자리에서 일어나 내 뒤에 서더니 손가락으로 부드럽게 내 머리카락을 빗어 넘겼다. 난 고개를 뒤로 젖히고 온몸으로 퍼지는 편안한 기분을 병에라도 담아가고 싶다고 생각했다.

"내 제안은 유효해요. 몇 달 동안 기꺼이 당신과 함께할 수 있어요."

"당신 인생은 여기 있잖아요, 멍청이."

"맞아요. 근사한 독신자 아파트가 여기 있죠. 술친구들도 있고. 내 가족도. 아, 잠깐만. 가장 가까운 친척이 몇 시간 거리에 살고 있군요."

"하지만 당신은 비행을 해야 하잖아요. 다시 비행기를 몰고 싶어 몸이 근질근질하면서."

"그럴 생각이죠."

그가 내게 가볍게 입을 맞췄다.

"난 그런 식으로 사는 사람이 아닌 걸 당신도 알잖아요. 원하는 걸 하고 싶고, 내가 원하는 건 바로 당신과 조금 더 같이 있는 거예요."

난 기분이 좋았지만 여전히 실행 가능성이 없는 말처럼 들렸다.

"적도에서 멀리 떨어진 도시에서 우리가 서로 잘 맞지 않아 당신이 엉뚱한 여자와 인생 몇 달을 낭비하게 된 것을 알아차리면 어쩔래요?"

그는 내 머리카락에서 손을 떼고 자리에 앉았다.

"지금 내 얘기를 하는 거예요, 아님 당신 얘기를 하는 거예요? 개인적으로 난 모든 것이 완벽하게 잘되는 걸 신경 쓰지 않지만 '만약에'가 사방에 개입한다면 생각을 좀 해봐야겠어요."

난 거기에 비꼬며 반응할 말을 찾지 못했다. 그에게 몸을 구부려 입을 맞췄다.

"당신이 정말 많이 보고 싶을 거예요."

"나도 당신이 보고 싶을 거예요. 이미 알잖아요."

그가 내게 입을 맞추고 물었다.

"치료가 끝난 다음에는? 그다음에는 어쩔 거예요?"

그 뒤에는 어쩌지? 난 뇌세포들이 열심히 일하는 동안 멍하게 있었다. 갑자기 난 사랑한다고 확신하는 남자와 카리브해의 커피숍에 앉아 있는 것이 아니라 차갑고 축축한 뉴욕의 거리를 걸으며 수많은 낯선 사람의 얼굴을 바라보고 있었다. 실제로 원하지 않는 보직에 끝도 없이 이력서를 내고, 내 이력서는 인사 담당자들 혹은 컴퓨터에 전산화시켜둔 분류 프로그램에 따라 내 끝없는 재능과 야망을 드러낼 제대로 된 용어를 사용하지 않았다는 이유로 걸러질 테지. 50세 이하의 괜찮은 남자는 큰 흑백색 딱따구리처럼 멸종되었거나 개미 떼처럼 흔한 나 같은 사람이 아닌 훨씬 어리고 예쁘고 흠이 적은 여자를 만나는 도시에 살고 있으니, 별로인 남자들과 데이트나 하게 될 거다. 미래에는 내가 살아 있다고 상기시킬 거고, 그건 과거에 예상한 것보다 더 큰 성취다. 그렇다고 해도 난 방황하고 혼자일 것이 분명하다.

"내가 현재를 즐기기로 하지 않았나요?"

"내가 졌어요. 그렇다면 당신을 행복하게 하는 것이 무엇인지 생각해볼 좋은 때인 것 같군요."

난 환하게 보이길 바라며 그에게 미소를 지었다.

"생각해볼게요."

생각했다. 이후 며칠 동안 난 카페 마요르카에 더 자주 가고 해변을 더 많이 걷고 오염되지 않은 공원을 산책했다. 밀라그로스와 함께한 마지막 스페인어 수업에서 여행 관련 단어를 익히고, 집적거리는 취객에게 모욕을 주는 여러 방법을 그녀가 가르쳐주면서 둘이서 술도 많이 마셨다. 많은 시간을 내가 이 병을 이겨냈을 때 하고 싶은 것이 정확히 뭔지 생각하며 보냈다.

예전까지 내가 바라던 것은 아이를 가지는 거였다. 톰 밀러의 아내가 되는 것보다 난 엄마가 되길 더 갈망했고, 특히 엄마의 이름을 따 샬롯이라고 부르는 딸을 갖고 싶었다. (물론 아들을 낳아도 마찬가지로 행복했을 거고, 자기가 샬롯이라 불려도 그 애는 상관하지 않을 거다.)

그러나 수년간 노력하고 검사도 해보았지만 톰과 나 사이에는 아이가 생기지 않았다. 의사가 시험관 시술을 제안했지만 그건 보험이 되지 않았고, 우리가 가진 근사한 가구를 다 합친 가격만큼이나 비쌌기에 톰은 헛기침을 하고 비용에 대해 우물쭈물했다. 내가 입양을 하자고 말하니 그는 속이 뒤틀리는 입양 절차를 언급하며 그냥 이대로 살자고 했다.

난 내 영혼에 거짓말을 하면서 동의해버렸다.

아이를 가지고 싶다는 바람이 완전히 사라진 것은 아니지만 내 결혼 생활과 건강 문제가 생기고 보니 아이를 갖는 건 이기적이라는 생각이 들었다.

그런데 시카고로 돌아가기 전날 밤 실로가 다시 내가 진짜로 원하는 것이 무엇인지 물었을 때, 난 근사하고 새로운 직장이나 인생의 빛나는 전망 혹은 푸에르토리코로 돌아올 가능성인 척하지 못했다. 대신 기적이 일어나 내가 살게 되어 건강한 인생을 선물로 받는다면 아마도 아이를 원할 거라고 솔직하게 털어놓았다.

"아이라고요?"

실로가 놀라서 물었다.

토비와 맥스를 안았을 때 그 포동한 몸과 부드러운 피부가 본능적이고 심지어 탐욕스런 반응을 촉발했다. 난 그들을 게걸스럽게 물고 빨면서 그 모든 좋은 것을 다 내 걸로 받아들이고 싶었다. 오래 살 수 있다면 아이를 가지고 그 아이가 유치원에 가는 첫날, 고등학교 졸업식, 어쩌면 그 딸이 자식을 낳는 것도 보고 싶다. 간단히 말해 우리 엄마가 부활하는 것과도 같지만 그보다 더 좋은 생각이 들지 않았다.

"내 대답이 당신을 겁에 질리게 한 건 알겠어요."

달빛이 은은하게 내 얼굴을 비추었다.

"내가 아이를 원하지 않는다고 누가 그래요, 리비? 지금 자식이 없다고 내가 아버지가 되고 싶지 않다는 뜻은 아니에요."

우리는 해변에 담요를 깔고 누워 별을 바라보았다. 난 자리에 앉아 머리카락에 묻은 모래를 털었다.

"난 지금 싸우자는 게 아니에요."

"이건 싸움이 아니에요. 이야기하기 힘든 주제지. 둘은 달라요."

난 한숨을 쉬고 다시 누웠다.

"미안해요. 나한테 민감한 주제라."

"괜찮아요. 나한테도 민감한 주제인 건 맞아요. 당신이 물어봤다면 난 적어도 아이 한 명은 갖고 싶다고 말했을 거예요. 나한테 선택권이 있다면 딸을 낳고 싶어요."

"나도 늘 딸을 원했어요."

내가 인정했다.

"그 애를 샬롯이라 부르고 싶어요."

그가 고개를 끄덕였다.

"당신 어머니 이름을 따서겠죠. 샬롯 패트리샤는 어때요? 예쁜 이름인데."

"마음에 쏙 들어요."

내가 고백했다.

"난 당신이 마음에 쏙 들어요."

난 그가 농담이라고 말해주길 살짝 기대하며 쳐다보았다. 그가 웃는 걸 보니 가슴이 먹먹해졌다.

"어쩜."

"내 대답이 당신을 겁에 질리게 한 건 알겠어요."

실로가 날 놀렸다. 그는 다시 진지해졌다.

"진심이에요, 리비. 좀 성급하다는 건 알지만 내 감정이 그렇고 난 좋은 감정을 억지로 감춰야 한다고 생각하지 않아요."

"난 겁에 질리지 않았어요."

내 대답은 진심이었다.

"정말 멋졌어요. 고마워요."

어쩔 수 없이 톰이 처음 나한테 고백하던 때가 떠올랐다. 우리가 데이트를 시작하고 몇 달이 지나지 않아서 그 역시 성급했다.

"넌 근사해, 리비."

그가 낡은 차에 기어를 넣고 내게 작별 인사를 한 뒤 작은 목소리로 말했다.

"네게 빠졌어. 아니, 단지 그뿐만이 아니야."

톰이 내 뺨을 어루만졌다.

"널 사랑해."

난 너무 놀라 대답을 하지 못했지만 머릿속으로 이런 생각이 들었다. 나도 사랑해, 톰 밀러. 처음 네게 눈길이 갔을 때부터 쭉 널 사랑했고 앞으로도 영원히 그럴 거야.

내가 실로에게 느끼는 감정은 그와 다르고, 어쩌면 그래서 계속 놔두는 것일지도 모른다. 우리는 휘몰아치듯 갑자기 하나가 되었고 내가 곧바로 그에게 이끌렸지만, 내 감정은 톰을 향해 느꼈던 미칠 것 같은 강렬함은 아니다. 대신 침착하고 올바르고 또… 딱인 것 같은 느낌이다.

그날 밤 사랑을 나눈 뒤 난 상실감을 느꼈지만 만족한 상태로 실로의 팔을 베고 누웠다. 열린 창문으로 들려오는 파도 소리가 내 귀에서 그의 심장박동 소리와 번갈아 들렸다. 산들바람이 서늘하게 내 뺨을 식혀주었지만 피부의 열기가 얇은 이불 아래 누운 우리를 데워주었다. 그는 내 다리 위에 자기 다리를 올린 상태로 코를 골았다. 1분 정도 지난 뒤 그가 자다 깨서 내 쪽으로 몸을 돌렸다.

"잘 자요, 이쁜이. 사랑해요."

"나도 사랑해요."

# 29

해가 막 지평선 너머로 고개를 들이밀 때 나도 잠에서 깼다. 실로는 엎드려 깊이 잠들어 있었다. 그의 맨 등을 보는 것만으로도 여전히 흥분이 되었다. 난 톰의 모든 주근깨와 얼굴 표정을 알고 왼쪽 어깻죽지 바로 밑을 건들면 그가 자지러지게 웃는다는 것도 알았다. 실로가 간지럼을 타는지 확실치 않고 그도 주근깨가 있지만, 어디를 건드려야 웃는지는 모르겠다.

앞으로도 모르겠지.

난 이 생각을 마음속 한구석에 자리한 거미줄 아래로 밀어 넣으려고 애쓰며 조용히 뒷문을 열었다. 잘 때 입은 티셔츠와 속옷 차림 그대로 텅 빈 해변으로 나가 곧바로 바다로 들어갔다. 처음 왔을 때보다 물이 엄청 더 차가웠지만 마지막으로 카리브해를 피부로 느낄 기회라 그냥 들어갔다. 파도가 무릎을 지나 허리까리 차올랐고 절개 부위가 쓰렸지만 더 이상 따끔거리지는 않았고, 그렇게 가슴까지 물이 차오르자 내 티셔츠가 공기 방울을 뿜으며 해파리처럼 붕 떠올랐다. 그 자리에 가만히 떠서 해변과 별장을 쳐다보며 이대로 파도에 휩쓸려 가버리면 다 쉽게 끝나지 않을까 생각했다.

하지만 그 생각은 더 이상 내게 매력적이지 않았다. 조금도.

두려움이 자리 잡지 않은 덕분이다. 내 인생을 위해 싸울 준비가 된 여전사 같은 기분은 아니다. 그러나 더 이상 스스로에게 죽으라고 명령하는 리비는 없었다.


돌아와보니 실로가 커피를 내리고 있었다.

"하루를 시작할 준비가 됐어요?"

그가 에스프레소 머신 앞에서 물었다.

난 몸을 닦은 다음 주방으로 들어가 그에게 입을 맞췄다.

"전혀요."

"당신이 더 머물길 정말 바라지만…."

"네."

난 그가 건넨 커피를 받아 한 모금 마셨다.

"알아요."

"리비. 그러지 말…."

그가 말을 하다 갑자기 멈췄다.

"뭘 말라는 거예요?"

그가 고개를 저었다. 아무것도 아니에요.

"뭘 말라는 거죠?"

내가 되물었다.

"치료에 대한 생각을 바꾸지 말라는 거예요."

그가 조용히 말했다.

난 고개를 까딱한 다음 10분 전에 내 마음속 오필리아를 왜 바다로 흘려보내지 않았는지 생각했다.

"이제 와서 내가 왜 그러겠어요?"

"솔직히 나도 모르겠어요. 그냥 걱정이 돼서… 폴이 가고 난 뒤로 그 이야기를 꺼낸 적이 없잖아요."

"시카고에 가면 문제를 해결할 거예요."

아니면 뉴욕이거나. 난 생각했다. 이 시점에서 어느 쪽이든 상관없다.

실로가 내 허리를 감싸 자기 쪽으로 끌어당기며 얼굴을 내 머리 속에 묻었다.

"약속할 거죠?"

그 말이 내 혀 위에 무겁게 자리 잡았다. 난 힘들게 침을 삼킨 다음 내뱉었다.

"약속할게요."

✦

침대 시트를 벗기고 보이는 곳을 청소하고 마지막으로 집

주변을 걸은 다음 실로와 나는 문을 잠갔다.

밀라그로스가 마당에서 우리를 기다렸다.

"자기."

그녀가 팔을 뻗으며 반겼다.

상처 부위가 좀 아팠지만 난 그녀를 꽉 끌어안았다.

"비에케스로 다시 돌아올 때까지 늙은 밀리가 기다릴게."

그녀를 다시 보게 된다면 몇 광년이 지난 뒤 푸에르토리코의 북쪽 지점일 거라는 걸 알기에 난 슬프지만 억지로 웃으려고 애썼다.

그녀는 내키지 않아 하는 내 반응을 오해했다.

"진심이야. 난 아마 주름이 늘겠지만 늙은 순종 말처럼 건강할 거야."

"당연히 그럴 거예요. 제 말 믿으세요."

그녀가 자기 엉덩이에 손을 올렸다.

"이제 어디로 가, 리비?"

"우선 시카고로 간 다음 뉴욕으로 가서 동생과 함께 있을 거예요."

"치료를 다 끝내고 나서는 어쩔 거야?"

"한 발을 디디고 다른 발을 내딛고 하루하루를 그렇게 보내며 톰이나 제 병에 대해 생각하지 않을 거예요. 그 후로는 잘 모르겠어요."

그녀가 내 뒤쪽을 잠시 쳐다보더니 다시 나와 눈이 마주쳤다.

"자긴 똑똑해. 과거를 너무 돌아보지 마, 알지? 그쪽으로 갈
게 아니잖아."

난 목이 멨다.

"고마워요, 밀라그로스."

그녀가 내 손을 꽉 잡았다.

"보고 싶을 거야. 하지만…."

그녀가 내 손을 놓고 뒤집더니 집게손가락으로 손바닥 한
가운데를 짚었다.

"손금에 우리가 행복한 곳에서 다시 만난다고 적혀 있어."

난 슬쩍 내 손바닥을 내려다보았다.

"진짜요?"

그녀의 눈이 반짝였다.

"네가 알려줘, 자기."

✦

우리는 지프차를 반납하고 부두로 가는 셔틀버스를 탔다.
손을 꽉 맞잡은 채 배에서 별로 말을 하지 않았고, 공항으로
가는 차 안에서도 그랬다. 공항에 도착했을 때 실로가 자기
조종사 신분증을 보여주며 나와 같이 검색대를 통과했다. 난
탑승구에 도착할 때까지 냉정함을 유지했다. 탑승 수속이 시

작되고 탑승교로 가기 위해 승객들이 줄 서는 것을 본 다음 난 실로의 품에 안겼다.

"믿기지 않아요."

"나도 마찬가지예요. 리비…."

그는 웃으면서 또 울었다. 우리는 둘 다 무너지기 직전이었다.

"내가 느낄 수 있을 거라 생각도 못한 걸 당신이 느낄 수 있게 해주었어요."

나도 마찬가지예요. 난 속으로 말했다. 나도 마찬가지라고요.

그가 어머니를 보러 뉴욕에 올 때 다시 만나자고 하거나 내가 치료를 다 끝내고 푸에르토리코로 돌아올 거라고 약속하지 않으려고 난 갖은 애를 썼다. 지키지 못할 맹세와 약속이 우리가 나눈 순간들을 저급하게 만들 테니까.

난 그의 목을 손으로 잡고 마지막으로 길고 진하게 입을 맞췄다. 내가 살아 있는 한 그를 사랑할 거라고 말했고 그건 진심이었다.

"내가 한 말은 진심이었어요."

그가 이렇게 말하더니 주머니에 손을 넣었다.

그가 포장을 하지 않은 작은 상자를 꺼내자 내 배가 그대로 날갯죽지에 가서 붙는 것처럼 짜릿해졌다.

그는 내 표정을 보더니 웃음을 터트렸다.

"겁먹지 말아요! 반지가 아니니까."

난 억지로 살짝 웃었다.

"고마워요. 그런 것 같네요."

그가 내 손에 상자를 쥐어주고 비행기가 이륙할 때까지 열어보지 말라고 당부했다. 난 알겠다고 대답했다.

항공사 직원이 승객들에게 탑승하라고 알렸다. 실로와 나는 서로를 쳐다보았다. 이걸로 끝이다. 난 마지막으로 그에게 키스한 다음 다른 사람과 키스할 때 이 느낌이 어땠는지 기억하려고 했다.

"잘 가요, 리비."

그가 내 귀에 대고 말했다.

"잘 있어요, 실로."

난 탑승교 문이 닫히기 직전에 비행기에 올랐다. 주위에 앉은 사람들의 호기심 어린 시선을 피하며 난 좌석에 쭈그리고 앉아 눈물을 닦은 다음 창문 너머를 바라보았다. 비행기가 하늘로 오르자 가볍게 상자를 흔들어보았다. 마분지 상자 위로 금속이 달그락거리는 소리로 봐서 액세서리인 것 같았다.

사랑하는 사람에게서 선물을 받으면 특유의 떨림 같은 게 있다. 톰은 늘 실용적인 선물만 해주었다. 생일에는 운동량을 측정하는 팔찌를, 크리스마스에는 다이어리와 펜을 주었다. 그는 퍼스널 쇼퍼처럼 내게 필요한 것이 무엇인지 잘 알았다. 그러나 때로는 선물 상자의 뚜껑을 슬쩍 열어보면서 양털 장갑 대신 섹시한 속옷 세트 같은 게 들어 있길 바랐다.

비행기가 구름 속으로 들어왔을 때 조금의 두려움도 없이 실로가 준 상자를 열어보았다.

면으로 된 쿠션 위에 엄지손가락 지문 크기의 로즈골드 별 펜던트가 섬세한 체인 줄에 달려 있었다. 실로는 쿠션 아래 작은 쪽지를 끼워두었다.

리비,

지난 한 달간 고마웠어요. 내 인생에서 가장 빛나던 순간이었어요.

실로가

별 펜던트는 부적처럼 손가락으로 만지작거리기 딱이었다. 실로의 메모도 딱이었다. 우리의 연애와 내 휴가는 대략 적으로 보면 완벽하게 딱이었다.

이제 그 모든 것이 끝났다.

# 30

시카고가 싸늘한 공기로 탑승교에서 날 맞이했다. 수화물을 찾은 다음 공항 반대편으로 가는 도시철도를 향해 좀비처럼 걸었다. 딱딱한 1인용 좌석에 앉아서 열차가 지하에서 지상으로 올라가는 것을 지켜보았다. 잎이 다 떨어진 나무와 건물들이 잿빛 흐릿함으로 사라질 때 난 스스로에게 말했다. 이건 실수야. 난 뒤늦은 후회를 해본 적이 없는데, 그러고 보니 암에게 물리고 남편한테 한 방 먹어본 적도 없었다. 이 모든 일이 벌어졌고 어쩌면 여전히 내 인생의 좋지 않은 부분일지도 모르는 이곳으로 왜 돌아왔을까?

그러나 약속은 약속이고 난 실로와 폴에게 같은 약속을 했다. 열차에서 내린 다음 휑하고 얼음처럼 차가운 아파트로 들어가서 샌더스 박사에게 전화를 걸었다. 안내데스크에 내 이름을 말하니 잠시 기다리라고 알려주었다. 몇 분 뒤 샌더스 박사가 전화를 받았다.

"통화가 연결될 거라 기대하지 않았어요."

"진료 예약 사이에 잠시 짬이 났어요."

마치 이걸로 모든 게 다 설명된다는 듯 그가 말했다.

"엘리자베스."

"날 리비로 부르기로 합의한 걸로 아는데요."

"리비, 치료를 좀 받았나요? 우리가 마지막으로 본 뒤에?"

난 답을 하기 전에 손가락 거스러미를 좀 뜯었다.

"아뇨. 그래서 전화했어요. 제가 할 수 있는 선택이 뭐가 있는지 알아보려고요."

박사가 한숨을 쉬었다.

"그 소리를 들으니 안심이 되는군요. 우리 팀과 만나는 것부터 시작했으면 좋겠어요. 정밀 검사를 하고 피 검사도 받고 그다음에 종양학 전문의와 약속을 잡고…."

그는 한동안 말을 이었다.

"알겠어요."

그가 마침내 말을 멈추었을 때 내가 말했다.

"언제로 할까요?"

"정말이죠?"

의사는 놀란 듯했고 심지어 실망한 것도 같았는데, 내가 거절할 것을 대비해 더 많은 준비를 했나 보다.

"최대한 빨리 내일 검사를 받을 수 있게 해줄게요."

이번에는 내 쪽에서 놀랄 차례였다.

"정말이오?"

"네. 당신이 1초도 더 허비하게 놔두고 싶지 않아요. 종양 학과장과 이미 얘기가 끝났고 당신이 참여할 수 있는 임상 실험도 있어요. 내가 계속 앞서 나가고 있군요. 자세한 건 와서 얘기하도록 하죠. 켈리가 내일 예약과 그 후 예약을 전부 잡아줄 테니 전화 끊지 말고 있어요. 리즈, 아니 리비, 당신이 연락해줘서 정말 기뻐요."

내일은 여느 날처럼 좋은 날이다. 물론 난 시카고에서 치료를 받을 생각은 아니지만 그건 의사를 만나서 설명하면 된다.

오후 5시밖에 되지 않았지만 난 벌써 지쳤고, 이미 폴과 실로에게 잘 도착했다고 문자도 보냈다. 더 이상 해야 할 중요한 일은 없다. 난 천천히 아일랜드 식탁에서 내려와 침실로 가서 옷을 벗고 차가운 이불 속으로 들어갔다. 거의 곧바로 잠이 들었다가 몇 시간 뒤에 땀이 흐르고 열이 나서 깼다. 혼란스런 상태로 난 옆으로 팔을 뻗어 실로가 있는지 혹은 톰이 있는지 찾았지만 나 혼자뿐이라는 현실을 깨달았다. 가슴이 덜컥 내려앉았다. 난 눈을 감고 무의식이 찾아오길 기다렸다.

✦

다음 날 아침, 팔거나 기부하거나 폴의 집으로 보내지 않은 것 중에서 제일 따뜻한 옷으로 몸을 꽁꽁 싸맨 다음 몇 블록

거리에 있는 도시철도 승강장으로 갔다. 블루 라인을 타고 순환선까지 간 다음 거기서 레드 라인으로 갈아타야 한다.

"이번 역은 시카고입니다. 다음 정차할 역은 클락 앤 디비전입니다."

내가 내릴 역이 다가오자 기계 안내 방송이 흘러나왔다. 열차 여닫이문으로 승객들이 밀려들었고 난 미끄러운 바닥에서 그들을 제치고 나갈 수 없었다.

경고음이 울렸다.

"문이 닫힙니다."

머리 위에서 목소리가 들렸다.

하지만 난 성서 속 소금 기둥이 된 롯의 아내처럼 열차가 다시 움직일 때까지 그 자리에 가만히 서 있었다.

마지막 정거장까지 레드 라인을 탄 다음 몸을 돌려 집으로 돌아오는 반대 노선으로 갔다. 늦게라도 병원에 가거나 내가 놓친 첫 약속을 다시 잡을 수도 있었지만 그러지 않았다.

"치료에 대한 당신 생각을 바꾸지 말아요."

실로가 말했었다. 그는 무엇에 떠밀릴지 알았던 거고, 난 병원 안으로 한 발자국도 들이지 못했다. 내 깊은 곳에 자리한 두려움이 너무 컸다.

집으로 돌아와서 난 통화 버튼을 누르기 직전에 결정을 내리고 제스에게 연락했다.

"시간 있어?"

그녀가 인사도 하기 전에 내가 물었다.

"돌아온 거야?"

"슬프게도 그래. 술 한잔할래?"

"맙소사, 리비. 아직 오전 11시도 안 됐어. 괜찮아?"

아니. 난 속으로 대답했다.

"네가 좀 그렇다면 12시에 만나."

"지금도 괜찮아."

"잘됐네. 카페 델루카로 와. 거기서 만나."

델루카는 제스의 아파트와 우리 집 사이에 있다. 우리는 수 년간 거기서 많은 시간을 보냈다. 내가 들어갔을 때 그녀는 바에 있다가 날 보고 곧바로 내려와 반겼다.

"리비, 너 좀⋯."

그녀가 의구심이라고밖에 볼 수 없는 눈초리로 날 살폈다.

"말랐구나."

그녀는 결국 이렇게 말했다.

"살짝 부스스하지만 완전 말랐어! 게다가 태닝도 했네! 부 럽다, 야."

난 미소를 지었다. 그녀를 보니 예상보다 더 반가웠다.

"혼외정사 덕분이라고 해야 할까."

내 대답에 제스는 놀라 입이 턱 벌어졌다.

난 웃음을 터트렸다.

"미안, 내 목소리가 너무 컸나?"

"전부 말해봐."

그녀가 날 데려다 바에 앉히고는 샴페인을 주문했다.

난 그녀에게 그동안 어떻게 지냈는지 물었지만, 그녀는 내 질문을 가볍게 넘기고는 내 여행이 어땠는지 말해달라고 졸랐다. 내가 이야기를 끝냈는데도 그녀의 입은 다물어지지 않았다.

"라틴계 애인을 두고 왔다니 믿기지 않아!"

"그의 이름은 실로야."

"미안. 그래, 실로. 톰도 알아?"

"당연히 모르지."

"모르는 게 최선일 것 같아."

제스는 손목에 차고 있던 작은 크리스털이 무수히 박힌 가죽 팔찌를 잡아당겼다.

"톰은 쉬지 않고 네 이야기를 하고 있어. 정말로 널 보고 싶어 해, 리비."

난 샴페인을 한 모금 들이켰다.

"당연히 그렇겠지."

"정말이야, 리비. 난 진지하다고."

"넌 누구 편이야, 제스?"

"네 편이지. 분명한 건."

그녀는 발끈한 티를 냈다.

"마이클이랑 나한테도 힘든 일이라서그래. 톰이 한 짓은 나도 용납이 안 되지만 그는 마이클에게는 형제와도 같은 사람이야. 너도 알잖아."

난 샴페인을 들이켜고 잔 옆에 남은 공기 방울을 쳐다보았다.

"나한테 힘들다는 얘기는 하지 말아줘. 난 암이야."

"하나도 안 웃겨."

"그래 맞아. 조금도 안 웃기지."

제스가 날 빤히 쳐다보았다.

"진짜야?"

"시간이 얼마 안 남았어."

그녀의 눈에 눈물이 가득 고였다.

"세상에, 리비. 정말 유감이야. 대체 어떻게? 언제 알았어?"

내가 간단히 설명해주었다.

"그래서 내가 부분적으로 뇌 절제술을 받은 사람처럼 싸돌아다닌 거야."

난 이렇게 결론을 냈다.

그녀가 고개를 저었다.

"왜 좀 더 일찍 말해주지 않았어?"

"나도 몰라. 그냥 당시에는 너무 버거웠거든."

"내가 어떻게 도우면 될까, 리비? 네게 필요한 일이라면 뭐든 할게. 톰에게 대신 말해줄까?"

"고마워, 제스. 말만으로도 큰 힘이 돼. 이런 부탁 좀 그렇지만 톰한테는 아무 말도 하지 말아줄래? 그에게 아직 밝힐 준비가 되지 않았어. 앞으로도 그럴지 확신이 없고."

제스는 애정하는 보톡스 주사를 맞은 자리에 힘을 푼 것이 틀림없었다. 그녀의 이마에 적어도 0.5센티미터 정도의 주름이 생겼기 때문이다.

"톰한테 이야기하지 않는다고? 아무리 많은 일을 겪었더라도 그는 네 남편이야."

난 한숨을 쉬었다.

"그랬지, 제스. 톰은 내 남편이었어. 난 지금 자기 인식으로 가득 찬 상태는 아니지만 내 건강과 관련해서 어떤 부분도 그와 연관되고 싶지 않다는 건 분명하게 알고 있어. 그러니까 이번만 좀 도와줄래?"

그녀가 고개를 끄덕였다.

"고마워."

난 자리에서 내려와 그녀를 꽉 안아주었다.

"지금 내게 포옹해주는 거야, 리비 밀러?"

"그럴지도. 다만 너무 익숙해지지 마."

"그건 왜?"

"난 당분간 뉴욕에 가 있을 거야."

"치료받으러?"

"뭐 그런 일로."

그녀가 웃더니 내 뺨에 입을 맞췄다.

"이번엔 금방 돌아와야 해, 알지? 내가 전화하면 좀 받고."

난 미소를 지었다.

"최선을 다할게."

✦

그날 밤, 잠을 자는데 이상한 느낌이 몸으로 찾아들었다. 정신은 들었지만 몸이 마비가 된 듯 움직이지 않았다. 마치 유리 속에 갇혀 옴짝달싹 못하는 것 같았고 눈조차 뜰 수 없었다. 가슴이 무겁고 숨 쉬는 것이 벅차면서 공포가 찾아왔다. 암이 퍼지고 있어. 난 이렇게 생각했다. 암 진단을 받은 지 한 달이 넘었고 악성 세포들이 내 몸을 헤집고 돌아다니며 그 길에 파괴의 흔적을 남겼을 거라고 꽤 확신했다. 그러니 시간이 얼마 남지 않았다는 것을 알게 해줄 샌더스 박사의 정밀 검사를 받을 필요가 없다.

그러다 평화로운 감정이 찾아들었다. 꿈을 꾼 것일 수도 있지만 서늘하고 안정적인 손길이 내 이마를 쓰다듬는 것 같았다.

빠르게 찾아왔던 마비는 금세 사라졌다. 난 몸을 똑바로 세우고 앉아서 이제 무엇을 해야 하는지 알기에 협탁에 놓아둔 휴대전화를 찾아 손을 뻗었다.

# 31

진작 부동산 서류에 서명을 해두었고 라지가 내 대변인으로 결정을 내릴 권한이 있다고 언급한 공증 서류도 챙겼다. 톰이나 내가 계약을 위해 직접 나와야 하지만 내 병을 알게 된 제스가 톰이 움직이도록 확신시켜주길 바랐다. 집 매매가는 엄마의 생명보험에서 받은 보험금의 거의 두 배에 달한다.

적어도 내게는 아주 큰돈이다. 그러나 한 번의 치료로 그 돈 전체가 사라질 수 있고, 그 말은 곧 치료가 내 생존에 하등의 차이도 가져다주지 못한다는 의미기도 하다. 그 점은 생각조차 하기 싫었다.

라지의 사무실에서 집으로 오는 길에 폴에게 전화를 걸었다.

"어떻게 됐어?"

"어떻게 되다니, 뭐가?"

난 폴의 말이 무슨 뜻인지 정확히 알면서도 물었다.

"아직 네 의사한테 전화 안 했어?"

"그는 내 주치의가 아니야. 그래, 전화 걸었어."

"의사가 치료에 대해 뭐라고 했어?"

"너랑 내가 디트로이트에 같이 가야 한다고 했어."

"아니, 의사는 그렇게 말하지 않았잖아."

"맞아, 그는 정확히 그렇게 말하지 않았지. 하지만 네가 비행 공포증을 극복한 것 같으니까."

"극복했다고? 무슨 요실금이나 궤양 완치 이야기를 하는 것 같아."

"아무튼 넌 비행기를 탔잖아. 실제로 두 번이나. 그러니까… 나랑 같이 엄마 보러 가지 않을래? 못 본 지 꽤 됐잖아."

폴은 잠시 말이 없었다.

"꽤 되긴 했지."

그가 인정했다.

"같이 가지 못해서 안달 나 미칠 정도는 아니지만 네가 그러자면 거절하지 않을 거 알잖아."

그건 사실이다.

"너한테도 좋을 거야. 우리를 위해서."

"네가 치료를 받으면 너한테도 좋고 우리한테도 좋을 거야. 우리의 추억처럼. 디트로이트는 치료를 다 받고 가도 돼."

"그럴 수 없고 난 둘 다 할 거야. 주삿바늘이 내 몸을 찌르기 전에. 네가 같이 가준다면 엄청 힘이 되겠지."

"일주일 전 말 잘 듣던 사랑스러운 내 누이는 대체 어디로 가버린 거야?"

"그 앤 아직 여기 있어, 폴. 거의 그 모습대로 남았지. 그런 그 애한테 네가 필요해."

"넌 최악이야, 립스. 진짜 최악이라고. 비행기를 알아봐야 하니까 오늘 밤에 전화해."

난 안도의 한숨을 내쉬었다. 협박을 하긴 했지만 폴 없이 혼자서는 할 수 없다.


이틀 뒤, 난 디트로이트에 도착했고 폴은 렌터카 부스 앞에서 날 기다리고 있었다. 그는 날 포옹하며 물었다.

"내 다정한 립스. 우리가 마지막으로 통화한 뒤로 좀 잤어?"

"난 그렇게 빨리 판단할 수 있는 사람이 아니야, 멍청이."

난 이렇게 말하면서 꼬집을 데를 살폈지만 실패했다.

"요즘 뭘 하는 거야, 체지방 7프로 만들기 프로젝트?"

폴이 내 손에서 여행 가방을 받아들었다.

"그렇게 슬쩍 넘어가려고 하지 마."

"난 쭉 잠만 잤어."

간밤에 열두 시간 동안 잔 걸 생각하며 말했다.

"아주 느린 속도로 혼수상태에 빠지는 것 같았어."

"그 점에 대해 의사는 뭐라는데?"

렌터카가 기다리는 주차장으로 향하는 자동문을 여러 개

건너면서 그가 물었다.

난 그냥 어깨만 으쓱였다.

폴이 공항에서 주차장으로 이어지는 통로를 걷다 멈춰 서서 날 노려보았다.

"차에 치이기 전에 움직여."

빨간색 소형 차량이 우리를 향해 달려오는 것을 보며 내가 말했다.

그러나 폴은 여전히 날 노려본 상태로 꿈쩍도 하지 않았다.

"넌 진짜 날 겁나게 만들어. 이 상황에서 기력이 그렇게 떨어진 걸 의사한테 말해야 한다고 생각하지 않아?"

빨간 차가 우리를 향해 크고 길게 경적을 울렸다. 폴은 운전자를 매섭게 노려본 다음 걸음을 옮겼다.

"점점 더 터무니없어지고 있어."

그가 여행 가방을 끌면서 씩씩거렸다.

"난 네가 그 엄청난 비밀을 말해줄 때까지 기다렸는데 넌 우주의 섭리에 따라 움직이겠다고 항암 치료를 거부하다니."

"그러려면 지금 내 처지보다 한참 더 낙관적이어야 해, 폴리푸."

난 어릴 때 동생을 놀리던 별명으로 불렀다.

"폴리푸는 네가 최선을 다한다고 생각하지 않는다는 것만 알아둬, 자매."

그가 농담기를 걷어내고 말했다.

우리는 공항에서 그리 멀지 않은 한적한 근교의 평범한 호텔로 들어갔다. 폴은 방을 하나만 예약했고 내게는 "네가 혼자 있기 싫을 걸 알아서 그랬어"라고 말하며 정확히 내 마음을 꿰뚫었다. 짐을 풀고 한숨 돌린 다음 우리는 폴의 직장 동료가 추천한 바비큐 레스토랑이 있는 디트로이트로 차를 몰았다.

음식은 괜찮았던 것 같다. 단지 내가 식욕이 별로 없었다.

폴은 내 건강 상태에 대해 계속 재촉하기보다는 새로운 상처를 공격하는 쪽을 택했다.

"미국으로 돌아오고 난 뒤로 실로한테 연락하지 않았지?"

"왜 그렇게 생각해?"

폴이 손을 뻗었다.

"안녕, 난 네 쌍둥이 동생이야. 우리 만난 적 있지?"

난 악수를 하지 않았다.

"조용히 밥이나 먹자. 네가 내 마음을 읽으려고 애쓰는 동안 난 네 어두운 마음 깊은 곳 어딘가에서 날 정말로 사랑하고 있다는 걸 기억하려고 애쓸 테니까."

"그렇게 힘들게 받아들이는 게 놀랍네."

폴이 내 예민한 반응을 무시하며 말했다.

"난 진짜 가벼운 관계라고 생각했는데."

"가벼운 관계였어."

침울하게 덧붙였다.

"불행하게도 난 그를 사랑해."

"나도 알아, 가엾은 멍청이. 이 말은 해야겠어. 네가 그 남자 때문에 푸에르토리코에 계속 있을 거라고 난 거의 확신했어. 그는 괜찮은 사람이지만 난 네가 돌아와서 기뻐."

"그래."

난 별 목걸이를 향해 손을 뻗었다.

"오, 번쩍번쩍한데!"

폴이 내 목걸이를 처음으로 알아차리고 말했다.

"그가 준 거야?"

"맞아."

폴이 애석한 미소를 지었다.

"꼭 끝낼 필요는 없어, 알지?"

"알아."

난 그렇게 말했지만 솔직히 그런 건 몰랐다.

폴이 자리에서 일어나 자기 의자를 내 쪽으로 가져와서는 내 등에 손을 올렸다.

"끝낼 필요는 없어."

그가 다시 말했다.

"평생 치료받을 건 아니잖아."

"그게 끝내야 한다는 소리지. 우리는 서로를 잘 모르고 난 회복에 집중해야 하니까."

폴이 내 어깨를 가볍게 잡았다.

"이런 게 내가 알고 사랑하는 리비지. 톰에 대해선 기분이 좀 풀렸어?"

"무슨 톰?"

"아직 그에게 말 안 했구나."

"절대 안 할 거야."

"내가 이래라저래라 하진 않겠지만 언젠가 그도 알게 될 거야. 네 입으로 직접 전하고 싶을 거잖아."

난 폴을 향해 포크를 들었다.

"내가 톰에게 전할 소식은 다 전했어."

"그가 가엾지 않아? 조금도?"

접시 위에 놓인 치킨을 빙빙 돌리면서 난 올해 초 어느 저녁, 처음 내 하복부에 혹이 있다는 것을 발견하기 몇 주 전을 떠올렸다. 긴 샤워를 마치고 팔다리에 보디로션을 바르고 짧은 실크 가운을 걸쳤다. 침실로 가니 톰이 침대에 누워 있었다.

그는 배 위에 책을 올려놓고 멍하게 침대 맞은편 벽을 응시했다. 처음에 그는 날 보지 못했고 난 문 앞에 서서 그의 날렵한 콧날과 매끈한 상체, 램프 불빛에 빛나는 긴 속눈썹을 감탄하며 바라보았다. 난 정말 복도 많지. 그런 생각이 들었다. 내 남편이라는 사실이 익숙해졌지만 여전히 그를 보는 것만으로도 온몸이 짜릿했다. 난 전에도 자주 그랬던 것처럼 스스로에게 하느님이 내가 엄마를 잃은 보상으로 그를 보내줬다고 말했다.

그날 밤, 난 그의 옆으로 가서 누워 팔을 베고 몸을 웅크렸다. 발로 그의 다리를 위아래로 훑었다. 발이 그의 사각팬티 안으로 들어가려는데 그가 내 이마에 입을 맞췄다.

"사랑해, 리비."

톰이 책을 들어 올리더니 다시 읽기 시작했다.

다시금 난 내 낙관적인 지우개로 그날 밤의 모든 의심스러운 징조를 지워버렸다. 속상해해서는 안 됐다. 그 순간 그는 그럴 기분이 아니었던 거다. 그게 뭐 어때서? 그는 훌륭한 남편이고 우리가 섹스를 할 때면 아주 좋았다. 난 완벽함을 기대하지 않았다. 이제 와서 그럴까?

"아니, 난 그가 가엾지 않아."

내가 폴에게 말했다.

"솔직히, 암 선고를 받은 게 내가 아닌 그였기를 바랐어. 그가 죽길 바랐다고."

내 목소리가 커졌고 우리 옆에 있던 사람들이 쳐다보지 않으려고 애쓰는 것을 난 눈치챘다. 그들은 아마도 폴과 내가 다투는 연인이라고 생각했나 보다. 그러라지.

"그랬다면 난 제대로 완전히 사랑받았다고 믿었을 테니까. 이제 난 그가 진심을 다해 날 사랑할 수 없고 내가 원하는 방식대로 해줄 수 없다는 걸 알아버렸어."

난 가쁘게 숨을 들이마셨다.

폴이 다정한 얼굴로 날 쳐다보았다.

"네 말이 맞아. 그를 가엾게 여길 필요는 없어."

"고마워."

난 조용히 말했다.

"언젠가 그를 용서하겠지. 확실히 그러고 싶어. 지금은 그저 그가 빌어먹을 부동산 서류에 서명해주길 바랄 뿐이야."

"아, 그는 그렇게 할 거야."

폴이 대꾸한 다음 와인을 한 모금 마셨다.

"내가 폭력배를 한 명 고용해서 그의 손에 펜을 쥐어주고 서명을 하라고 시키면 할 거야."

"네가 직접 손을 더럽히지 않는 점이 마음에 들어."

폴이 미소를 지었다.

"그 말은 우리의 폭력적인 성향이 유전이라는 거네."

우리는 계산을 하고 호텔로 돌아왔다. 폴이 찰리와 아이들과 통화를 하는 동안 난 콘택트렌즈를 빼고 세안을 하고, 마지막 남은 톰의 수면제 한 알을 반으로 쪼개 반을 통화가 끝난 폴에게 주었다.

그는 수면제를 곧바로 입에 넣고는 물도 마시지 않고 삼켰다.

"잘 자."

내가 침대 위로 올라가니 딱딱한 매트리스가 내 무게를 지탱하며 신음소리를 냈다.

"잘 자."

나도 그렇게 말하고 베개를 머리 위로 당겼다.

우리가 묘지로 가는 날은 공교롭게도 11월의 가장 추운 날이었다. 난 덜덜 떨면서 일어나 뜨거운 물에 샤워를 하고 커피를 마신 다음 제일 두꺼운 스웨터를 걸쳤지만 조금도 나아지지 않았다. 차에 오른 뒤 히터를 최대한으로 켜고 뜨거운 공기가 내 몸 쪽으로 나오도록 조절했다.

"난 신경 쓰지 마. 네가 불안해서 그런 거잖아."

폴이 옆에서 말했다.

"중요한 고객한테 나쁜 소식을 전할 때 나도 비를 쫄딱 맞은 치와와처럼 떨거든."

"네가 떤다고? 믿기지 않는걸."

"잘 기억해둬. 다시는 내 입으로 시인하지 않을 거니까."

"난 불안한 게 아니야. 그냥…."

"걱정되는 거겠지."

폴이 대신 말했다.

"맞아."

내가 맞장구를 쳤다. 그 밖에도 뭐라고 이름 붙일 수 없는 혼란스러운 감정들이 다수 뒤섞였다. 우리가 묘지로 들어설 때까지도 이가 덜덜 떨리며 싸구려 도자기가 부딪히는 소리를 냈다. 철문과 작은 안내표지는 바뀌지 않았고 주변을 둘러싼 상록수도 그대로였다. 그런데 차에서 내리니 우리 앞에 보이는 묘지가 마지막으로 왔을 때보다 규모가 훨씬 작아졌다.

폴이 내 손을 잡았고 우리는 같이 묘지 중앙으로 향하는 구불구불한 길을 걸었다. 난 항상 묘지가 으스스하다고 생각했지만, 그날 아침에는 아빠와 함께 엄마 무덤을 많이 찾아왔을 때 이미 본 곳이라는 점을 내 일부가 알고 있었다. 그래서 편안하기도 했다. 화장해서 유골함에 들어가는 것에 왜 그렇게 집착했는지 모르겠지만 그날 묘지를 걸으면서 난 내가 가고 무엇이 남든 그걸 묻어달라고 하기로 결심했다. 엄마와 가까운 곳이면 더 좋고.

엄마의 무덤 앞에 서니 숨이 턱 막혔다. 폴이 내 손을 놓고 묘비 앞에 무릎을 꿇고 화강암에 새겨진 글귀를 애정 어린 손길로 쓰다듬었다.

난 몇 분 동안 그를 혼자 둔 다음, 걸어가 옆에 앉아서 커다란 돌 앞, 언 잔디 위로 다리를 꼬았다. 눈을 감고 마음속으로 엄마와 대화를 나누기 시작했다. 실제 대화라기보다는 기도에 더 가깝고, 엄마가 혹시 들으면 그 파편들을 잘 이어줄 거라고 믿었다. 난 전부 말했다. 톰, 비에케스, 밀라그로스, 실로, 내 병에 관해서도. 난 엄마에게 사랑한다고 엄마가 이 기도를 들어줬으면 좋겠다고 말했다. 눈을 뜨고 묘비를 다시 쳐다보았다.

샬롯 로스(1954~1989), 사랑받는 아내이자 어머니

사랑받는 아내이자 어머니라. 사실이지만 엄마를 설명하기에는 지독하게 부족하다.

가끔 특히 기분이 울적할 때면 난 엄마가 돌아가실 때 내 나이가 달랐으면 어땠을까 생각해보곤 했다. 열 살은 우리에게 일어난 끔찍한 일에 대해 이해할 수 있는 나이지만, 어른인 지금 내가 알고 싶어 하는 엄마와 엄마의 인생에 대한 많은 세세한 부분을 다 받아들이기에는 너무 어렸다. 게다가 지금은 얼마 안 되는 기억들이 시간이 지나면서 흐려지고 있다. 예를 들어 엄마는 긴 갈색 생머리에 풀처럼 녹갈색 눈동자를 가졌다. 그런데 엄마의 웃음소리는? 내 머릿속에서 들리는 짤랑거리는 동전 소리일까 아니면 그건 내가 상상으로 떠올린 걸까? 재미있는 것을 좋아하고 친절한 건 내 기억일까 아니면 내가 만들어낸 동화일까? 폴과 나에 대한 엄마의 생각은? 엄마는 우리의 미래를 어떻게 꿈꿨을까? 엄마 자신의 미래는? 난 결코 알 수가 없다.

결코 알 수가 없다.

그런 현실을 자각하며 난 땅에 머리를 대고 우리 가족과 우리가 잃은 모든 것을 위해 울었다. 내 어깨가 흔들리자 옆에 있던 폴이 날 품에 안고 같이 울면서 다시금 내가 혼자가 아니라고 알려주었다.

그날 저녁, 난 호텔 방에 걸린 칙칙한 풍경화를 쳐다보며 실로를 생각했다. 그에게 전화를 걸어 내 하루가 어땠는지 말하고 싶었지만, 한 번 전화를 걸면 계속 연락을 해 내가 그에게 시카고로 오라고 하거나 아니면 내가 푸에르토리코에서 치료를 받거나 뭐 그런 행동을 할까 봐 두려웠다. 가능성이 너무 많았고, 그중 올바른 건 하나도 없다. 난 램프를 끄고 이불을 목까지 당겼다.

폴은 침대 맞은편에 앉았고, 그의 노트북이 얼굴을 환히 비추었다.

"마지막 남은 수면제를 아껴뒀어야 했어. 넌 가진 거 없어?"

"없어."

"너희 동네는 진정제를 안 줘?"

그는 타자를 다 치고는 날 쳐다보았다.

"난 이제 가지 않잖아."

"진짜야?"

"그래, 아이들이 태어나기 몇 달 전부터 각성제를 완전히 끊었어."

"네가 약의 힘을 전혀 빌리지 않는다니 믿지 못하겠어."

"하느님이 주신 내 재능에 토를 달지 마."

그는 노트북을 덮고 램프를 끈 다음 내 옆에 누웠다.

"지금 내가 여기 눕는 게 좀 도움이 돼?"

난 눈을 감았다.

"응, 고마워."

"립스?"

몇 분 뒤 폴이 물었다.

"어릴 때 생각나?"

난 눈을 떴고 호텔 암막 커튼이 모든 빛을 차단했지만 알람 시계의 붉은 숫자는 선명하게 보였다.

"나한테 뭘 시키려고 구슬리던 거?"

내가 물었다.

"이불과 존재하지 않는 네 힘을 동원해 날 2층 창문 밖으로 날려버린 거?"

우리 둘 다 웃었고, 2월 눈보라가 치던 밤에 내가 떨어지면서 멍든 팔을 붙잡고 현관 앞에 맨발로 서 있는 걸 본 아빠가 얼마나 충격을 받았었는지 떠올렸다.

"내가 하려는 말은."

폴이 이불 아래로 날 걷어차며 말했다.

"네가 혼자 자는 걸 아주 싫어해서 내가 아빠한테 이층 침대를 사달라고 졸랐던 거 기억나? 넌 열여섯이 되어서야 다시 네 방에서 혼자 잤잖아."

난 툴툴거렸다.

"열넷이거든."

"그랬지. 있잖아, 립스?"

"왜?"

폴이 잠시 망설였다.

"이 말을 비에케스에서 했어야 했는데, 엄마가 나한테도 똑같은 말을 했어. 널 잘 돌봐달라고 부탁했어."

난 어안이 벙벙해졌다.

"진짜?"

"그래. 거의 같은 시기에."

"엄마는 자기가 죽을 걸 알았을까?"

"응."

"우리를 두고 떠나는 게 두려웠을까?"

"토비와 맥스를 두고 떠나는 것보다 더 끔찍한 일은 상상이 안 되니 엄마도 그랬을 거라고 믿어. 하지만 엄마는 우리가 서로 의지할 수 있다는 걸 알았어."

폴이 엎드려 누웠다. 잠시 뒤 그가 말했다.

"우리가 괜찮을 거라는 걸 엄마가 알았으면 좋겠어."

나도 그렇게 생각했다. 폴 옆에 누워서 난 무엇보다 엄마가 다른 많은 별들처럼 여전히 하늘로 가는 중이길 바랐다. 엄마의 일부가 어딘가에서 폴과 내가 아직 여기 있는 것을 보고 우리에게 길을 알려주기를 바랐다.

# 32

폴과 공항으로 가는 길에 잠시 커피를 사러 들렀는데 마침 제스가 전화를 해왔다.

"톰이 안 할 것 같아, 리비."

그녀가 겁에 질린 목소리로 말했다.

"난 갖은 노력을 다했어. 마이클이 톰이 자기 집처럼 지낼 수 있게 저렴한 전전세를 찾아줬어. 하지만 그는 거절했어."

그녀가 숨을 삼키고는 크게 내뱉었다. 아마도 집 뒤 현관에서 담배를 피우는 것 같다.

"네가 아프다는 말을 하게 해줘. '암'이라는 말은 꺼내지도 않을게. 맹세해."

"절대 안 돼, 제스."

난 톰이 병원에서 연락 온 것을 걱정하던 일을 떠올렸다. 그는 아마 곧바로 알아차릴 거다.

"날 위해 애써주는 건 정말로 고마워. 하지만 이건 네가 해

결할 문제가 아니야. 내가 알아볼게. 부탁인데 톰한테 말하지
마. 내가 좋지 않다는 그 어떤 힌트도 주지 말아줘."

난 전화를 끊고 창가 자리에서 계속 날 쳐다보고 있는 폴을
향해 몸을 돌렸다.

"미안, 형제여."

내가 인상을 찌푸리며 말했다.

"오늘 시카고로 돌아가야 할 것 같아."

"아파트 때문이라면 내가 그 빌어먹을 걸 너한테서 살게.
됐지?"

"어머, 멋쟁이. 너한테 그런 큰돈이 있을 줄 누가 알았을
까?"

폴은 웃기지 말라며 커피 스틱을 날렸다. 스틱이 내 가슴을
맞고 다시 테이블 위로 떨어졌다.

"너한테 비행기표를 막판에 바꿀 큰돈이 있을 줄 누가 알았
을까? 진심이야, 립스. 난 은행에 푼돈이나 넣어두려고 이렇
게 힘들게 일하는 게 아니야. 네가 맨해튼이 싫다면 뉴저지
근방에 작은 집을 마련해줄게. 그러니까 나랑 같이 가자, 응?
토비와 맥스도 네가 보고 싶어 쭉 기다리고 있다고. 나랑 같
이 집에 가자."

"그럴 거야, 약속해."

난 아주 확신에 찬 목소리로 들리길 바라며 말했다.

"한 가지 일만 먼저 끝내고."

"어쩌고저쩌고."

폴은 손으로 꼭두각시 인형이 말하듯 흉내를 내보였다.

"계속 핑계로만 들려. 엄마를 보러 가자는 건 이해했어. 그 렇지만 다른 건 의사를 만나고 난 뒤에 해도 늦지 않아."

난 미안하다는 의미로 어깨를 들썩였다.

"우린 그 부분에서 협의되지 않은 걸 협의해야 해."

"그래야지."

폴이 대답하며 자리에서 일어났다. 그는 자기 커피를 집어 들었다.

"가자. 우리 중 한 명은 비행기를 타야 하니까."


시카고로 가는 비행기의 탑승을 기다리는데 실로가 전화 를 했다. 그 말은 곧 폴이 연락을 했다는 뜻이다. 하지만 실로 의 목소리에는 몇 시간 전 탑승구에서 작별 인사를 할 때 폴 이 보여준 화가 들어 있지 않았다.

"안녕, 자기."

그가 부드러운 목소리로 말했다.

"잘 지내요?"

"안녕, 자기."

난 대답하며 울음이 날 것 같았다.

"잘 있어요."

"정말로?"

"그럼요."

난 터미널 근처 기둥에 몸을 기댔고 많은 사람이 다양한 삶을 이어가게 해줄 여러 목적지로 향하는 비행기를 타러 옆을 스쳐지나갔다. 그중 어느 누구도 날 돌아보지 않았다.

"엄마의 무덤에 갔었어요."

"그 얘기 들었어요. 어땠어요?"

"좋았던 것 같아요. 거기 있는 게 힘들었어요. 그래도 가길 잘했어요."

뒤에서 새가 지저귀는 소리가 들려 난 그가 발코니에 나와 앉았는지 아니면 해변인지 궁금했다.

"왜 아직 의사를 만나지 않았어요, 리비? 의사한테 가겠다고 약속했잖아요."

"갔었어요. 정말로 그랬어요. 그런데 정거장에 도착했는데… 모르겠어요. 그냥 열차에서 내릴 수가 없었어요."

"리비."

"실로."

난 진지했다.

"리비."

그가 다시 말했다.

"내 말 잘 들어요. 누가 같이 갔더라면 그런 일은 없었을 거예요. 당신은 의사를 만나고, 할 수 있는 것에 대해 더 많이 알게 되고 검사와 치료를 받기로 합의했겠죠. 혼자 하려고 애쓰는 걸 그만둬요."

"당신은 혼자 했잖아요."

내가 반발했다.

"당신이 치료를 끝마치기 전에 칼라가 떠났다면서요."

"맞아요, 그녀가 그랬어요. 하지만 어머니와 여동생이 날 도와줬어요."

"참 잘된 일이군요"라고 말할 뻔했다. 대신에 "엄마가 날 도와주는 건 내 선택 사항엔 없어요"라고 답했다.

"그런 현실이 안타까워요, 리비. 내가 그 점을 아주 속상해 한다는 걸 당신도 알잖아요. 하지만 당신에게는 폴과 그의 동반자, 조카들이 있어요. 당신 아버지도 아마 당신 인생의 큰 부분에 기꺼이 참여할 거예요. 당신 친구 제스는요? 그녀는 당장에라도 옆에 있어줄 거예요. 당신은 그걸 알잖아요. 나도 있고."

목구멍에 큰 덩어리가 걸린 것 같았다. 그가 이렇게 말하니 혼자 모든 것을 다하려고 애썼던 내가 얼마나 바보 같은지 인정할 수밖에 없었다.

"스스로에게 최소한 노력을 하게 했죠. 자신을 위해 할 수 없다면 엄마를 위해 해봐요. 엄마가 그러길 바라는 걸 당신은 아니까."


혼자 다 짊어지지 마. 난 스스로에게 이렇게 말하며 웨스트 웨커를 걸었고 바람이 얼굴을 사정없이 휘갈겨 눈물이 났다. 머리를 몸에 바짝 붙인 다음 한 블록을 더 건넜고 한때 집보다 더 많은 시간을 보낸 건물 앞에 도착했다.

"이름을 적고 들어가셔야 합니다, 부인."

내가 안내데스크로 들어서자 보안 요원이 말했다. 그러다 그녀가 날 다시 쳐다보았다.

"리비, 당신이에요?"

"안녕, 조지."

난 근 10년간 거의 매일 날 맞이해준 여성을 향해 미소를 지었다.

"세상에, 못 알아볼 뻔했어요! 설마 청바지를 입은 건 아니죠?"

그녀는 내 다리를 의구심 어린 표정으로 빤히 쳐다보며 물었다.

그 소리에 난 웃었다.

"출근하는 게 아니니까 차려입을 필요가 없어요. 물론 재키를 보러 왔긴 하지만요. 아침에 출근했나요?"

"불같이 성질을 부리며 들어왔어요."

조지가 코웃음을 쳤다.

"오늘처럼 일진이 사나운 날 그녀를 봐야겠어요?"

"그러고 싶진 않지만 할 수 없죠."

"내가 연락을 해줄까요?"

난 고개를 저었다.

"올라가서 비서한테 직접 말할게요."

"오, 맙소사. 재키에게 비서가 있다고 생각한다면 제정신이 아니군요. 지금까지 최소 네 명이 거쳐갔고 그중 어느 누구도 며칠 이상을 버티지 못했어요."

조지는 궁금하다는 표정으로 날 쳐다보았다.

"다시 일자리를 얻으려고 온 거예요?"

"그런 건 아니에요."

그녀가 자기 이마를 짚었다.

"세상에 맙소사. 당신의 머그잔이 그리워요, 리비. 그러나 당신 인생에 필요한 건 그게 아니죠."


재키의 사무실 문밖으로 딱딱거리는 키보드 소리가 들리는 데도 내가 노크를 했을 때 그녀는 반응을 보이지 않았다. 다시 노크했다. 여전히 반응이 없었다. 어쩔 수 없이 안으로 들어갔다.

"지금 한창 일하는 중이야."

그녀가 커다란 컴퓨터 모니터에 시선을 고정한 채 소리를 질렀다.

"재키?"

내가 조용히 불렀다.

"지금 한창…."

그녀가 갑자기 말을 멈췄다.

"처량한 리비, 당신이야? 다시 일하게 해달라고 온 거라면 그만 가봐. 후하게 쳐줘서 하급 비서로는 채용할 수 있지만 떠날 때 달았던 직급으로는 절대 못 해줘."

"난 일자리가 필요하지 않아요. 뭐 어쩌면 필요할 수도 있어요. 하지만 지금은 아니에요. 난 아파요, 재키."

"머리가 아프겠지!"

그녀가 소리를 질렀다.

"그렇지 않으면 당신 처지에 과분하게 월급을 많이 주는 직장을 그만뒀겠어? 더 좋은 일자리를 찾았다고 말할 생각일랑 마. 이직을 했다는 사람이 그런 몰골은 아닐 테니까."

난 내 차림새를 내려다보았다. 검정 오리털 재킷 때문에 새까맣게 탄 마시멜로 같아 보였고, 구김이 간 청바지에 제스가 꼬드겨서 산 가죽 부츠가 다리 절반 정도 올라왔다. 호수 효과로 내린 눈을 고스란히 맞아 화장이 거의 흘러내렸다.

"내 다른 모습이 마음에 들지 않아요?"

난 고개를 갸우뚱하며 물었다.

"당신이 날마다 나에게 채운 족쇄와 사슬보다 더 귀여운 것 같은데."

"세상에, 이 여자가! 당신 성격이 달라진 것 같네. 샌드위치 배달하는 남자한테 아쉬운 소리도 못하는 소심한 여자는 어디 간 거야?"

"말 돌리지 말아요, 재키. 내가 여기 온 건 건강보험 때문이에요. 그게 어제 필요했어요."

"당신, 임신했구나!"

그녀가 질책하는 목소리로 말했다. 재키는 자기 의지로 아이를 갖지 않았고, 내가 한 번도 임신이 어렵다는 점을 그녀에게 알리지 않았기 때문에 나도 자기처럼 일부러 아이를 갖지 않았다고 생각했다. 나의 끝없는 유능함 말고 그녀가 내게서 마음에 들어 하는 유일한 부분이었다.

난 몸 앞으로 팔짱을 꼈다.

"아뇨, 아쉽게도 임신하지 않았어요. 난 암이라고 부르는 불행한 만성질환에 걸렸어요. 당신도 들어봤을 테죠?"

"그렇겠지, 내가 당신한테 2만 달러를 송금해주면 우간다 왕자가 내 발을 씻겨준다고 해."

"재키."

그녀가 자리에서 일어서더니 내가 서 있는 책상 쪽으로 걸어왔다. 천천히 날 위아래로 살폈고 내가 사기를 치는 게 아니라고 판단한 듯 보였다.

"세상에, 이건 오늘 내가 듣고 싶은 소식이 아니야. 그래서 나한테 벌컥 화를 낸 거야?"

"내가 당신한테 화를 낸 건 조금만 시간을 달라고 했는데 당신이 나한테 화를 냈기 때문이에요. 자, 하던 얘기 계속할게요. 난 제때 미국 의료보험에 가입하지 못했고 공제가 되는 다른 보험 정책을 알아봤지만 솔직히 지금 의료비를 충당하려면 신장이라도 팔아야 해요. 게다가 내가 알기론 신장 역시 암이 전이되어서 더 이상 선택의 여지가 없어요."

"그래서 나더러 어쩌라는 거야?"

"당신한테 어쩌라는 게 아니에요. 당신이 인사부에 내 계약 종료 일자가 틀렸다고 말해서 내가 의료보험을 적용받을 수 있게 해줘요. 난 공식적으로는 실제보다 5일 더 근무했어야 해요."

그녀가 한동안 날 빤히 쳐다보았다.

"알았어."

"알았다고요?"

"내가 말을 더듬었어?"

"아니, 단지…."

난 그런 반응을 예상하지 못했고 적어도 곧바로 그렇게 해줄 줄은 꿈에도 몰랐다.

"고마워요."

"당신이 어떻게 생각하든 난 나쁜 사람이 아니야, 리비. 당신이 오랜 세월 날 위해 일해준 거 알고 있어. 그런 식으로 그만둘 것까진 없었지만 당신이 암으로 죽어가도록 놔두지 않을 거야."

"고마워요… 내 생각은 그래요."

"천만에."

그녀는 팔짱을 풀고 자기 자리로 돌아갔다.

"잊어버리기 전에 지금 인사부에 이메일을 보낼게."

그녀는 모니터를 들여다보았다.

"걱정스러운 표정은 그만 지워버려. 암을 이길 수 있는 사람이 있다면 그건 당신이니까."

보통은 이런 감정적인 말을 들으면 속에서 화가 치밀어 오르는데 이상하게도 재키의 의도대로 받아들여야겠다는 기분이 들었다.

"당신 말이 맞길 바라요."

그녀가 인상을 썼다.

"내 말을 따라 해, 리비. '난 그렇게 할 거야.'"

난 이 대화가 흘러가는 양상이 마음에 들지 않았다.

"의지로 암을 이길 수 있다고 생각하는 거라면⋯."

"내 말 끝까지 들어. 이 귀머거리 왕비야. 남성이 독점하는 분야에서 특별히 매력적이지 않은 여성으로 출판 업체 최고의 자리에 오르기까지 그저 내가 옳다는 희망만 가지고 됐을 거라고 생각해?"

그녀가 대답을 먼저 했다.

"아니! 그렇지 않다고! 난 성공한 사람처럼 움직였어. 장애물 따윈 밀어버렸어. 일이 제대로 되지 않은 데는 항상 이유가 있어. 수백만 개의 이유지. 그 이유에 집중할수록 자기 길을 더 쉽게 헤쳐나갈 수 있어. 그러니 부탁이 있는데 들어줄래? 낙관적인 성격을 다시 되살리고 그대로 놔둬. 당신이 새로 찾은 태도는 칭찬해주고 싶지만 다음에 닥칠 일을 헤쳐나가려면 더 많은 것이 필요할 테니까."

난 너무 놀라서 말문이 막힐 뻔했다.

"고마워요, 재키."

그녀가 나가라고 손짓했다.

"가봐. 난 할 일이 있고 듣자 하니 당신도 할 일이 산더미 같은데."

"알았어요. 다시 한번 감사해요."

난 인사를 건네고 몸을 돌려 걸었다.

"당신 평생 최고의 상사와 다시 일하고 싶다면 기회는 아직 열려 있어."

그녀가 내 뒤에 대고 소리쳤다.

난 멈춰 서서 어깨너머로 돌아보았다. 놀랍게도 재키가 미소를 지으며 쳐다보았다. 나도 미소를 지어 보였다.

"또 봐요, 재키."

# 33

더 이상 수면제로는 해결이 되지 않았다. 폴이 예전에 받아둔 각성제와 링거로 커피를 내려줘야 내 몸이 쉴 수 있을 것 같았다. 그 덕에 난 아파트 매매 약속을 지키지 못할 뻔했다.

"내 문자 메시지 못 받았어?"

만나기로 한 사무실 문을 열고 허겁지겁 들어가자 라지가 말했다.

"메시지? 무슨 메시지?"

난 입가에 묻은 침인지 녹은 눈인지를 닦은 다음, 양쪽 엉덩이를 훤히 드러낼 정도로 내려간 바지를 치켜올렸다.

그는 걱정스러운 얼굴로 날 쳐다보았다.

"걱정 마. 네가 이렇게 왔으니까. 이 말을 했어야 하는데…."

"톰이 왔구나."

난 앞에 있는 문을 활짝 열었고, 긴 나무 테이블 앞에 앉아 있는 남편의 모습이 흘끗 보였다. 감정이 밀려들었지만 딱히

화라고 할 수는 없었다. 다행히 애정도 아니었다. 뭐랄까…
실망감이다. 결국 다시 그를 보지 않기로 한 다짐을 지키지
못하게 되어서다.

"…톰이 왔어."

라지가 말했다. 그는 양손을 탁 마주치며 사정했다.

"그 때문에 오늘 매매하기로 한 마음을 바꾸지 않을 거라
믿어."

난 라지의 말을 무시하고 회의실로 들어갔다.

"세상에, 톰."

난 하느님이 눈치채지 못하게 그의 이름을 슬쩍 뭉개서 발
음했다.

"그렇게 알아듣게 말했는데도 이렇게 납셨어? 당신이 올
줄 알았다면 난 지금 잠을 더 잤을 거야."

난 그를 노려보았고 마음속에서 또 다른 뚜렷한 가능성이
솟아올랐다.

"아파트 매매를 막으려고 나왔다는 말은 하지 마."

난 톰의 대답을 기다리지 않고 그에게서 몇 자리 떨어진 곳
에 앉아 흥미로운 눈길로 날 쳐다보는 왜소한 여성을 향해 몸
을 돌려 악수를 청했다.

"안녕하세요? 제가 리비 로스 밀러예요. 걱정 마세요. 여전
히 제 아파트를 당신에게 팔 생각이고 곧 전남편이 될 사람에
게 상처를 주는 일일지라도 그렇게 할 거니까요."

여성은 불안하게 웃더니 천천히 내 손을 잡았다.

"잘됐네요."

톰이 헛기침을 했다.

"리비, 난 여기 매매를 막으러 온 게 아니야."

"그럼 왜 왔어, 톰? 당신이 여전히 살아 있다는 걸 내게 알려주는 게 재미있다고 생각한 거야?"

난 그의 맞은편 자리로 가서 앉았다.

"난 거의 잊고 있었고 전기가 통하는 충격요법을 써도 어림없을 거야."

아니면 항암 치료나. 난 이렇게 생각한 뒤 우리 엄마가 말기에 폴과 내 나이처럼 아주 기본적인 것까지 기억하는 데 어려움을 겪었다는 사실을 떠올리면서 말했다.

"립스, 이러지 마. 난 우리가 더 잘할 수 있을 거라 생각해."

그 소리에 난 어이가 없다는 듯 눈썹을 들썩였다.

"이렇게 찾아와서 사람 놀라게 하지 말고 여기 오는 걸 미리 나한테 허락받는 게 우리가 더 잘할 수 있는 방법인 것 같은데."

라지가 손으로 테이블을 쳤다.

"저기, 두 사람 다 여기 왔으니 얼른 계약을 하자. 대표 부동산 중개사와 다른 중개인을 데려올게. 금방 올 거야."

라지가 서둘러 회의실을 나섰고 난 테이블만 쳐다보는 톰을 노려보았다. 그러는 동안 왜소한 여성(한때 서로를 사랑했을 수도 있고 아닐 수도 있는 두 사람의 망령이 남은 집을 구입하게 되었다는 사실을 알게 된 사람)은 맹렬하게 휴대전화로 문자를 보냈는데, 아마도 친구와 가족에게 이 집을 사야 할지 말지 물어보는 것일 거다.

라지가 옷을 잘 차려입은 전문가 같은 여성 두 명을 데리고 왔고, 세 사람이 오리들처럼 일렬로 좌석에 앉았다. 그들은 서류를 찾아 건네며 우리에게 여기, 그다음 저기, 또 저기에 서명하라고 했고, 팔이 떨어질 것 같다고 생각할 때쯤까지 계속되었다. 형광등 조명이 후광효과를 주어 라지의 머리 주변으로 생긴 흰빛을 응시하자 의자에 앉은 내 몸이 떨리기 시작했다.

무슨 일이 벌어졌는지 알아차리기 전에 톰이 내 쪽으로 왔다.

"리비."

그가 속삭였다.

"괜찮아? 그리 더워 보이지는 않는데."

"너무 가까이 왔잖아, 톰."

난 웅얼거리며 이것이 천천히 오는 공황 발작인지 아니면 내가 다시 기절하려는 건지 궁금해졌다.

톰이 라지와 다른 여성 두 명을 쳐다보았다.

"5분만 쉴까요?"

그는 이렇게 물었지만 그들의 대답을 기다리지 않았다.

"자, 가서 물을 좀 마시자."

그는 내 팔을 잡고 날 건물 로비로 데려갔다. 벤치에 앉힌 다음 음료 자판기가 있는 쪽으로 갔다. 그는 작은 종이컵에 물을 한가득 받아와서 내게 건넸다.

"아침 먹었어?"

난 종이컵을 받아들었다.

"아니."

내가 대답했다. 생각해보니 어제 저녁도 먹지 않았다. 암 다이어트는 마흔이 넘을 때까지 살 수 있을 거라는 생각을 완전히 무너뜨렸다.

톰이 안내데스크로 뛰어가서 재빨리 그래놀라 바를 하나 가지고 돌아왔고, 난 1분 안에 그걸 먹어 치우고 톰이 다시 떠다 준 물 한 컵을 마셔 씻어 내렸다.

"좀 나아?"

내가 다 먹고 나니 그가 기대에 찬 얼굴로 물어보았다.

"응, 고마워."

"다행이야. 너한테 힘든 일이라는 거 알고 너의 이런 모습을 보니 마음이 안 좋아, 완전히…."

그의 눈길이 날 살폈다.

"아주 약해졌잖아, 리비. 게다가 지쳐 보여. 네가 싫어하는 걸 알지만 난 걱정돼."

그가 이렇게 친절하고 자상한데 어떻게 누그러지지 않을

수 있을까? 하지만 그의 다정함이 우리가 무엇을 잃었는지 다시금 알려주기 때문에 상처가 되기도 했다.

"그 심정 이해할 수 있어. 하지만 남은 복잡한 절차부터 처리하자고. 그다음에 얘기해. 알겠지?"

그가 마냥 기쁜 표정을 지어 난 곧바로 그 말을 한 걸 후회했다.

"좋아."

30분 뒤 난 집도 절도 없는 신세가 되었다. 여섯 시간 안에 남은 짐을 다 빼야 하는데 내 집을 산 나탈리가 침대를 두고 가도 된다고 허락해주었다.

"차를 가지고 왔어. 근처까지 태워줄까?"

라지에게 작별 인사를 한 뒤 톰이 내게 물었다.

"델루카나 어딜 가도 좋고."

난 고개를 저었다. 우리가 부부일 때 자주 가던 곳에 가는 건 원자력발전소 바로 옆에서 야영을 하는 것처럼 미친 짓이다.

"저 옆에 식당이 있어. 저기 가는 게 어때?"

"좋아."

그는 선뜻 응했다. 너무 활기차 보여서 한 달 전 내가 공항에 가지 못하도록 막으려 했던 전투적인 톰의 모습을 까먹을 뻔했다.

식당에서는 하루 지난 커피 향과 기름진 베이컨 냄새가 풍겼다. 그 냄새가 버튼다운 셔츠에 배어 톰이 집에 가는 즉시 옷을 갈아입어야겠다고 생각하는 것을, 난 알았다.

"그래."

톰이 불안하게 입을 열었다.

"그래."

난 그를 쳐다보았다. 그날 처음으로 그를 제대로 쳐다보았다. 피부는 언제나처럼 주름도, 잡티도 없이 매끈했다. 머리카락 한 올 빠진 흔적이 없었다. 하지만 눈동자가 멍하고 보랏빛으로 충혈되었고, 옷이 그의 뼈대에 걸려 있는 것처럼 어색해 보였다.

"기분이 어때?"

웨이트리스가 우리에게 메뉴를 건넬 때 그가 물었다. 난 메뉴를 거절하고 커피와 토스트, 사이드로 베이컨을 추가했다. 톰은 차와 베이글을 주문했다.

"당신도 알잖아. 아주 근사해."

사실 난 몸에서 산소가 새는 사람처럼 기가 꺾인 상태였다. 하지만 하복부가 아프지 않아 더 이상 바닥으로 쓰러질 것 같진 않고 내가 바라는 바가 그거라서 좋았다.

"난 다른 사람과 사랑에 빠졌어."

내가 불쑥 그 말을 내뱉었다.

톰은 내가 방금 한 말이 무슨 뜻인지 파악하려는 듯 눈을 깜박였다.

"뭐라고? 진짜야?"

"진짜야."

"언제? 전에 같이 일하던 그 남자야?"

난 살짝 이상하게 웃었다.

"타이? 아니, 아니야. 당신이 본 적 없는 사람이야. 실로라고 해. 푸에르토리코에서 만났어."

"와. 그것 참… 잘됐다."

"진짜?"

"진심이야. 넌 행복해야 마땅해."

"말투를 보니 의사랑 상담을 꾸준히 받은 것 같네."

"사실 오레일리와 이야기를 했어. 그와 제스가 옳지 않대. 내가 널 붙잡는 거 말이야."

"그들은 바보가 아니거든."

"그래, 아니지. 진심이야, 리비. 미안해. 진짜 진짜 미안해."

난 그에게 괜찮다고 말했다. 나 스스로에게 샬롯 로스라면 어떻게 했을까?라고 물어보고 곧바로 그를 용서해주었다. 나 자신이 그러지 못하는 것만 빼고.

"난 몰랐어, 톰."

"뭐, 그게 무슨 말이야?"

"그날 집에 왔을 때 난 다른 일로 속상했었어. 당신이 동성애자인 걸 전혀 몰랐어. 그런데 당신은 내가 이미 알고 있지 않았냐는 식으로 말했었잖아?"

357

그는 자기 손만 내려다보았다.

"음, 나도 모르겠어."

그가 고개를 들고 내 눈을 쳐다보았다.

"그러길 바란 것 같아. 그래서 상담을 받으러 다닌 거야. 하지만 아니, 그날 당신한테 그런 식으로 말하지 않았어. 당신이 속상해서 집에 와 내게 하려던 말이 뭐였어?"

"지금 그건 문제가 아니야."

난 빨리 식사를 마무리하고 교통 체증 속으로 뛰어들고 싶다는 생각을 억누르며 말했다. 그러나 다시는 그와 이 문제에 대해 이야기하고 싶지 않았다.

"당신은 오레일리를 사랑했어, 아니 사랑해?"

어머나, 세상에, 톰이 웃음을 터트렸다.

"오레일리? 난 그를 좋아해, 하지만 아니. 절대 아니야."

"그럼 누군데?"

웨이트리스가 우리의 식사를 가지고 왔다. 난 톰을 계속 쳐다보는 상태로 그녀에게 감사 인사를 건넸다.

"여기저기 몇 차례 반한 적이 있어. 하지만 그게 중요한 게 아니야. 난 그저… 계속 당신에게 거짓말을 할 수 없었어. 알아?"

난 침묵으로 대답했다.

"미안해, 리비. 당신한테 말하려고 했는데….."

난 커피를 한 모금 들이켰고 뜨거워서 혀를 데었다. 그래도

358

그냥 목구멍으로 넘겼다.

"아 그래? 그럼 언제 말하려고 했는데?"

이번에는 톰이 머뭇거리지 않고 말했다.

"당신이 입양 얘기를 꺼낸 뒤에 내가 그건 싫다고 했어. 난 당신과 얘기하고 싶은 다른 게 있다고 했지. 그런데 당신은 한 가지 이상은 감당이 안 된다고 계속 말했고. 내가 안 좋은 소식을 전하려고 하면 당신은 들으려고 하지 않았어."

난 숨이 턱 막혔다.

그가 슬픈 얼굴로 날 쳐다보았다.

"솔직히 당신은 기억 못하잖아."

난 그런 건 기억이 나지 않는다고 말했다. 그러나 내가 가만히 서서 손톱으로 손바닥에 작은 구멍을 내던 때가 기억났다. 그때 톰이 날 앉히려고 했다. 그는 아이를 가지려고 다시 노력하기 전에 우리가 해결할 다른 문제가 있다고 말했다. 당시 난 화가 났고 심지어 공격적이었는데, 그가 진짜 문제에서 시선을 돌리려고 그런다고 생각했기 때문이다. 그런데 사실은 내가 바로 문제를 피하려고 했던 장본인이었다.

난 커피를 한 모금 더 마신 다음 그때 말고도 나한테 이야기를 하려고 했었는지 물었다.

내 질문에 톰이 어색하게 기침을 했다.

"살짝 시도는 했었어. 대학 다닐 때 친구 루크가 양성애자라고 했던 거 기억나? 그때 당신이 남자를 아주 조금이라도 좋아하는 사람과는 결코 같이 있을 수 없다고 말했잖아."

난 얼굴이 화끈거렸다. 루크는 기억이 안 나지만 내가 그렇게 말하는 것이 상상이 갔다.

"난 더 열심히 노력해서 당신이 바라는 남자가 되라고 스스로에게 말했어."

톰이 말을 이었다.

"심리학 책은 다 찾아 읽고 인터넷에서도, 그러니까 이성애자로 사는 법에 대한 정보를 알아봤고, 공부하고 좋은 직장을 얻는 데만 집중하려고 애썼어. 난 항상 당신을 좋아했어, 리비. 당신을 행복하게 해주고 싶었고. 당신은 내가 만난 가장 재미있고 근사한 사람이야. 단지…."

"그거로는 부족했던 거지."

톰은 내 인생의 거의 전부를 같이 보낸 사람이다. 그가 하지 않은 말조차 내가 이해하는 건 놀라운 일이 아니다.

"당신 잘못이 아니야, 리비. 당신한테 말하도록 허락해주는 장본인도 당신이 아니니까. 난 당신에게 상처를 주고 싶지 않았지만 내가 능장을 부린 것도 있어. 인생은 우리에게 아주 좋았지. 서로의 반쪽으로 늘 함께하는 것처럼 보이는 편이 쉬웠으니까."

"그게 우리의 공통점이었어."

나도 인정했다. 여러 면에서 이른바 우리의 이상적인 결혼은 내 성인 인생의 기반이 되어왔다. 아빠한테는 한 번도 인정한 적이 없지만 엄마가 하늘나라에 간 뒤 우리 세 사람은 결코 완전한 하나의 가족이라는 느낌을 받지 못했다. 난 톰을 깊이 끌리는 사람이자 새 가정을 꾸릴 수 있게 해주는 안정적인 남자로 봐왔다. 우리 두 사람으로 이루어진 팀이 내가 바라는 것처럼 확장되지 않았지만 그럼에도 우리는 한 팀이었다. 리비와 톰, 서로의 존재를 공유하며 행복하게 사는 부부. 난 그 토대를 유지하는 데 혈안이 되어 내 발 바로 아래서 균열이 생기는 것을 알아차리지 못했다.

"의사가 그러는데 모든 걸 완벽하게 하려는 내 욕구의 일부는 그와는 모든 것이 거의 정반대인 내 어린 시절에서 기인한 거라고 했어."

톰이 알려주었다.

난 베이컨을 베어 물며 톰의 아버지가 술에 취해 주정을 부리고 주먹질하던 모습을 떠올려보았다. 어머니는 그런 아버지에 대한 조용한 앙갚음으로 헝클어진 매무새에 집안일을 전혀 거들떠보지 않았다.

"이제 이해가 가. 당신이 왜…."

난 그가 "날 포크로 찔렀는지"라고 말할 줄 알았는데 그는 갑자기 말을 멈췄다.

"당신이 왜 그렇게 화가 나서 시카고를 떠났는지. 물론 그렇게 해서 조금이나마 위로가 되었겠지만 난 나 자신이 싫어."

난 한숨을 쉬고 고통으로 가득 찬 그의 눈동자를 쳐다보았다. 스스로를 용서하고 다시 자신을 사랑하는 법을 배우려고 애쓰는 톰의 모습은 우리의 결별로 생겨난 어떤 투쟁보다 더 힘들어 보였다. 난 해결해야 하는 나만의 문제가 있다. 그러나 우리의 관계를 생각해볼 때 난 이미 산을 넘었고, 톰은 아직 산기슭에서 어떻게 산을 넘어야 할지 방법을 찾으려는 중이었다.

"스스로를 미워하지 마. 난 당신을 증오하지 않아."

내 앞에 그를 앉혀두고, 그러지 않았던 적이 언제인지 기억할 수 없을 정도로 오랫동안 사랑해온 사람이 바로 그라는 점을 다시금 떠올리지 않기란 힘들었다. 난 그에게 언젠가 우리가 다시 친구가 될 수 있을 거라고 말하고 싶었다. 하지만 미래에 우리가 자주 볼 수 없을 거라는 아주 강한 느낌이 왔다. 그래서 그냥 이렇게 말했다.

"스스로에게 시간을 줘. 자비도. 알겠지? 그러면 괜찮아질 거야."

그는 뻣뻣한 종이 냅킨으로 눈가를 닦고 길게 숨을 내쉬었다.

"당신한테 방금 선물을 받은 기분이야."

"천만에."

그는 음식에 손을 대지 않았고 차도 마시지 않았다.

"이제 잘 지낼 거지, 톰?"

"그건 내가 당신에게 물어야 하지 않아?"

그가 반문했고, 잠시 뒤 난 그가 나의 진실에 의구심을 가진 것이 아닌지 궁금해졌다. 하지만 그는 이렇게 말했다.

"당신은 어때, 리비? 아파트가 사라졌고 이제 재키랑도 일하지 않잖아. 앞으로 뭘 할 거야?"

"암으로 부모를 잃은 아이들을 위한 자선단체를 세울 거야."

난 이렇게 말했다. 타이와 시어에게 했던 거짓말이 내 덫을 비집고 나올 때까지 제대로 생각해보지 않았는데, 내 입으로 그 말을 하는 것을 듣는 순간 난 되돌릴 수 없다는 것을 알았다. 내게 남은 날들로 충분히 자선단체를 세울 수 있을 거다.

톰이 미소를 지었다.

"아주 멋져. 그게 바로 장모님이 당신이 하길 바라던 일일 거야."

"그래, 맞아."

난 조용히 말했다. 그리고 자리에서 일어섰다.

"계산서를 가져와도 될까? 난 그만 가야 하거든."

"물론이지. 리비?"

"응?"

"우리가 계속 연락하고 지냈으면 좋겠어."

눈에 눈물이 가득 고였지만 난 애석해하며 미소를 지었다.

"나도 그러고 싶지만 솔직히 내가 감당할 수 있을지 모르겠어."

톰은 만지면 닿을 정도로 아주 가까이 있다. 하지만 지금 우리는 급격하게 확장되는 연못에서 서로 반대편에 있는 것 같았다. 얼마 지나지 않아 그 연못이 호수가 되고 그 호수가 바다가 되어 우리는 각자의 해변에서 다시는 서로를 보지 못하게 될 거다. 난 그가 보고 싶을 거다.

그는 고개를 끄덕였다.

"이해해. 잘 가, 리비. 사랑해."

나도 마지막으로 그를 쳐다보았다.

"잘 있어, 톰."

# 34

바람이 창을 흔들고 뒷문 틈으로 비집고 들어오며 울음소리를 냈다. 법적으로 이 집을 비워줘야 하는 기간까지 한두 시간 남았지만, 겨울 폭풍이 부는 이 시점에서도 더 이상 내 집이 아닌 곳에 죽치고 있을 이유가 없었다. 게다가 난 할 일이 있다. 짐을 싸고 식탁이나 바닥이 너무 더럽지 않은지 확인한 다음 아일랜드 식탁 위에 열쇠를 내려놓았다. 그리고 데이먼가로 걸어가서 택시를 잡았다.

택시 기사가 동쪽으로 속도를 높일 때 가방에서 휴대전화를 꺼내 번호를 눌렀다.

"내 목소리 들려요?"

내가 전화기에 대고 말했다.

"들려요."

실로가 대답했다.

"잘됐네요. 날 도와줘서 고마워요."

"나한테 고마울 건 없어요. 내가 고맙죠."

"서로 고마워하는 건 그만두죠, 네?"

"예, 예. 분부대로 하겠어요. 불안해요?"

난 김이 서린 창문을 손바닥 끝부분으로 닦았다. 유리의 깨끗한 부분을 통해 차들이 윙윙거리며 지나갔고 운전자들은 빠르게 내리는 눈에도 전혀 동요하지 않았다.

"난 내 비행기가 바다로 떨어질 것 같은 기분이 들어요."

실로가 웃었다.

"심호흡을 해요, 리비. 길게 숨을 내쉬어요. 당신은 할 수 있어요."

난 깊이 숨을 들이마셨고 그건 좀 아팠다. 그리고 내뱉었다. 그렇게 반복했다.

"잘했어요."

그가 라마즈 분만을 같이하는 사람처럼 내게 말했다.

"당신은 잘하고 있어요. 얼른 끝내야 당신이 앞으로 나갈 수 있다는 것만 기억해요."

"앞으로."

"맞아요, 앞으로."

그가 날 따라 했다.

"내가 복귀한 첫날이 어땠는지 말해줬나요?"

그렇게 10분 동안 실로가 떠들었고 택시가 목적지에 도착했다.

"난 다 왔어요."

"나랑 좀 더 통화 안 해도 괜찮겠어요?"

"네, 하지만 겁이 나면 다시 전화할게요. 끝나는 대로 바로 알려줄게요. 괜찮죠?"

"이쁜이, 당신이 자랑스러워요. 사랑해요."

"나도 사랑해요."


난 양 여닫이문을 통해 들어갔고 다시금 심호흡을 한 다음 안내데스크로 걸어갔다.

"샌더스 박사님을 만나러 왔어요."

직원이 혼란스러운 표정으로 쳐다보았다.

"박사님은 건물 반대편 진료소에 계시는데요."

"언제쯤 오실까요?"

"오시긴 하지만 정확한 시간은 알 수 없어요. 예약을 잡고 오셨나요?"

"아니요, 하지만 기다릴 수 있어요."

난 직원이 있는 창구 쪽으로 몸을 기댔다.

"제 이름은 리비 밀러예요. 치료를 받지 않은 환자죠. 지난 주에 샌더스 박사님과 예약해두고 오지 않았고요."

그녀가 살짝 놀라 '어머'라고 입모양을 했다.

"그러시군요. 박사님께 호출을 해볼게요. 잠시 앉아서 기다려주세요."

길고 지루한 한 시간이 지났다. 사람들이 대기실로 들어왔다가 나갔고, 아마 샌더스 박사의 병원에서 다른 의사들을 만나러 온 듯했다. 난 그들을 자세히 살피지 않으려고 애썼다. 내가 어쩔 수 없이 그들의 외향을 보고 내 건강 상태와 비교하려 할 테고, 통계적으로 나와 같은 암일 확률인 사람이 한 명도 없을 거고 그들이 암에 걸렸다는 보장도 없으니 말이다. 난 한 시간 더 졸지 않고 버티려고 애썼다. 다시 여기에 오리라 스스로 장담을 못하니 계속 기다리기로 한 것이다.

쭉 앉아 있던 소파에서 조는데 누군가가 내 옆에 앉는 기척이 났다. 잠결에 쳐다보니 샌더스 박사가 연파랑 수술복 차림으로 앉아 있었다. 난 재빨리 자세를 고쳤고, 그가 미소를 짓더니 내 손을 잡았다. 난 그 손을 빼고 싶다는 마음을 억눌렀다.

"당신을 이렇게 보니 얼마나 기쁜지 몰라요."

그가 너무 가까이 오는 바람에 그의 코 옆을 위아래로 움직이는 핏줄이 다 보였다.

"말로 해보세요."

박사가 웃었다.

"함께 내 진료실로 갈까요?"

난 허세 부리듯 그러겠다고 큰 소리를 쳤지만 감정은 이내 날 위한 깜짝 파티가 끝나고 난 뒤에 남은 쓸쓸함 같은 걸로 바뀌었다. 우리가 그의 진료실로 들어갔을 때 그는 처음 내게 좋지 않은 소식을 전할 때 내가 앉았던 그 의자에 앉으라고 손짓했다. 이번에 그는 책상 앞에 앉지 않았다. 대신 다른 팔걸이의자를 내 맞은편으로 당겨와 학위들이 걸려 있는 벽 바로 아래 앉았다. 긴 다리 한쪽을 꼰 뒤 그가 잠시 날 살폈다.

"당신은 내 앞에서 자취를 감춘 첫 번째 환자인데, 동료들에게 물어보니 그런 일이 많다고 하더라고요."

난 그를 가만히 쳐다보았다.

"아무도 암에 걸렸다는 소리를 듣고 싶어 하지 않아요. 거기 대비하는 방법도 전혀 없고. 당신의 경우에는⋯."

그가 다리를 바꿔 꼬았다.

"이렇게 말해볼게요. 난 열여덟에 아버지를 폐암으로 잃었고 근 5년간 암과 싸우는 것을 봐왔어요. 그 시간 동안 아버지는 나와 야구 경기를 보러 가고 내가 대학을 고르는 것도 도와줬어야 했어요. 하지만 아버지는 그러지 않고 병원에 있거나 주로 안락의자에 누워서 담배를 피우거나 텔레비전만 보면서 죽을 날을 기다렸어요. 난 당신이 암으로 어머니를 잃었다고 말한 것을 기억해요. 나도 부모님이 끔찍한 질병에 쓰러진 것을 지켜본 트라우마에 대해 알아요. 그래서 당신이 치료를 거부하는 거라고 생각해요."

"그런 이유도 있어요. 유감이에요, 박사님 아버님 일은요."

그는 두 손을 하나로 모았다.

"고마워요. 나도 당신 어머니 일을 안타깝게 생각해요. 그러나 당신이 그렇게 될 필요는 없어요. 내 말이 무슨 뜻인지 알죠?"

"솔직히 모르겠어요."

"우리 아버지가 치료를 받기 시작한 뒤로 우리 가족은 많은 일을 겪었고 당신 어머니의 경우도 마찬가지예요. 당신이 완치할 수 있다고 장담할 순 없어도 암과 싸울 수는 있어요. 그래야 하고요. 한 번에 하나씩 해보지 않을래요? 우린 암이 퍼졌는지, 혹시 그렇다면 어디까지 전이된 건지 확인해야 해요. 그런 다음 당신의 상황에 맞춰 치료 계획을 세울 수 있어요. 알다시피 이건 희귀 암이지만 앞서 말했듯 난 당신이 선택할 수 있는 방법을 찾아왔고 임상 실험을 할 수도 있어요. 당장 시작해서 당신이 나을 수 있는 최고의 기회를 잡길 바라요."

"그렇긴 한데… 문제가 있어요. 전 시카고에 머물 생각이 아니에요. 사실 오늘부로 더 이상 집도 없고요."

"재정적인 문젠가요? 사회복지처에서 당신의 보험을 알아봐주고 집 문제도 해결할 수 있게 도와줄 거예요."

"아니, 그런 문제가 아니에요. 그게… 전 지금 이혼하는 중이라 시카고에 있고 싶지 않아요."

"참 유감입니다."

그의 목소리는 진심이어서 난 목이 멨다.

"고마워요."

"특별히 갈 도시를 정했나요?"

"제 남동생 가족이 맨해튼에 있어요. 제가 제일 좋아하는 곳은 아니지만 그래도….”

그가 고개를 끄덕였다.

“캔자스 시골로 간다고 했으면 걱정이 되겠지만 뉴욕은 치료받기 좋은 곳이에요. 우리 암센터는 슬론 케터링과 긴밀한 협력 관계에 있어요. 당신이 거기 간다면 잘된 일이고 그 병원으로 차트를 옮기는 걸 도와줄 수 있어요.”

“정확히 얼마나 남았나요? 지난번 제가 여기 왔을 때.”

난 진료실 안을 손으로 가리키며 말했다.

“6개월이라고 했잖아요.”

샌더슨 박사가 내 머리 위 공간을 쳐다보았고, 그건 좋은 징조가 아닌 것 같았다.

“내가 그 말을 하지 않았어야 했어요.”

“하지만 그게 거짓은 아니잖아요.”

난 가슴에서 열기가 올라왔다.

“좋게 포장하려 하지 마세요. 한참 전에 죽을 준비를 마쳤으니 지금 무슨 말을 해도 충격을 받지 않을 거예요.”

“말했듯이 이 암은 워낙 희귀해서….”

난 농구선수 폴 밀러의 플레이북에서 보던 동작처럼 몸을 마구 움직이고 싶은 충동을 억누르며 애꿎은 손만 꼭두각시 인형처럼 열고 닫았다. 내 분노를 감지한 박사는 내 눈을 들여다보고 말했다.

“내가 하려는 말은 제대로 검사를 더 해보기 전까지는 확실한 대답을 해줄 수 없다는 거예요. 처음에 그 말을 하지 말았어야 했다고 하는 겁니다. 내가 실수를 했고, 정말 미안합니다."

그는 두 손을 무릎에 올리고는 몸을 앞으로 숙였다.

"리비, 내가 해줄 수 있는 말은 당신이 강해져야 한다는 거예요. 당신이 강한 사람이라는 걸 난 알아요."

난 자리에서 일어나 핸드백 어깨끈을 고쳐 멨다.

"내가 강한 사람이라는 건 나도 잘 알고 있어요."

"제발 앉아요."

샌더스 박사가 말했다.

난 그를 쳐다보고 문으로 시선을 돌린 뒤 의자 끄트머리에 걸터앉았다.

"난 강해질 수 있다는 걸 알아요."

이번에는 좀 더 조용히 말했다.

"그냥 그러고 싶지 않아요."

우리 엄마의 삶이 내 삶보다 훨씬 중요했기에 난 지금보다 전에 훨씬 더 강했다. 그 생각은 바뀌지 않았다.

"당신이 선택해요…."

내가 그의 말을 잘랐다.

"사는 걸 본인 마음대로 선택할 수 있다고 말한다면 당신이 잘 때 죽여버릴 거예요."

그가 손을 높이 들었다.

"그런 대사를 하려고 했는데 그 말 자제할게요."

"잘 생각했어요."

우리는 아무 말 없이 앉아 있었다. 샌더스 박사는 내 쪽을 쳐다보았고, 난 창밖 너머 호숫가로 밀려드는 흰 포말을 쳐다보았다.

"알았어요."

몇 분 뒤 내가 말했다.

"알았다고요?"

박사가 놀라서 물었다. 그가 날 믿지 못하는 건 사실이고 지난번에 내가 그렇게 말해놓고도 나타나지 않았으니 그럴 만하다.

"맞아요. 뉴욕에 있는 좋은 병원으로 곧바로 소개시켜준다면 투병할 준비가 되었어요."

그가 자리에서 일어났다. 그는 내 쪽으로 걸어오더니 손을 내밀었다.

"기꺼이 그렇게 해줄게요, 리비. 고마워요."

난 그의 손을 잡았고, 그가 날 일으켜 세워주었다.

"고맙습니다. 샌더스 박사님."

환자를 대하는 태도로 그는 어떤 상도 받지 못하겠지만 그의 끈질긴 면모가 내 인생의 시간을 조금 더 벌어주었다.

# 35

샌더스 박사의 진료실을 나선 뒤 난 다시 택시를 타고 공
항으로 향했다. 창밖을 내다보며 치료도, 톰도, 뚜렷한 무언
가도 생각하지 않았다. 그저 마음속으로 아빠의 얼굴을 계속
쳐다보았다. 아빠가 거기 있을수록 난 더 많이 부끄러워졌다.
제정신이었든 아니든 나의 침묵이 거짓말로 바뀌기 몇 주 전
에 아빠한테 말했어야 했다. 조용한 것과는 거리가 먼 오하라
국제공항의 한 귀퉁이에서 마침내 아빠에게 전화를 걸었다.

당연히 아빠는 내가 징징거리는 것(아빠가 전화를 받기도 전
에 벌써 시작했다)이 톰 때문이라고 생각했다. 아빠가 다시는
듣고 싶지 않다고 기도했을 그 세 마디 말을 하고 말았다.

전 암에 걸렸어요.

솔직히 진짜 고역이었고 그건 내 잘못이다. 아빠는 울음을
터트렸고 나도 울었다. 겨우 울음이 좀 진정되었을 때 아빠는
내가 대답할 수 없는 질문들을 했고, 난 왜 대답할 수 없는지

설명하면서 새끼 강아지가 든 바구니를 차로 친 사람 같은 죄책감이 들었다.

"같이 헤쳐나가기 위해 아빠가 도와줄 일이 뭐니, 리비루?"

아빠가 물었고 난 막 진정했지만 입에서 다시 울음소리가 새어나왔다. 엄마가 맥없이 침대에 누워 있을 때 아빠가 차가운 물수건으로 엄마의 이마를 닦아주던 광경이 생각났다. 아빠는 이미 충분히 겪었고, 난 그 말을 아빠에게 했다.

"말도 안 되는 소리 하지 마. 날 보호하는 게 네 역할이 아니란다. 네 아빠로서 난 이 일을 극복하도록 도울 거고, 네게 필요한 도움이 있다면 뭐든 할 거야. 그게 내가 이 세상에서 해야 하는 가장 중요한 일이란다. 적어도 아빠가 널 위해 그렇게 할 수 있게 해주렴."

"죄송해요."

난 벌써 열세 번도 넘게 그 소리를 했다.

"그만 좀 미안해하렴."

"그러면 병에 걸린 것에 대해 사과도 하면 안 되겠군요."

"그런 생각조차 하지 말고."

아빠가 웃었다. 아빠가 길게 한숨을 쉬는 소리가 들렸다.

"그래서 네가 푸에르토리코로 갔었구나."

"맞아요."

아빠가 고개를 끄덕이는 모습이 눈에 선했다.

"그러니 네 행동이 이해가 가는구나."

난 코를 훌쩍였다.

"폴에게 설명하려는 중이에요."

"네 동생은 널 곧바로 도와주려고 할 거야."

"알아요."

"내 딸, 좋은 소식을 말해주렴. 여행은 어땠니?"

"근사했어요."

난 주저 없이 말했다. 아빠에게 해변 별장, 밀라그로스, 심지어 실로에 대해서도 조금 말했는데, 당연히 강렬한 정사와 죽을 뻔한 부분은 뺐다.

"야생마를 봤니?"

아빠가 물었다.

"네. 빛이 나는 만에도 갔어요. 아빠 말이 맞았어요. 근사했어요. 평생에 한 번 있을까 말까 한 경험이었어요."

사진을 몇 장밖에 찍지 못한 걸 후회했다.

"아빠, 엄마랑 거기 며칠이나 있었어요?"

아빠는 일주일, 어쩌면 열흘 정도라고 말했다. 정확히 기억하지 못했다.

"한 가지는 제대로 기억하고 있어. 잠시만 기다리렴. 네 이메일로 보내줄 테니."

난 휴대전화 모드를 바꿨다. 잠시 뒤 아빠가 보낸 이메일이 내 수신함으로 들어왔다. 열어보니 1×1 크기의 스캔한 엄마

사진이 화면에 나타났다. 엄마가 노란 수영복을 입고 바다를 향해 부푼 배를 내민 채 해변에 서 있는 모습이었다. 두 손 가득 조개껍데기가 넘쳐났고 엄마는 웃고 있었다.

"몇 주 전에 다락에 있는 상자들을 정리하다가 찾았단다. 지난주에 네게 보내주려고 했어."

아빠가 설명했다.

"근사해요, 아빠. 고마워요. 엄마가 우리를 임신했을 때 두 분이서 비에케스에 갔는지 몰랐어요."

"그때 4~5개월 정도였는데 모두가 엄마가 만삭이라고 생각했단다. 엄마가 덩치가 너무 작은 데다 배 속에 너희 둘이 들어 있었으니 말이다."

"고마워요."

내가 다시 말했다.

"이 사진이 제게 얼마나 큰 의미인지 말로 다 설명할 수가 없어요."

"네가 좋아하니 아빠도 기쁘구나. 널 보면 네 엄마가 아주 많이 떠오른단다."

그 말에 목구멍에 뭔가가 걸렸다. '엄마'라고 부르는 소리는 몇 년 만에 처음 들었다.

"엄마를 닮은 쪽은 제가 아니라 폴이에요."

"사실이야. 하지만 네 발랄한 성격은 누굴 닮은 것 같니? 넌 엄마랑 판박이야."

난 고개를 저으며 폴과 내 인생의 첫 10년 동안 우리가 얼마나 비슷했는지 생각했다. 엄마가 아픈 직후로 폴은 삐딱해졌고 난 나쁜 건 모조리 부정하기 시작했다.

"일이 벌어지기 전까진 전 그렇지 않았어요."

"그건 사실이 아니란다, 얘야. 전혀 사실이 아니야. 넌 엄마 배 속에서부터 그렇게 타고났어. 폴은 배앓이를 했어. 그런데 너는? 넌 그냥 누워서 옹알이만 했단다. 아빠와 엄마는 네가 폴을 진정시키려고 노래를 불러준다며 농담처럼 말했지."

"그러니까 전…."

난 어떻게 말해야 할지 몰랐다.

"전 엄마의 암 때문에 이상하게 쾌활해진 게 아니라는 거죠?"

"세상에, 당연히 아니지. 전혀 그렇지 않아. 넌 그 전의 어린 시절을 별로 기억하지 못하지? 당연한 거란다. 아빠가 상담을 받았던 의사가 그러는데 기억의 상당수가 그 끔찍했던 한 해에 집중되었다고 했어. 그러나 사실…."

아빠가 휴지에 코를 푼 다음 말을 이었다.

"우리 가족에게는 더 많은 것이 있어. 우리는 함께 좋은 시간을 보냈단다. 너와 엄마가 좋지 않은 시기를 긍정적으로 헤쳐나간 덕분에 아빠가 무너지지 않고 계속 버틸 수 있었어. 모든 것이 다 잘될 거라고 엄마가 굳게 믿지 않았다면 아빠는 견딜 수 없었을 거야."

"하지만 엄마는 돌아가셨잖아요."

내가 조용히 말했다.

"그래, 맞아. 사람들이 뭐라고 하는지 알지. 누구도 살아서 인생에서 벗어나지 못해. 하지만 엄마는 여전히 옳았어."

"무슨 말인지 모르겠어요."

"리비, 너와 폴은 지금 행복하고 세상 속에서 사랑받고 이곳을 더 나은 곳으로 만드는 사람들이야. 그게 네 엄마가 말한 다 잘될 거라는 말의 정확한 의미란다."

난 흐느낌이 밀려드는 것을 느낄 수 있었다.

"고마워요, 아빠. 그 소리를 듣고 싶었어요."

"천만에, 리비 루. 사랑한다."


난 화장실로 가서 한동안 눈물을 흘린 다음 차가운 물로 얼굴을 씻었다. 개수대에서 몸을 돌리다 어떤 소녀와 부딪힐 뻔했는데, 그 애는 고작 여덟 혹은 아홉 살 정도로 다 낡은《큰 숲속의 작은 집》동화책을 읽으며 걸어 들어왔다. 꼬마애가 날 올려다보고 인상을 썼지만 난 엄마가 그 책을 좋아했던 터라 그 애를 보며 미소를 지었다. 그 애의 태도가 마음에 들지 않았지만 화를 내지 않은 건 그 애와 나란히 앉아서 서로 번갈아가며 큰 소리로 동화를 읽고 싶다는 생각이 들어서다. 사실 이 책에서 기억이 나는 건 주인공인 로라와 그녀의 가족 정도고 간간이 숲속에서 곰과 검은 표범 친구가 나온 것 같다.

그런데 탑승구로 돌아오는 길에 난 무언가를 기억해냈다. 책 거의 마지막에 로라가 자신에게 '지금이야'라고 말하고 행복해하는데, 지금이 바로 그 일이 벌어지는 때라 잊을 수 없기 때문이다.

"근사하지 않니?"

엄마가 책을 다 읽고 난 뒤 내게 물었다. 엄마가 날 팔로 감싸며 꽉 안아주었다.

"지금이야, 리비 루. 바로 우리의 시간이야."

그해 이후 좋지 않은 기억들이 쉴 새 없이 밀려든 것만 빼면 다른 날과 다름없이 평범한 저녁이었다. 더 이상 지금은 없지만 여전히 우리의 시간이다.

사람들이 탑승구로 모여들어 게이트에 서 있는 직원에게 뭐라고 물어보거나 줄을 섰다. 난 그들 사이에 끼느니 다른 비행기를 타고 싶은 마음이 커졌다. 특히나 이번 비행은 알지 못하는 힘든 시기로 다가가는 예고편 같기 때문이다.

하지만 난 자리에서 일어나 천천히 여행 가방을 끌고 탑승구로 갔다. 이 모든 일의 시작이 된 두 가지 소식을 듣기 오래전부터 느껴보지 못했던 깊은 안도감이 찾아왔다. 아빠와 통화를 한 뒤로 관점이 완전히 바뀌진 않았다. 인생은 제한된 시간 안에 있을 때 엄청난 충격을 선사한다. 그러나 그게 엄청 좋은 일이기도 하다. 내 상황이 이렇지만 난 더 많은 것을 이루고 싶은 준비가 되었음을 부정하지 않는다.

"지금 1번 탑승구에서 뉴욕 라과디어 공항행 탑승을 시작
하겠습니다."

커다란 스피커에서 목소리가 흘러나왔다.

난 심호흡을 한 뒤 비행기에 올랐다.

# 에필로그

과초점을 맞추면 밤하늘을 분명하게 보지 못한다는 사실을 실로가 내게 가르쳐주었다. 직시 시각 밖에 있는 별이 가장 밝게 빛나기 때문이다. 이 진리는 인생의 성취와 고난에서도 마찬가지다. 그 점을 완전히 인식하기까지 내가 섬을 떠나고 수개월이 더 걸렸지만, 비에케스에서 머물렀던 날들이 내 상황을 있는 그대로 볼 수 있는 거리를 제공해주었다. 병과 이혼일지라도 존재의 미덕을 느낀다면 그대로 아주 좋은 일이다.

결국 난 임상 실험에 적합하지 않다는 판정을 받았는데, 새 종양 전문의인 카폴 박사는 다행히도 그 이유가 암이 복부에 퍼졌지만 다른 곳으로는 전의되지 않아 너무 간단한 경우기 때문이라고 설명해주었다. 난 집에서 받을 수 있는 항암 치료를 시작했다. 알약을 먹으면 복부가 몸에서 이탈할 것처럼 난리를 쳤고, 난 몇 시간 동안 화장실에 가야 했다. 국소연고를

바르니 피부에 물집이 잡혀서 푸에르토리코에서 입은 화상
쯤은 스파를 받는 정도로 가소롭게 느껴졌다. 그러나 주기에
따라 치료를 하고 휴식기가 있기에 아프거나 속이 메스껍지
않은 평온한 주도 있어서 오래 살긴 글렀다는 생각을 잊어버
릴 수 있었다.

　폴과 찰리는 정원이 있는 주택의 1층을 날 위해 아파트로
개조해주었다. 그들의 호의에도 난 추운 도시가 너무 견디기
힘들었다. 빵집이나 우체국에 가는 것도 인파에 밀려서 힘들
지경이었다. 안전하고 따뜻한 방의 큰 창문 너머로 하루 종일
88번가를 오가는 사람들을 지켜보는 일이 더 좋았다.

　그러나 비에케스에서의 일상에 익숙해진 것처럼 뉴욕에서
의 삶도 익숙해졌고, 추위가 따뜻한 날씨에 자리를 내주고 새
순이 나기 시작하면서 내 일상도 편안한 리듬을 찾았다. 병원
에 가지 않을 때는 신문을 읽고 센트럴파크에 산책을 갔다가
집으로 돌아와 점심을 먹고 낮잠을 잤다. 오후에는 주로 토비
와 맥스와 시간을 보냈다. 우리 셋은 쿠키를 만들고 책을 읽
거나 내가 체력이 되면 밖으로 나갔다(쌍둥이들이 전문가처럼
도시를 이미 훤히 꿰뚫고 있어 길과 지하철을 찾을 때 도와주었다).
일주일에 몇 번 난 실로와 통화하고 가끔은 몇 분을, 어떤 때
는 몇 시간씩 그랬다. 우리는 간간이 그가 날 보러 뉴욕에 오
는 것에 대해 이야기를 나누었다. 아직 내 건강 상태가 확실
치 않아서 난 다시 그와 비행을 하고 싶지만 정확한 계획을

세우기가 망설여졌다.

때로는 외로웠지만 혼자는 아니었다. 난 자주 온화한 일, 이를테면 난롯가에 서 있거나 칠리를 만들거나 닭을 팬에 넣으며 아이들을 살피거나 하면서 소소하게 행복을 느꼈다.

감사할 것은 많았다. 내 배꼽 아래 폴록의 추상화처럼 퍼져 있는 세포들이 줄어들기 시작했다. 이를 축하하려고 폴(별 말은 안 했지만 내가 자기 집으로 옮겨온 뒤 직장에서 일하는 시간을 크게 줄였다)이 하루 휴가를 내고 나와 쌍둥이를 데리고 동물원에 갔다. 4월 말이지만 추웠고, 걸어서 집으로 돌아올 때 난 바람을 최대한 적게 맞으려고 몸을 움츠렸다. 그렇게 집으로 돌아왔을 때 제일 먼저 계단 맨 아래 서 있는 한 쌍의 발을 보았다. 진짜 사람의 발이다! 이런 계절에 어느 머저리가 샌들을 신고 있지?

"이쁜이."

목소리가 이렇게 말했을 때 난 내가 사랑하는 남자라는 것을 단박에 알아차리고 꺅 비명을 지른 다음 미친 사람처럼 그에게 입을 맞췄다.

"예상 못했을 줄 알았어요."

내가 자신에게 마구 덤비다 멈추자 실로가 말했다.

"당신을 봐서 얼마나 행복한지 상상도 못할 거예요. 다시는 날 떠나지 말아요."

"엄밀히 말해서, 당신이 떠났지요."

그가 대꾸했지만 난 말을 끝낼 기회도 주지 않고 다시 키스 세례를 퍼부었다.

5개월 뒤 우리는 산후안의 해변에서 결혼식을 올렸다. 9월 중순의 저녁으로 카리브해는 잔잔하고 푸르렀다. 밀라그로 스가 축하해주려고 비에케스에서 왔고, 우리 가족과 제스와 오레일리도 비행기를 탔다. 톰은 초대하지 않았지만 축하 인 사와 더불어 샴페인을 보내주었다.

실로는 미색 리넨 양복에 노란색 셔츠를 입고 활짝 미소를 지었다. 난 난초로 꾸민 화관을 머리에 썼고, 화관은 얇았지 만 떨어지지 않고 곧게 그 자리에서 내 평생의 소원을 이행하 는 데 함께했다. 난 순백색 웨딩드레스(뭘 새삼스럽게?) 대신 제스의 도움으로 맵시 있게 떨어지는 노란색 드레스를 선택 했다. 그녀는 아직 부푼 내 복부를 감출 정도로 괜찮은 드레 스를 찾아야 하는 세기의 과제를 완수했다며 뿌듯해했다.

실로가 내 집으로 들어오고 나서 두 달 뒤 정기 검진을 받 았는데 급속도로 증식하는 의심스러운 덩어리가 발견되었 다. 좋은 소식은 그것이 정해진 기간 동안만 자란 뒤 스스로 나온다는 거다. 결국 난 불임이 아니었고, 실로는 내게 쌍둥 이 딸을 선사했다.

카폴 박사와 의료진은 임신을 두고 걱정이 많았다. 태아가 날 통해서 항암 치료의 좋지 않은 부분을 흡수했을 수도 있고, 출산 때까지 내가 치료를 중단해야 할 수도 있기 때문이다. 다행히 초기 항암 치료가 충분히 성공적이라 임신 중 내 종양에 특별한 활동은 없었다.

실로와 나는 나중에 푸에르토리코로 돌아가길 바랐지만 당분간은 그가 뉴저지에 있는 작은 지역 공항에서 괜찮은 일자리를 잡았다. 그의 통근과 교대 근무는 길었고 난 임신 후반기에는 거의 움직일 수 없었지만 휴식기에 샬롯 C. 로스 재단을 설립했다. 우리의 첫 기부자는 릴리 브로데릭 오시라로, 그 아이 엄마가 재단을 세운 첫 몇 달 동안 내게 멘토 역할을 충분히 해주었다.

2월 초, 때 이른 따뜻한 날이자 내가 비에케스를 떠난 지 1년이 좀 지난 그날에 난 세상에 새 생명 둘을 탄생시켰다. 이자벨 밀라그로스는 흰 피부에 금발 곱슬머리를 가지고 태어났고, 샬롯 패트리샤는 실로를 닮아 구릿빛 피부였지만 그 점만 빼면 폴의 아기 때와 똑 닮았다. 두 아이 모두 건강하고 초자연적으로 침착했다. 내가 어떤 말로도 설명할 수 없는 기쁨의 근원이 되어주었다.

난 다시 항암 치료를 시작했고 잘난 암 엉덩이를 아직 걷어차지 못했고 어쩌면 차도가 있기까지 한참 걸릴지도 모르지만, 내 두 딸이 세상에서 자기들의 길을 찾도록 도울 만큼 충분히 오래 살 거라는 굳은 믿음이 있다. 만약 내가 틀렸다면 난 알고 싶지 않으니 그건 다른 사람한테나 말해주길.

암이 사람을 영원히 바꿔놓는다는 말이 있다. 그럴지도 모른다. 난 암이 날 많이 바꾼 것이 아니라 여자로서 내가 누구인지, 이 엉망인 세상에서 내 역할이 무엇인지 분명하게 보여주었다고 생각한다. 암 선고를 받은 뒤로 의미 있는 일을 하겠다고 맹세했고, 내 재단이 확실히 그 역할을 해주고 있다.

그러나 엄마를 제대로 기리는 방법은 거창한 행동이 아니라 일상에서의 선택을 통해 이루어진다는 점을 드디어 깨달았다. 의지가 약해지고 몸이 따라주지 않아도 스스로에게 열정을 가져야 한다. 내 마음이 아플지라도 사랑하는 사람에게 거리낌 없이 스스로를 보여주어야 한다. 엄마가 말한 것처럼 아직 기회가 있을 때 제대로 완전하게 인생을 살아야 한다.

## 작가 노트

    암은 내 사랑하는 사람들, 친구들, 동료들에게 직접적으로 큰 영향을 미쳤다. 소설 속에서 암을 가볍게 다루고 싶지 않아 주인공 리비가 희귀 암에 걸리는 설정을 택했다. 물론 피하지방층염유사T세포림프종에 대해 의학 보고서와 내과 의사들의 자문을 얻었지만, 리비의 경험은 여전히 많은 부분에 허구가 들어 있으니 치료 참고용으로 활용하지 않기를 바란다.

# 감사의 말

날 믿어주고 이 소설이 나올 수 있게 도와준 용감무쌍한 에이전트 엘리자베스 위드Elisabeth Weed에게 수백 번도 넘게 고마움을 전하고 싶다.

열성을 다해 지원해준 대니얼 마셜Danielle Marshall과 아마존 팀에 감사한다. 여러분과 함께하면서 상쾌한 공기를 마시는 것처럼 기분이 좋았다. 이 이야기의 많은 부분에 도움을 준 티파니 예이츠 마틴Tiffany Yates Martin에게 감사한다. 당신의 현명하고 위트 넘치는 편집 방향이 큰 역할을 했다.

이 책의 초고를 수도 없이 읽어주고 각 단계마다 날 응원해준 새넌 캘러핸Shannon Callahan에게 감사한다. 마찬가지로 사라 라이스테드롱Sara Reistad-Long, 팸 설리번Pam Sullivan, 자넷 수나하Janette Sunadhar, 다시 스위셔Darci Swisher의 도움이 큰 힘이 되었다.

푸에르토리코의 경험을 내게 공유해준 리자리바Lizarribar,

마시니Masini, 파간Pagán 가족들에게 감사한다.

제이피JP, 인디라Indira, 하비에르 파간Xavier Pagán, 여러분이 내게 이 책을 쓸 이유를 알려주었다.

그리고 내 여동생 로렐 램버트Laurel Lambert에게 고마움을 전한다. 누구보다 사랑하며, 네가 아니었다면 이 소설을 쓸 수 없었을 거다.

**죽음 앞에서
선택한
완벽한 삶**

초판 1쇄 발행  2020년 10월 30일

**지은이**  카밀 파간
**옮긴이**  공민희

**펴낸이**  김현태
**펴낸곳**  달의시간
**등록**  1975년 5월 21일 제1-517호
**주소**  서울시 마포구 잔다리로 62-1, 3층(04031)
**전화**  02-704-1250(영업), 02-3273-1334(편집)
**팩스**  02-719-1258
**이메일**  editor@chaeksesang.com
**광고·제휴 문의**  creator@chaeksesang.com
**홈페이지**  chaeksesang.com
**페이스북**  /chaeksesang     **트위터**  @chaeksesang
**인스타그램**  @chaeksesang    **네이버포스트**  bkworldpub

ISBN  979-11-5931-546-6  03840

이 도서의 국립중앙도서관 출판예정도서목록(CIP)은 서지정보유통지원시스템 홈페이지
(http://seoji.nl.go.kr)와 국가자료종합목록 구축시스템(http://kolis-net.nl.go.kr)에서
이용하실 수 있습니다.(CIP제어번호: CIP2020040958)

· 잘못되거나 파손된 책은 구입하신 서점에서 교환해드립니다.
· 책값은 뒤표지에 있습니다.
· 달의시간은 책세상의 문학 브랜드입니다.